위대한 개츠비

위대한 개츠비

THE GREAT GATSBY

F. 스콧 피츠제럴드   김석희 옮김

그러면 황금 모자를 써라.

그렇게 해서 그녀의 마음을 움직일 수 있다면.

높이 뛰어오를 수 있다면,

그녀를 위해 뛰어오르기도 해보라.

그녀가 이렇게 외칠 때까지.

"사랑하는 이여,

황금 모자를 쓰고 높이 뛰어오르는 이여,

당신은 내 사람이어야 해요."

— 토머스 파크 딘빌리어스[*]

---

[*] 피츠제럴드의 데뷔작인 자전적 소설 『낙원의 이쪽』에 나오는 가상의 인물. 작가의 대학 친구이자 시인인 존 펄 비숍을 모델로 삼았다고 한다.

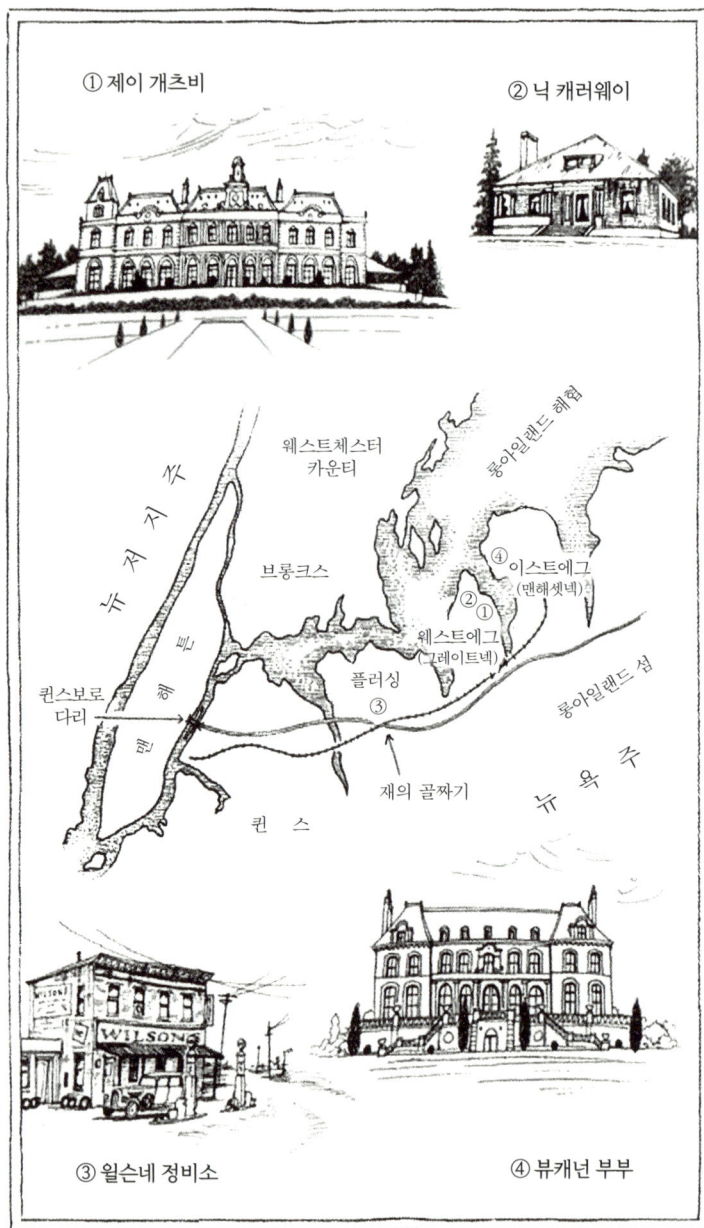

① 제이 개츠비

② 닉 캐러웨이

웨스트체스터 카운티

롱아일랜드 해협

뉴저지 주

브롱크스

④ 이스트에그 (맨해셋넥)

②

①

웨스트에그 (그레이트넥)

퀸스보로 다리

플러싱

③

맨해튼 해협

롱아일랜드 섬

재의 골짜기

뉴욕 주

퀸 스

③ 윌슨네 정비소

WILSON'S

④ 뷰캐넌 부부

차
례

일러두기

1. 이 책은 미국의 작가 F. 스콧 피츠제럴드의 『The Great Gatsby』를 우리말로 옮긴 것이다.

2. 번역은 '펭귄 모던 클래식'판(2000년)을 대본으로 삼았으며, 일본어판(小川高義 번역, 2009년)을 참고했다.

3. 각주는 모두 옮긴이가 토를 단 것이다.

제1장

내가 지금보다 나이도 어리고 마음도 여리던 시절 아버지가 충고를 하나 해주셨는데, 그 말씀을 나는 아직도 마음속으로 되새기곤 한다.

"누구를 비판하고 싶어질 땐 말이다, 세상 사람이 다 너처럼 좋은 조건을 타고난 건 아니라는 점을 명심하도록 해라."

아버지는 더 이상 말하지 않았지만, 우리 사이에는 언제나 긴 말이 없어도 이심전심으로 잘 통하는 데가 있었기 때문에, 아버지의 짧은 말씀 속에는 훨씬 많은 뜻이 담겨 있다는 것을 나는 잘 알고 있었다. 그 결과 나는 무슨 일에서든 판단을 유보하는 버릇이 생겼는데, 이런 습성은 많은 괴짜들로 하여금 나를 찾아오게 만들었고, 그래서 나는 지겹기

짝이 없는 사람들로부터 꽤나 시달림을 당하기도 했다. 비정상적인 사람들은 이런 특성이 정상적인 사람에게 나타나면 그것을 재빨리 알아차리고 찰싹 달라붙게 마련이다. 내가 대학 시절에 모사꾼이라는 부당한 비난을 받았던 것도 이렇게 터무니없는 사람들, 잘 알지도 못하는 사람들이 나를 찾아와 고민거리를 털어놓곤 했기 때문이다. 그들은 대부분 내가 원하지도 않는데 찾아와 속내를 털어놓았다. 그들이 슬슬 비밀을 털어놓을 조짐이 지평선에 가물거리기 시작하면, 나는 일부러 조는 척하거나, 딴전을 피우거나 혹은 쌀쌀하고 무례한 태도로 대하곤 했다. 젊은이들의 은밀한 고백이란, 아니면 적어도 고백할 때 사용하는 말들이란 대개 남의 글에서 빌려온 것이고, 표현을 억제하는 탓에 왜곡되어 있게 마련이다. 판단을 유보한다는 것은 무한한 희망을 품는다는 것이다. 언젠가 아버지가 점잔을 빼면서 말씀하셨고 나도 지금 다시 점잔을 빼면서 말하고 있지만, 인간의 기본적 품위나 예절에 대한 감각은 사람마다 다르게 타고난다는 사실을 잊어버리면 뭔가 중요한 것을 놓쳐버리는 게 아닐까 하는 걱정이 조금은 든다.

이처럼 나의 관대함을 자랑했지만, 그 관대함에도 한계가 있다는 것을 인정하지 않을 수 없다. 인간의 행위는 단단한 바위 위에 바탕을 둘 수도 있고 눅눅한 습지 위에 바탕을 둘 수도 있다. 그러나 어떤 고비를 넘기면 그 행위가 어디에 바탕을 두었건 나는 개의치 않는다. 지난 가을 동부에서 돌아왔을 때, 나는 차라리 온 세상이 제복을 입고 영원히 일종의 도덕적 부동자세를 취해주었으면 좋겠다는 생각을 했다. 인간의 마음속을 특권의식을 가지고 오만하게 들여다보는 광란의 소풍 놀이에 식상해 있었기 때문이다. 다만 개츠비, 이 책 제목에 이름을 제공해준 인물만이 그런 내 생각에서 벗어난 곳에 자리 잡고 있었다. 사실 개츠비는 내가 드러내놓고 경멸하는 것들을 모두 그대로 구현한 듯한 존재였다. 만약 인간의 개성이라는 것이 끊임없이 이어지는 일련의 성공적인 몸짓들이라고 한다면, 개츠비에게는 뭔가 멋진 구석이 있었다. 마치 1만 마일 떨어진 곳에서 일어난 지진도 탐지해내는 정교한 기계에 연결되어 있기라도 한 것처럼, 그는 삶의 가능성에 대한 어떤 높은 감수성 같은 것을 지니고 있었다. 이런 감응력은 '창조적 기질'이라는 이름으로 미화되는 그 맥빠진 감수성과는 무관하다. 그것은 희망을 찾아내는 비범한 재능이요, 지금까지 어느 누구에게서도 보지 못했고 앞으로도 다시는 볼 수 없을 것 같은 낭만적인 민감성이었다. 그렇다. 결국에 가서는 개츠비가 옳았다는 것이 드러났다. 인간의 설익은 슬픔이나 짤막한 환희에 내가 잠시나마 관심을 닫아버린 것은 개츠비를 먹이 삼아 괴롭힌 것들, 그의 꿈이 지나간 자리에 떠도는 더러운 쓰레기 때문이었다.

  우리 집안은 이 중서부의 도시에서 3대에 걸쳐 이름이 꽤
알려진 유복한 가문이다. 하나의 씨족과도 같은 캐러웨이
가문은 전해오는 말에 따르면 버클루 공작*의 후손이라지만,
실제로 우리 집안의 기반을 닦아놓은 분은 내 할아버지의
형님으로, 그분은 1851년에 이곳으로 와서, 남북전쟁 때는
사람을 사서 대신 전쟁터에 내보내고 철물 도매업을 시작했
는데, 지금은 우리 아버지가 그 사업을 물려받아 운영하고
있다.

  나는 그 큰할아버지를 뵌 적이 없지만, 그분과 많이 닮았
다고 한다. 아버지의 사무실에 걸려 있는 고지식해 보이는
초상화를 두고 하는 말이다. 나는 1915년에, 그러니까 아버
지보다 4반세기 뒤에 예일 대학을 졸업했다. 졸업하자마자
세계대전이라는 게르만족의 때늦은 대이동에 말려들게 되
었지만, 반격 작전에 뛰어들어 승리를 만끽했기 때문에 집
에 돌아온 뒤에도 한동안 마음이 들떠 있었다. 과거에는 세

---

* 영국 왕 찰스 2세의 서자인 몬머스 공작(1649~1685)이 1663년에 스코틀랜드
  의 버클루 여백작 앤 스코트와 결혼하면서 버클루 공작을 겸하게 되었다.

계의 활기찬 중심지였던 중서부도 이제는 우주의 초라한 변두리로밖에 보이지 않았다. 그래서 나는 동부로 가서 증권 업무를 배우기로 마음먹었다. 아는 사람들이 다 증권업에 종사하고 있었기 때문에 총각 하나쯤 먹여 살릴 정도의 여유는 남아 있을 것 같았다. 집안의 숙모 숙부들이 다 모여, 마치 내가 다닐 고등학교라도 고르듯이 머리를 맞대고 협의한 결과, 마침내 몹시 떨떠름한 표정으로 "글쎄, 뭐, 괜찮겠지" 하는 결론에 도달했다. 아버지도 1년 동안은 재정적 뒷바라지를 해주겠다고 약속했다. 이런저런 일로 몇 차례 출발을 연기한 뒤, 1922년 봄에 나는 동부로 왔다. 앞으로 고향에 돌아갈 일은 없을 거라고 생각하면서.

편리성을 생각하면 시내에서 방을 구하는 게 좋았겠지만, 따뜻한 계절이기도 하고, 나는 넓은 잔디밭이 펼쳐져 있고 정든 나무들이 우거진 시골을 막 떠나온 터라, 같은 사무실의 젊은 동료가 전차로 통근할 수 있는 교외의 셋집을 공동으로 빌려 살지 않겠느냐고 제안했을 때, 아주 멋진 아이디어라는 생각이 들었다. 그가 찾아낸 집은 상당히 낡은 싸구려 방갈로였고, 집세는 한 달에 80달러였다. 그런데 이사하기 직전에 그 동료가 워싱턴으로 발령이 나는 바람에 결국 나 혼자 그 시골집으로 가게 되었다. 나에게 딸린 것은 개한 마리(며칠도 지나기 전에 달아나버렸다)와 중고 닷지 자

13

동차 한 대, 그리고 침대를 정리하고 아침밥을 차려줄 핀란드 출신 가정부가 한 사람 있었는데, 이 여자는 전기 오븐 앞에 몸을 구부린 채 핀란드의 속담 같은 것을 끊임없이 주절대곤 했다.

하루 이틀은 적적했지만, 어느 날 아침 길을 걷고 있는데 나보다 더 늦게 이사온 듯한 사내가 나를 불러 세웠다.

"웨스트에그 마을에 가려면 어떻게 가야 합니까?" 그가 난감하다는 듯이 물었다.

나는 길을 가르쳐주었다. 그리고 길을 계속 걸으면서 이제는 내가 외롭지 않다는 것을 깨달았다. 나는 안내자였고, 개척자였으며, 원주민이었던 것이다. 그 사내 덕분에 나는 뜻밖에도 이 고장의 시민권을 부여받은 셈이었다.

이렇게 하여 나는 햇볕을 쬐며, 그리고 나뭇잎들이 고속 촬영한 영화 속의 사물들처럼 쑥쑥 자라는 것을 보며, 여름과 더불어 생명이 다시 소생하는구나 하는, 그 익숙한 확신을 갖게 되었다.

무엇보다 나는 읽어야 할 책이 많았고, 싱싱하고 활기찬 공기 속에서 터질 듯한 건강도 챙겨야 했다. 은행 업무와 신용 대부와 유가증권 등에 관한 책들을 여남은 권 샀다. 서가에 꽂아놓았더니 그 책들은 조폐청에서 갓 찍어낸 지폐들처럼 붉은빛, 황금빛으로 번쩍이며, 미다스와 모건과 마이케

나스*만이 알고 있던 그 찬란한 비밀을 밝혀줄 것만 같았다. 그리고 나는 그 밖에도 많은 책을 읽겠다는 의욕에 불타고 있었다. 대학 시절에는 오히려 문학 쪽에 관심이 많았다. 어느 해에는 《예일 뉴스》에 진지하지만 뻔한 내용의 논설을 연재한 적도 있었다. 그리고 이제 나는 그런 것들을 나의 생활 속에 끌어들여, 전문가들 중에서도 가장 보기 드문 존재, 즉 '원만한 인간'이 되어볼 생각이었다. 한낱 경구로서 하는 말은 아니지만, 인생이란 결국 하나의 창(窓)으로 바라보았을 때 훨씬 더 분명하게 보이는 법이다.

내가 북아메리카 대륙에서도 가장 이상한 지역사회 한 곳에 집을 빌리게 된 것은 순전히 우연이었다. 그 집은 뉴욕에서 동쪽으로 곧장 뻗어 있는 길쭉하고 너저분한 섬에 있었다. 이 섬에는 자연의 진기한 현상들이 많지만, 그중에서도 특히 이상한 두 개의 지형이 있다. 뉴욕시에서 30킬로미터쯤 떨어진 곳에 거대한 달걀 모양을 한 한 쌍의 땅덩이†가 있는데, 이름뿐인 만에 의해 서로 갈라져 있을 뿐 그 모양새

---

* 미다스: 그리스 신화에 나오는 프리기아의 왕. 손만 대면 모든 것이 황금으로 변했다고 한다. J.P. 모건: 미국의 금융 자본가(1837~1913). 마이케나스: 고대 로마의 정치가(기원전 70?~8). 문화와 예술의 후원자로 유명하다.
† 실제 지명으로 말하면 롱아일랜드 북쪽의 맨해셋 만을 사이에 두고 있는 그레이트넥(서쪽)과 맨해셋넥(동쪽)을 말한다.

는 똑같다. 그리고 이 한 쌍의 땅덩이는 서반구에서 가장 온순한 해역, 곧 롱아일랜드 해협이라는 거대한 뒷마당을 향해 툭 튀어나와 있다. 그것들은 둘 다 완전한 계란형은 아니고, 저 콜럼버스의 달걀처럼 내륙에 붙어 있는 아랫부분이 둘 다 납작하게 짜부라져 있었다. 그렇기는 하지만 두 곳의 생김새가 놀랄 만큼 똑같았기 때문에, 그 위를 날아다니는 갈매기들도 자주 혼란을 일으켰을 게 분명하다. 하지만 날개 없는 인간에게 그보다 더 놀라운 것은, 모양과 크기를 제외하면 그 밖의 면에서는 비슷한 점이 하나도 없다는 것이다.

　나는 웨스트에그 쪽에 살고 있었다. 두 곳을 비교하면 '덜 화려한' 지역이 되지만, 그것은 두 지역 사이에 존재하는 색다르고 별로 온당하다고는 말하기 어려운 차이점을 표현하기에는 너무나 피상적인 상투어일 것이다. 내가 사는 집은 그 달걀 지형의 끝부분, 해협에서 50미터도 떨어지지 않은 곳에 있었고, 한 철 임대료가 1만 2천 내지 1만 5천 달러에 이르는 거대한 두 저택 사이에 끼여 있는 꼴로 서 있었다. 특히 오른쪽 집은 어떤 기준에 비추어 보아도 웅장하고 화려한 건물이었다. 노르망디*의 어느 시청 건물을 그대로 본떠서 지은 저택으로, 한쪽에는 가는 수염 같은 담쟁이덩굴에 뒤덮인 탑이 새로 세운 듯이 빛나고 있고, 대리석 풀장에

다가 40에이커가 넘는 잔디밭과 정원이 펼쳐져 있었다. 그것이 개츠비의 저택이었다. 아니, 아직은 개츠비 씨를 본 적이 없었으니까, 그런 이름을 가진 인물이 살고 있는 저택이라고 해야 할까. 내가 사는 집은 아무리 보아도 그곳에 어울리지 않았지만, 눈에 거슬린다고 하기에는 너무 작아서 처음부터 상대도 되지 않았다. 어쨌든 그렇게 해서 나는 월세 80달러로 바다도 한눈에 바라보고, 이웃집 정원의 일부도 볼 수 있고, 백만장자의 이웃이 되는 기쁨도 은밀히 맛볼 수 있었다.

이름뿐인 작은 만 건너편에는 고급 주택지인 이스트에그의 궁전 같은 하얀 저택들이 물가에 늘어서서 빛나고 있었는데, 이 '여름날의 이야기'는 내가 톰 뷰캐넌 부부와 식사를 하기 위해 차를 몰고 그곳으로 달려갔던 그날 저녁부터 시작된다. 데이지는 나의 육촌 여동생이고, 톰과 나는 대학 시절부터 아는 사이였다. 그리고 전쟁이 끝난 직후에는 시카고에 살고 있던 그들의 집에 가서 이틀 신세진 적도 있다.

데이지의 남편은 스포츠라면 뭐든지 잘했지만, 특히 예일

---

* 프랑스의 서북부 지방.

대학 풋볼팀의 엔드*로 뛸 때는 일찍이 볼 수 없었던 강력한 선수로서 전국적인 명성을 날렸다. 약관 21세에 제한된 분야에서나마 뛰어난 성공을 거두는 바람에 그후로는 무엇을 해도 내리막길을 걸을 수밖에 없는, 세간에서 흔히 볼 수 있는 타입이었다. 그의 집안은 엄청난 부자였고, 대학 시절에도 돈을 펑펑 써서 빈축을 사곤 했다. 시카고를 떠나 동부로 옮겨올 때도 사람들이 혀를 찰 만큼 호사스러운 이사를 했는데, 예를 들면 레이크포리스드†에서 폴로 경기용 말을 한 떼거리나 이끌고 왔던 것이다. 나와 같은 세대의 친구가 그 정도로 부자라는 것을 나는 실감하기 어려웠다.

그들이 무엇 때문에 동부로 왔는지는 나도 잘 모른다. 그들은 별다른 이유도 없이 프랑스에서 1년 동안 살았고, 그후에는 폴로 경기가 열리고 부자들이 모이는 곳이면 어디든 떠돌아다니며 즐기고 있었다. 데이지는 전화로 이번이 마지막 이사라고 말했지만, 나는 그 말을 믿을 수 없었다. 데이지의 속마음은 알 길이 없지만, 톰은 언제까지나 한 곳에 정착하지 못하고 영원히 떠돌 것 같은, 그렇게 각지를 전전하

---

* 미식축구에서 공격측 전위선 양쪽 끝에 있는 선수.
† 시카고 교외의 부유층 주거 지역.

면서 이제는 재연할 수 없는 어떤 풋볼 경기의 극적인 광란을 아쉬운 마음으로 찾고 있는 것은 아닐까 하는 생각이 들었다.

그리하여 나는 바람 부는 어느 따뜻한 저녁에, 두 친구—안 지는 오래됐지만 됨됨이에 대해서는 거의 알지 못하는—를 만나기 위해 차를 몰고 이스트에그로 갔던 것이다. 그들의 집은 내가 예상했던 것보다 훨씬 더 훌륭했다. 붉은색과 흰색이 어우러진 조지 왕 시절의 식민지 양식 저택이 만을 내려다보며 우뚝 서 있었다. 바닷가에서 시작된 잔디밭은 현관문 앞까지 400미터나 이어져 있었는데, 도중에 해시계와 벽돌 깔린 보도와 타는 듯한 꽃밭을 뛰어넘어 마침내 집에 도착해서는, 거기까지 달려온 여세를 멈출 수 없다는 듯 옆으로 밀려 올라가 눈부신 덩굴을 이루고 있었다. 건물 정면에는 프랑스식 창문*들이 즐비하게 늘어서 있었는데, 지금은 석양을 받아 황금빛으로 빛나면서 오후의 따뜻한 바람을 향해 활짝 열려 있었다. 그리고 현관 앞에 승마복 차림의 톰 뷰캐넌이 두 다리를 벌린 채 서 있었다.

톰은 대학 시절과는 많이 달라져 있었다. 지금은 밀짚색

---

* 정원이나 발코니로 통하는 두 짝으로 된 유리문.

머리의 건장한 30대 남자가 되어 있었고, 입매는 어딘지 모르게 엄격하고 태도는 언뜻 보기에도 거만해 보였다. 교만한 빛을 담은 두 눈이 그의 얼굴 전체를 지배하고 있었으며, 언제나 공격적으로 몸을 앞으로 내미는 듯한 인상을 주었다. 승마복이란 대개 연약한 멋을 풍기게 마련이지만, 그것조차도 그의 몸이 지니고 있는 강력한 힘을 감추지 못했다. 번쩍이는 승마화에는 두 발이 꽉 들어차서 맨 위쪽 구두끈이 팽팽해져 있었고, 그의 어깨가 얇은 윗도리 밑에서 움직일 때마다 근육의 큰 덩어리가 꿈틀거리는 것을 볼 수 있었다. 그것은 지렛대처럼 강력한 힘을 낼 수 있는 육체, 한마디로 무자비한 육체였다.

목소리는 굵고 걸걸한 테너였고, 그 허스키한 목소리는 그가 풍기고 있는 성마른 인상을 더욱 짙게 해주었다. 그 목소리에는 그가 좋아하는 사람조차 아랫사람 대하듯 깔보는 듯한 어조가 담겨 있었다. 그래서 대학 시절에도 그의 오만한 태도를 싫어하는 사람이 한둘이 아니었다.

"이봐, 이 문제에 대해 내가 뭔가 의견을 말했다 해도 그걸 최종적인 거라곤 생각하지 마. 나는 자네보다 힘이 세고 더 남자다우니까 말이야." 그는 이렇게 말하는 듯했다. 우리는 4학년 때 같은 서클에 속해 있었지만, 친한 사이는 아니었다. 하지만 나는 언제나 그가 나를 좋게 여기고 있고, 퉁명스럽고 도발적이기는 하나 어딘지 아쉬운 듯한 태도로 나의 호감을 사고 싶어 하는 듯한 인상을 받았다.

우리는 햇빛이 내리쪼이는 현관 앞에서 잠시 이야기를 나누었다.

"이 집, 괜찮지?" 그가 말했다. 하지만 눈빛은 어딘지 모르게 불안해 보였다.

그는 나의 한 팔을 잡아 돌려 세우더니, 넓적한 손을 들어 눈앞의 경치를 가리켰다. 그의 손이 훑고 지나간 풍경 속에는 지면보다 낮게 만든 이탈리아식 정원과, 짙은 향기를 뿜어내고 있는 반 에이커의 장미꽃밭, 앞바다에서 뱃머리가 뭉툭한 모터보트 한 척이 밀물에 흔들리고 있는 모습이 들어 있었다.

"이 집은 원래 석유업자 드메인의 소유였어." 그는 정중하게 그러나 느닷없이 나를 다시 돌려 세웠다. "자, 안으로 들어가세."

우리는 천장이 높은 현관홀을 지나 밝은 장밋빛 공간으로 들어갔는데, 그곳은 양끝에 나 있는 프랑스식 창문들로 본채와 가볍게 연결되어 있었다. 약간 열린 창문들은 바깥의 싱그러운 풀밭을 배경으로 하얗게 빛나고 있었다. 풀들은 조금만 더 자라면 집 안으로 쳐들어올 것처럼 보였다. 바람이 방 안으로 들어와, 한쪽 창문의 커튼은 안으로, 다른 쪽 창문의 커튼은 밖으로 밀어내면서 방을 빠져나가고 있었다. 커튼은 설탕을 뿌린 웨딩케이크를 연상시키는 천장을 향해 마치 하얀 깃발처럼 기세 좋게 말려 올라가고 있었다. 그후 바람은 바다 위에 잔물결을 일으키듯 와인색 깔개 위에 잔물결을 일으키며 그림자를 드리우고 있었다.

그 방 안에서 고정된 물체라고는 커다란 소파뿐이었고, 두 젊은 여자가 바닥에 붙잡아 매인 기구에 타고 있는 것처럼 그 소파 위에 둥실 떠 있었다. 둘 다 하얀 옷을 입고 있었는데, 마치 집 주위를 잠깐 날아다니다 바람에 날려 방금 방으로 들어온 것처럼 여러 갈래로 물결치며 하늘거리고 있었다. 나는 그 자리에 잠깐 멈춰 서서 커튼들이 펄럭이는 소리와 벽에 걸린 그림 액자가 삐걱거리는 소리에 귀를 기울이고 있었다. 이윽고 톰 뷰캐넌이 쾅 하고 등 뒤의 문을 닫는 소리가 들렸다. 그러자 방 안을 빠져나가고 있던 바람이 흐름을 멈추었고, 커튼과 깔개, 두 젊은 여자도 기구가 하강하듯 조용히 바닥으로 내려왔다.

두 여자 가운데 젊은 쪽은 처음 보는 사람이었다. 소파 한쪽에 몸을 길게 누인 채 꼼짝도 하지 않았다. 턱을 약간 쳐들고 있었는데, 마치 떨어지기 쉬운 물건을 턱 위에 올려놓고 균형을 잡고 있는 듯한 모습이었다. 내 모습을 곁눈질로 훔쳐봤을지도 모르지만, 그런 내색은 조금도 보이지 않았다. 실은 내 쪽에서 당황한 나머지, 불쑥 들어와 방해를 해서 미안하다고 사과할 뻔했다.

또 한 여자, 데이지는 일어나려고 했다. 마음이 담긴 표정을 지으며 몸을 약간 앞으로 기울인 것이다. 그러고 나서 깔깔 웃었는데, 묘하고도 매력적인 웃음이었다. 나도 따라 웃으면서 방 안으로 들어섰다.

"난 행복에 겨워서 마, 마비되고 말았어요."

데이지는 매우 그럴듯한 말이라도 한 것처럼 다시 깔깔 웃었다. 그리고 내 손을 가볍게 잡고는 나를 말뚱말뚱 쳐다보면서, 이 세상에 오빠만큼 만나고 싶었던 사람은 없었다고 말했다. 그녀는 늘 그런 식이었다. 턱으로 무언가의 균형을 잡고 있는 여자의 이름은 베이커라고, 데이지는 소곤거리는 목소리로 알려주었다(데이지가 소곤거리는 목소리로 말하는 버릇은 상대가 자기 쪽으로 몸을 기울이게 하려는 수법이라는 말을 어디선가 들었는데, 그것은 터무니없는 험담이고, 설령 그렇다 하더라도 그녀가 그렇게 속삭일 때의 매력은 조금도 손상되지 않는다).

그럭저럭하는 동안 미스 베이커의 입술이 가늘게 떨렸다. 그녀는 나를 향해 보일락 말락 할 정도로 고개를 끄덕이더니, 이내 다시 머리를 뒤로 젖혔다. 턱으로 균형을 잡고 있던 물건이 떨어질 것처럼 흔들리기라도 한 듯 흠칫 놀란 표정이 그녀의 얼굴을 스쳤다. 내 입술에 다시 사과의 말이 떠올랐다. 이렇게 자기 안에 아낌없이 잠겨 있는 사람을 보면 나는 언제나 놀란 나머지 몹시 송구스러워진다.

나는 데이지 쪽으로 다시 눈길을 돌렸다. 그녀는 낮게 떨리는 목소리로 나에게 무언가를 묻고 있었다. 그 목소리는 한마디 한마디가 두 번 다시 연주될 수 없는 음조를 배열해 놓은 것 같아서, 듣는 쪽의 귀가 그 높낮이를 따라 오르락내리락하지 않으면 안 될 정도였다. 그녀의 얼굴은 애수에 젖어 있었으나 사랑스럽고, 거기에는 몇 군데 빛나는 부분이 있었다. 빛나는 눈동자와 열정을 머금고 빛나는 입술. 그러나 목소리에는 그녀를 사랑했던 남자라면 잊기 힘든 어떤 자극적인 요소가 깃들어 있었다. 노래하듯 감미로운 강요, '이봐요, 내 말 좀 들어봐요' 하는 속삭임, 방금 전에 더없이 유쾌한 무언가를 끝냈다는, 그리고 조금 뒤에는 또 다른 유쾌하고 멋진 일이 벌어질 것이라는 암시.

동부로 오는 도중 시카고에서 하룻밤 묵었는데 많은 사람들로부터 안부를 전해달라는 부탁을 받았다고, 나는 그녀에게 말했다.

"내가 없어서 모두 쓸쓸한 모양이죠?" 그녀가 기쁜 듯이 말했다.

"시내가 텅 빈 것 같았어. 차들은 왼쪽 뒷바퀴를 장례식

꽃다발처럼 까맣게 칠했고, 네가 살던 노스쇼어*에서는 밤 새 통곡 소리가 그치질 않는 거야."

"정말 감동적이네요! 이봐요 톰, 우리 돌아가요. 내일이 라도 당장!" 그러고는 느닷없이 화제를 바꾸었다. "우리 꼬 마 아가씨를 만나셔야죠?"

"물론이지."

"지금은 자고 있어요. 벌써 두 살이에요. 본 적이 없던가 요?"

"응, 없어."

"그럼 꼭 봐야 해요. 어쨌든……."

톰 뷰캐넌은 불안한 듯 방 안을 서성거리다가 문득 걸음 을 멈추고 내 어깨에 손을 얹었다.

"닉, 무슨 일을 하고 있나?"

"증권회사에 다녀."

"어느 회사지?"

나는 회사 이름을 말해주었다.

"들어본 적이 없는데." 그가 단호하게 말했다.

그런 말을 들으니 나는 기분이 좋지 않았다.

---

* 시카고 북쪽의 미시간호 연안에 있는 부유층 주거 지역.

"이제 곧 듣게 될 거야." 나는 퉁명스럽게 대답했다. "동부에 계속 살면 조만간 듣게 될 거라구."

"나도 동부에 자리 잡을 생각이야. 정말이야." 그가 말했다. 그러고는 데이지를 힐끗 쳐다보고 나서, 무슨 딴 일을 경계하는 듯한 태도로 나에게 눈길을 돌렸다. "다른 곳에 산다면 터무니없는 바보일 거야."

그때 베이커가 입을 열었다. "맞아요!" 너무나 당돌한 그 말에 나는 깜짝 놀랐다. 그것이 내가 이 방에 들어온 이래 그녀가 처음으로 입 밖에 낸 말이었다. 내가 놀란 것과 마찬가지로 본인 자신도 놀란 모양이었다. 그녀는 하품을 한 번 하고는 시원시원한 동작으로 재빨리 몸을 일으켜 바닥에 내려섰기 때문이다.

"몸이 뻣뻣하게 굳어버렸어." 그녀가 투덜거리듯이 말했다. "소파에 너무 오래 누워 있었나 봐."

"왜 날 쳐다보고 그래?" 데이지가 응수했다. "뉴욕으로 나가자고 오후 내내 말했잖아."

"아니, 안 마실래." 베이커가 방금 조리실에서 가져온 넉 잔의 칵테일을 보며 말했다. "난 지금 착실하게 트레이닝을 하고 있는 중이거든."

톰은 믿을 수 없다는 눈으로 그녀를 바라보았다.

"그렇겠지!" 그는 술잔 바닥에 술이 한 방울밖에 남아 있지 않았던 것처럼 칵테일을 쭈욱 들이켰다. "당신 같은 여자가 도대체 어떻게 그런 일을 해내는지 정말 모르겠다니까."

도대체 무엇을 해낸다는 것일까, 나는 의아해하면서 베이커를 바라보았다. 바라볼수록 기분이 좋아지는 여자였다. 가슴이 작고 날씬한 몸매에 등이 곧았다. 마치 젊은 사관생도처럼 어깨부터 몸을 뒤로 힘껏 젖혀서 그 곧은 자세가 더욱 돋보였다. 그녀는 나의 시선에 응답이라도 하듯 햇빛을 받아 피곤해진 잿빛 눈으로 나를 바라보았다. 나른하고 매력적인, 어딘지 모르게 불만스러운 듯한 그 얼굴 뒤에는 내가 그녀에게 품고 있는 것과 같은 온당한 호기심 같은 것이 엿보였다. 그때 문득 어디선가 그녀를, 혹은 그녀의 사진을 본 적이 있는 듯한 기분이 들었다.

"웨스트에그에 살고 계신다고요?" 그녀가 약간 경멸하는 투로 말했다. "거기에 내가 아는 사람도 살고 있지요."

"나는 아직 아무도 모르는데⋯⋯."

"하지만 개츠비는 아시겠죠?"

"개츠비?" 하고 데이지가 끼어들었다. "무슨 개츠비?"

개츠비는 내 옆집에 사는 사람이라고 말하려는데 저녁식사가 준비되었다는 전갈이 왔다. 톰은 억센 팔로 다짜고짜 내 겨드랑이를 끼고, 마치 장기판의 말이라도 옮기듯이 나를 방 밖으로 끌고 나갔다.

두 여자는 양손을 엉덩이에 살짝 얹은 채 날씬하고 나른한 걸음으로 우리보다 앞서서 장밋빛 베란다로 걸어 나갔다. 베란다 앞에는 황혼이 펼쳐져 있다. 테이블 위에 놓인 네 개의 촛불이 기세가 약해진 바람에 살며시 하늘거리고 있었다.

"촛불은 왜 켰지?" 데이지가 눈살을 찌푸리며 말하고, 손을 휘저어 촛불을 껐다. "앞으로 보름만 지나면 하지가 오는데." 그녀는 밝은 얼굴로 우리를 둘러보았다. "당신들도 하지를 줄곧 기다리고 있다가, 막상 그날이 오면 온 줄도 모르고 지나치곤 하지 않나요? 나는 언제나 그래요. 하지를 기다리고 있다가도 매번 깜빡 잊어버린다니까요."

"미리 무슨 계획을 세워둬야 해." 베이커가 말하고 하품을 하면서 테이블 앞에 앉았다. 마치 침대에라도 들어가는 듯한 몸짓이었다.

"좋아. 어떤 계획을 세우지?" 데이지가 말하고는 도움을 청하듯 나를 바라보았다. "하지 때 사람들은 어떤 계획을 세우죠?"

내가 대답도 하기 전에 그녀는 큰일 났다는 듯이 자신의 새끼손가락을 뚫어지게 바라보았다.

"이것 봐요! 다쳤어요." 그녀가 울상을 지었다.

우리 모두 거기로 눈을 돌렸다. 손가락 마디 부분에 푸른 멍이 생겨 있었다.

"당신 때문이에요, 톰." 그녀가 나무라듯이 말했다. "일부러 한 게 아니라는 건 알고 있지만, 어쨌든 당신 탓이에요. 짐승 같은 남자와 결혼하면 이런 꼴도 당하는 법이죠. 형편없이 덩치만 커 가지고……."

"형편없다는 말은 마음에 안 들어." 톰이 불쾌한 듯이 말했다. "아무리 농담이라도 말이야."

"하지만 형편없지 뭐예요." 데이지도 고집스럽게 되풀이했다.

이따금 데이지와 베이커가 동시에 말을 했지만, 그렇다고 중뿔난 것도 없이 그때그때 되어가는 대로 농담을 섞어가며 주고받는 잡담이었다. 대화라고 할 정도의 것도 아니고, 강한 요구가 전혀 없다는 점에서 그녀들이 입고 있는 하얀 드레스와 마찬가지로, 그리고 그 무심한 눈과 마찬가지로 지극히 냉랭한 말수작이었다. 그녀들은 거기에 있으면서 톰과 나를 받아들이고 있었다. 다만 상대를 즐겁게 해준다든가 자기들도 즐긴다든가 그런 것에 관해서는 기분좋고 예의에 어긋나지 않을 정도의 노력밖에는 기울이지 않았다. 그러는 동안 이 만찬도 끝나고, 또 조금 지나면 이 하룻밤도 끝나서 깨끗이 잊혀버린다는 것을 그녀들은 알고 있었다. 그런 점은 중서부와는 완전히 딴판이었다. 중서부에서의 만찬은 그 끝을 향해 하나의 단계에서 다음 단계로 성급하게 쫓기듯 넘어간다. 시시각각 기대가 배신당하고 실망이 쌓이면서, 또는 '지금'이라는 이 순간을 그저 두려워하면서.

"데이지, 너하고 함께 있으면 내가 야만인이라도 된 듯한 기분이 들어." 나는 클라레*를 두 잔째 마시면서 말했다. 코르크 냄새가 나긴 했지만 꽤 훌륭한 포도주였다. "농작물 얘기나 무슨 딴 얘기를 할 수 없겠니?"

단순한 농담이었지만, 나의 이 말은 생각지도 않은 반응을 불러일으켰다.

"문명은 이제 박살이 날 판이야." 톰이 갑자기 거친 목소리로 말했다. "나는 요즘 철저한 비관론자가 되었어. 닉, 고다드라는 사람이 쓴 『유색인 제국의 발흥』†이라는 책을 읽어 봤나?"

"아니, 못 읽었는데." 나는 그의 말투에 약간 기가 죽어서 대답했다.

"아주 뛰어난 책이야. 한번 읽어볼 가치가 있어. 내용인즉, 우리 백인종이 정신 차리지 않으면 완전히 몰락하고 만

---

* 프랑스의 보르도산 적포도주.
† 저자와 책 모두 지어낸 것이다.

다는 거야. 모두 과학적인 얘기들이야. 증명도 충분히 되어 있고."

"톰은 요즘 와서 심각해지고 있다니까요." 데이지가 안쓰러운 표정을 지으며 말했다. "따분한 낱말이 잔뜩 들어 있는 심오한 책들을 읽고 있죠. 그게 무슨 단어였죠? 요전에 우리가……."

"다 과학적인 책들이야." 톰은 짜증스러운 눈으로 데이지를 바라보면서 언성을 높였다. "저자는 모든 걸 밝혀놓았어. 지배 인종인 우리가 정신 바짝 차려야 한다는 거야. 그렇지 못하면 다른 인종이 지배권을 장악하게 된다는 거지."

"우리가 놈들을 때려눕혀야 해요." 데이지가 불타는 태양을 향해 사납게 눈짓을 하면서 작은 소리로 말했다.

"당신들은 캘리포니아에서 살아야 하는 건데……." 베이커가 입을 열었으나, 톰이 의자에 앉아 있던 자세를 바꾸면서 말을 가로챘다.

"요컨대 우리는 북유럽 인종이야. 나도 그렇고, 자네도 그렇고, 당신도 그렇고……." 그는 조금 망설이는 기색을 보였지만 가볍게 고개를 끄덕임으로써 데이지도 포함시켰다. 데이지는 또 나에게 힐끔 눈짓을 했다. "그리고 우리는 문명의 토대가 되는 것을 모두 만들어냈어. 과학이며 예술이며 그런 것들을 모두. 안 그래?"

그가 이렇게 열을 올리는 것을 보면 어딘가 서글픈 데가 있었는데, 그의 자기만족은 옛날보다 더욱 심해져서 이제는 더 이상 그를 충족시키지 못하는 것 같았다. 그때 집 안에서 전화벨이 울리고 집사가 전화를 받으려고 베란다를 떠나자, 데이지가 말이 잠시 중단된 틈을 타서 내 쪽으로 몸을 기울였다.

"우리 집 비밀을 하나 가르쳐드릴게요." 그녀는 더 이상 기다릴 수 없다는 듯이 작은 목소리로 말했다. "집사의 코에 관한 건데, 듣고 싶으세요?"

"그 얘기를 들으려고 오늘 여기 온 거야."

"집사 말이에요, 지금까지 줄곧 집사로 일한 게 아니라 전에는 뉴욕의 어느 저택에서 은그릇을 닦는 일을 했는데, 그 집에는 200명분의 은식기가 갖추어져 있었대요. 그래서 아침부터 밤까지 쉬지도 않고 은식기를 닦아야 했지요. 그 덕분에 결국은 코에 문제가 생겨서……."

"사태가 점점 나빠지기만 했대요." 베이커가 옆에서 말을 거들었다.

"그래, 사태가 점점 나빠졌지. 그러다가 결국은 그 일을 그만둘 수밖에 없었대요."

그날의 마지막 햇살이 데이지의 빛나는 얼굴에 잠시 낭만적인 색깔을 칠해주었다. 그녀의 작은 목소리를 들으려고 나는 몸을 앞으로 내밀고 숨을 죽인 채 이야기에 귀를 기울이고 있었다. 그후 햇빛은 서서히 희미해졌다. 길거리에서 즐겁게 뛰놀던 아이들이 해질녘에 집으로 돌아가듯, 하나하나의 빛이 이별을 아쉬워하면서 데이지 곁을 떠나갔다.

집사가 돌아와서 톰의 귀에다 뭐라고 속삭였다. 그러자 톰은 미간을 찌푸리며 의자를 뒤로 밀고 자리에서 일어나 아무 말도 없이 집 안으로 들어갔다. 남편이 사라지자 몸속의 무언가가 활기를 얻은 것처럼 데이지는 다시 내 쪽으로 몸을 기울이며 낭랑한 목소리로 말했다.

"오빠를 우리 집 식사에 초대하게 돼서 정말 기뻐요. 오빠를 보면 장미꽃이 생각나요. 완전무결한 장미꽃. 그렇게 생각지 않아요?" 그녀는 베이커를 돌아보며 동의를 구했다. "완벽한 장미. 안 그러니?"

그것은 사실이 아니었다. 나에게는 장미와 비슷한 점이 조금도 없기 때문이다. 데이지는 그저 머리에 문득 떠오른 생각을 말하고 있었을 뿐이다. 하지만 그래도 그 말에서는 가슴이 뭉클할 정도의 따뜻함이 넘쳐흐르고 있었다. 마치 그녀의 마음이 숨가쁘고 짜릿한 말로 변장하여 상대에게 접근하려고 하는 것 같았다. 그러다가 데이지는 갑자기 냅킨을 식탁 위에 내던지고 잠깐 실례하겠다면서 자리에서 일어나 집 안으로 들어갔다.

베이커와 나는 의미 있는 눈길이 되지 않도록 조심하면서 잠깐 눈길을 나누었다. 내가 뭔가 말을 걸려고 하자 그녀는 갑자기 진지한 표정으로 의자에서 몸을 일으키며 "쉿!" 하고 주의를 주었다. 집 안에서는 격렬한 감정을 억누르고 속삭이는 목소리가 희미하게 들려왔다. 베이커는 그것을 엿들으려고 부끄러워하는 기색도 없이 몸을 앞으로 내밀었다. 들려오는 목소리는 의미를 이룰까 말까 하는 미묘한 경계선을 헤매고 있었다. 목소리는 낮게 가라앉았나 했더니 격렬하게 높아지다가 갑자기 딱 멎어버렸다.

"아까 당신이 말한 개츠비라는 사람은 내 이웃이오." 내가 말했다.

"조용히 하세요. 무슨 일이 벌어지는지 알고 싶으니까요."

"무슨 일이 있습니까?"

"사정을 모르세요?" 베이커는 정말 놀란 것 같았다. "설마 그걸 모르는 사람은 없을 줄 알았는데."

"난 모르는데요."

"그러니까……" 그녀는 말하기가 곤란한 듯 잠시 머뭇거렸다. "톰에게 여자가 있어요. 뉴욕에."

"여자가 있다고요?" 나는 얼빠진 목소리로 되물었다.

베이커는 고개를 끄덕였다.

"아무리 그렇다 해도 식사 시간에 전화하지 않을 정도의 예의는 있어야 하잖아요. 그렇게 생각지 않으세요?"

그녀의 말뜻을 미처 파악하기도 전에 옷자락이 펄럭이는 소리와 가죽 부츠가 저벅거리는 소리가 들리더니, 톰과 데이지가 나란히 식탁으로 돌아왔다.

"도저히 참을 수 없었어요!" 데이지가 억지로 꾸며낸 쾌활한 목소리로 외쳤다. 그러고는 자리에 앉자 살피듯 베이커와 나를 번갈아 훑어보며 말을 이었다. "잠깐 정원을 보고 왔어요. 밖이 너무나도 낭만적이라서. 잔디밭에 작은 새가 앉아 있는데, 나이팅게일 같더군요. 큐나드나 화이트스타*의 기선을 타고 유럽에서 건너온 게 분명해요. 지금도 계속 지저귀고 있어요." 그녀의 목소리도 지저귀는 듯했다. "더없이 낭만적이었어요. 그렇죠, 톰?"

"정말 낭만적이야." 그가 말했다. 그러고는 비참한 얼굴로 나를 보았다. "식사가 끝난 뒤에도 아직 밝으면 자네를 마구간으로 안내하지."

그때 집 안에서 움찔 놀랄 만큼 큰 소리로 전화벨이 울렸다. 그리고 데이지가 톰을 향해 단호하게 고개를 저었다. 그 바람에 마구간 이야기, 나아가서는 모든 화제가 흔적도 없

---

* 둘 다 영국의 해운 회사.

이 사라져버렸다. 그 식사 자리에서 산산조각난 마지막 5분 동안 내가 띄엄띄엄 기억하고 있는 것은 촛불이 아무 의미도 없이 다시 켜졌다는 것과 그 자리에 있는 모든 사람을 정면으로 쳐다보고 싶으면서도 누구와도 눈을 마주치지 않았다는 사실이다. 데이지와 톰의 마음속은 짐작도 가지 않았다. 하지만 견고한 회의론을 터득하고 있는 듯한 베이커조차도 그 다섯 번째 손님의 만족할 줄 모르는 요구를, 귀에 거슬리는 그 금속성 소리를 머리에서 완전히 몰아내지는 못했을 것이다. 이런 상황에 흥미를 느끼는 사람도 세간에는 있을지 모른다. 하지만 나 자신의 본능은 당장이라도 전화를 걸어 경찰을 부르고 싶다는 것이었다.

두말할 것도 없는 일이지만, 말 이야기는 그것으로 끝났다. 톰과 베이커는 해질녘의 어스름 속에서 1, 2미터쯤 떨어져서 천천히 서재 안으로 들어갔다. 마치 그곳에 누군가의 주검이 있어서, 밤샘이라도 하러 가는 것 같았다. 반면에 나는 약간 귀가 먹은 체하면서 데이지의 뒤를 따라 본채로 이어져 있는 베란다를 이용하여 현관 앞까지 걸어갔다. 그리고 그곳의 어두움 속에 놓여 있는 기다란 고리버들 의자에 나란히 앉았다.

데이지는 그 사랑스러운 모습을 맛보려는 것처럼 두 손으로 얼굴을 감싸고 있었지만, 이윽고 벨벳 같은 어둠 쪽으로 천천히 눈길을 돌렸다. 격렬한 감정이 그녀의 마음을 뒤흔들고 있는 게 분명했다. 그래서 나는 그녀의 기분을 달래줄 생각으로 어린 딸에 대해 물어보았다.

"우린 서로에 대해 모르는 게 많군요." 그녀가 느닷없이 말했다. "육촌 사이라곤 하지만, 오빠는 내 결혼식에도 오지 않았고······."

"그때는 전쟁터에 있었으니까."

"아, 그랬죠." 이렇게 말하고 그녀는 잠시 망설였다. "오빠, 나는 그동안 속상한 일이 많았어요. 그래서 이제는 매사에 냉소적이 되어버렸어요."

무슨 일이 있었던 모양이라고 생각했다. 그리고 다음 이야기를 기다렸지만 데이지는 그대로 입을 다물어버렸다. 나는 잠시 사이를 두었다가, 부자연스럽기는 했지만 다시 딸 이야기를 꺼냈다.

"이젠 말도 하겠군. 식사 같은 것도 스스로 할 수 있나?"

"그럼요." 그녀는 내 얼굴을 멍하니 바라보았다. "오빠, 그 애가 태어났을 때 내가 뭐라고 했는지 가르쳐드릴까요? 듣고 싶으세요?"

"듣고 싶고말고."

"그 말을 들으면 내가 어떤 식으로 세상을 바라보게 되었는지 알 수 있을 거예요. 아이가 태어난 지 한 시간도 지나지 않았는데 톰은 늘 그렇듯이 행방을 알 수 없고, 나는 마취에서 깨어나자 완전히 내버려진 듯한 기분이 들었지만, 곧 마음을 다잡고 간호사한테 물었지요. 아기가 아들인지 딸인지. 딸이라는 말을 듣고는 고개를 돌리고 울었어요. 그러다가 말했죠. '좋아요. 딸이라서 기뻐요. 바보 같은 여자로 자라주면 좋겠어요. 그게 제일이죠. 예쁘고 머리 나쁜 여자가 되는 게.'" 데이지는 확신에 찬 목소리로 말을 이었다.

"그러니까 요컨대 세상은 모든 게 끔찍하다고 생각해요. 누구나 다 그렇게 생각해요. 아주 진보적인 사고방식을 가진 사람들도 그렇게 생각하고 있죠. 하지만 내 경우는 생각하는 게 아니라 그냥 알아요. 나는 모든 곳에 가봤고, 모든 것을 보았고, 모든 것을 해봤으니까요." 그녀의 눈은 도전하듯 강렬한 빛을 내뿜고 있었다. 그것은 아까 본 톰의 눈과 어딘지 모르게 비슷했다. 그리고 그녀는 움찔할 만큼 자포자기한 웃음을 터뜨렸다. "닳고 닳은 거지요. 그래요, 닳고 닳았단 말이에요!"

나의 관심과 믿음을 강요하던 그녀의 목소리가 그치자, 나는 곧 그녀의 이야기가 본질적으로 불성실하다는 것을 느꼈다. 그리고 그 자리에 앉아 있기가 거북해졌다. 이날 저녁의 모임 자체가 내게서 어떤 공감 같은 것을 끌어내기 위해 꾸민 일종의 트릭이었다는 생각이 들었던 것이다. 아무 말도 않고 잠시 기다리고 있으려니까, 아니나 다를까 그녀는 곧 그 아름다운 얼굴에 흠잡을 데 없는 미소를 띠며 나를 바라보았다. 마치 '뭐니 뭐니 해도 나와 톰은 평범하지 않은 특수한 사회에 속해 있으니까'라고 말하는 것처럼.

집 안에서는 붉은색 방에 불이 휘황하게 켜져 있었다. 톰과 베이커는 긴 소파의 양쪽 끝에 앉아 있었고, 그녀가 톰에게 《새터데이 이브닝 포스트》*를 읽어주고 있었다. 그녀의 부드러운 음성에는 듣는 사람의 마음을 가라앉혀주는 듯한 가락이 깃들어 있었다. 스탠드 불빛은 톰의 부츠 위에서 밝게 빛나고, 베이커의 낙엽 같은 노란색 머리 위에서 흐릿하게 빛나고, 그녀가 가냘픈 두 팔의 근육을 떨면서 페이지를 넘길 때마다 종이에 반사되어 반짝반짝 빛났다.

우리가 방에 들어가자 베이커가 한 손을 들어 조용히 하라는 신호를 보냈다. 그러고는 "다음 호에 계속. 기대하시라" 하면서 잡지를 탁자 위에 내던졌다.

그녀의 몸은 무릎을 끊임없이 움직임으로써 그 존재를 주장하기 시작하더니 곧 일어섰다.

---

* 미국에서 발간되는 잡지. 1897~1963년에는 주간지였다.

"열 시야." 베이커가 천장을 보면서 말했다. "나처럼 착실한 아가씨는 침대에 들 시간이야."

"조던은 내일 골프시합에 나가요. 웨스트체스터*에서." 데이지가 설명했다.

"아, 당신이 바로 그 조던 베이커군요."

그제야 나는 그녀의 얼굴이 낯익은 까닭을 알 수 있었다. 사람을 즐겁게 하면서도 상대를 깔보는 듯한 표정은 애슈빌이나 핫스프링스나 팜비치† 등지의 스포츠 소식을 전하는 신문에 나온 사진에서 자주 보았다. 그녀에 대한 소문을 들은 적도 있었다. 별로 유쾌하다고는 말할 수 없는 비판적인 이야기였다. 하지만 그게 어떤 내용이었는지는 오래전 일이라서 생각나지 않았다.

"굿나잇." 그녀가 부드러운 목소리로 말했다. "내일은 여덟 시에 깨워줘."

"정말로 일어날 거야?"

"걱정 마. 그럼 안녕히 가세요, 캐러웨이 씨. 언제 또 만나요."

"그건 걱정 마." 데이지가 말했다. "만나는 정도가 아니라

---

* 뉴욕시 북쪽 교외의 중산층 주거 지역.
† 모두 미국의 휴양 도시이며 골프대회가 열리는 곳이기도 하다.

중매도 설 거야. 오빠, 앞으로도 우리 집에 자주 오세요. 내가 두 사람을…… 뭐랄까…… 함께 묶어줄 테니까. 그러니까 두 사람을 무슨 사고라도 난 것처럼 해서 옷장 속에 단둘이 가두어놓거나, 한 배에 태워 바다로 보내버리거나……."

"굿나잇." 베이커가 층계참에서 말했다. "나는 한마디도 못 들었어."

"좋은 아가씨야." 잠시 후에 톰이 말했다. "다만 저렇게 떠돌이 생활을 하게 하는 건 좋지 않아."

"하게 하다니, 누가요?" 데이지가 쌀쌀한 목소리로 물었다.

"저 애네 가족이지."

"가족이라고는 천 살쯤 먹은 숙모 한 사람밖에 없어요. 앞으로는 닉 오빠가 돌봐주게 될 거예요. 그렇죠, 오빠? 조던은 올 여름에는 주말을 대부분 여기서 보내기로 되어 있어요. 그러면 조던도 가정생활의 즐거움에 눈을 뜨지 않을까요."

데이지와 톰은 말없이 서로 쳐다보았다.

"뉴욕 출신인가?" 내가 재빨리 물어보았다.

"루이빌* 출신이에요. 우리는 거기서 소녀 시절을 함께 보냈죠. 아름답고 순결한 시절을."

---

* 미국 켄터키주에 있는 도시.

"당신은 아까 베란다에서 닉과 허심탄회하게 얘기라도 나눠봤어?" 톰이 불쑥 물었다.

"그랬나요?" 데이지가 나를 보고 시치미를 뗐다. "생각나지 않아요. 우리가 이야기한 것은 북유럽 인종에 대해서가 아니었나요? 맞아요. 분명히 그런 얘기였어요. 어쩌다가 그 얘기가 화제에 올랐는데, 문득 정신을 차렸을 때는……."

"닉, 이 사람의 말을 곧이곧대로 받아들이지 말게." 그가 나에게 충고했다.

대단한 이야기는 하지 않았다고 가볍게 대꾸하고, 잠깐 사이를 두었다가 이제 그만 집으로 돌아가야겠다면서 몸을 일으켰다. 두 사람은 현관 앞까지 배웅해주었다. 네모꼴로 부각된 문간의 불빛 속에 그들은 나란히 서 있었다. 내가 차에 시동을 걸자 데이지가 다짜고짜 "잠깐만!" 하고 외쳤다.

"한 가지 중요한 질문을 잊고 있었네요. 오빠가 서부에 있는 어떤 여자와 약혼했다는 이야기를 들었는데, 정말인가요?"

"참 그래." 톰도 맞장구를 쳤다. "자네가 약혼했다는 이야기를 분명히 들었어."

"터무니없는 중상이야. 나 같은 빈털터리 주제에 결혼을 어떻게 해?"

"하지만 우리가 들은 건 확실해요." 데이지도 물러서지 않았다. 마치 꽃이 피듯 그녀가 다시 생기를 되찾은 데 나는 조금 놀랐다. "세 사람한테 같은 이야기를 들었으니까 터무니없다고는 말할 수 없을 것 같은데요."

그들이 무슨 이야기를 하고 있는지는 물론 짐작이 갔지만, 나는 약혼 같은 걸 한 적이 전혀 없었다. 다만 어떤 아가씨와 결혼할 거라는 소문이 난 것은 사실이고, 그것도 내가 동부로 건너온 이유 중의 하나였다. 소문이 났다고 해서 소꿉동무와의 교제를 갑자기 끊을 수도 없고, 그렇다고 소문에 밀려서 결혼할 생각도 없었다.

그들이 나에게 관심을 가져주는 것은 기쁜 일이었고, 내가 발꿈치도 따라가지 못할 만큼 부자인 그들에게 주눅이 들었던 기분도 덕분에 조금은 누그러졌다. 하지만 차를 몰고 돌아올 때의 나의 심정은 착잡하고 좀 불쾌하기도 했다. 데이지가 택해야 할 길은 아무리 생각해도 아이를 안고 당장이라도 그 집에서 뛰쳐나오는 것이다. 하지만 그녀의 머릿속에는 그런 생각이 전혀 없어 보였다. 또한 톰에 대해서 말하면, '뉴욕에 애인이 있다'는 사실보다는 책 한 권 때문에 우울해져 있다는 사실이 나에게는 더 놀라웠다. 그의 왕성한 육체적 이기주의가 이제는 그의 방자한 마음을 지탱해주지 못하는지, 그는 지금 무엇엔가 밀려서 진부한 사상의 모서리를 긁적거리고 있는 것이다.

길가의 술집 지붕이나 새로 설치한 빨간 급유 펌프가 불빛을 받으며 외따로 서 있는 주유소를 보면 벌써 여름이 한창이었다. 웨스트에그의 집에 도착하여 차를 차고에 넣은 뒤 나는 정원에 내버려둔 잔디깎이 위에 잠시 앉아 있었다. 바람은 거의 가라앉았고, 활기차고 밝은 밤하늘에는 나뭇가지 사이에서 새들이 날개를 퍼덕이는 소리가 들리고, 땅에서는 대지의 풀무가 생명을 가득 불어넣기라도 한 듯 개구리들이 요란한 오르간 소리를 쉴 새 없이 울리고 있었다. 고양이 한 마리가 달빛 속에 긴 그림자를 남기며 지나갔고, 그래서 나는 그쪽을 보려고 머리를 돌리다가 그곳에 나만 혼자 있는 게 아니라는 것을 깨달았다. 15미터쯤 떨어진 이웃집 그늘에서 한 사람이 소리도 없이 나타난 것이다. 그는 두 손을 주머니에 찔러 넣고 서서 하늘에 빈틈없이 흩어진 은빛 별들을 바라보고 있었다. 여유 있어 보이는 몸가짐, 잔디밭에 두 다리로 버티고 서 있는 자세를 보고 그가 바로 개츠비 씨라는 것을 짐작할 수 있었다. 아마 이 동네에서 보이는 하늘 가운데 어느 부분이 자기 몫인지를 알아보려고 나와 있는 듯했다.

나는 그에게 말을 걸어볼까 생각했다. 베이커가 저녁식사 자리에서 그에 대한 이야기를 했으니까, 그것이 소개의 실마리가 될 수 있을 터였다. 하지만 결국 말은 걸지 않았다.

그가 그때 갑자기 취한 동작을 보고, 이 사람은 혼자 있는 것이 흐뭇한 모양이라고 짐작할 수 있었기 때문이다. 그는 보는 사람을 움찔 놀라게 하는 몸짓으로 어두운 바다를 향해 두 손을 내밀었다. 그리고 먼빛이기는 하지만 그의 몸이 가늘게 떨리고 있는 것을 나는 분명히 보았다. 나는 무심코 바다 쪽으로 눈길을 돌렸다. 그러나 바다에는 초록 불빛 하나가 보일 뿐이었다. 작고 멀리 떨어진 불빛, 아마 선착장 끝에 설치된 조명일 것이다. 그리고 다시 개츠비 쪽으로 눈길을 돌렸을 때, 그곳에는 아무도 없었다. 나는 소란한 밤의 어둠 속에 다시금 혼자 남아 있었다.

제2장

  웨스트에그와 뉴욕의 중간쯤 되는 지점에서 자동차도로
가 마치 황량한 곳에서 빨리 멀어지려는 것처럼 철도와 서
둘러 만나 400미터쯤 나란히 달리는 곳이 있다. 이곳이 바
로 '재의 골짜기'*다. 잿더미가 밀처럼 자라서 산마루와 구릉
과 기괴한 정원으로 바뀌는 환상적인 농장이라고나 할까.
여기서는 쓰레기가 집과 굴뚝과 피어오르는 연기의 형태를
취하기도 하고, 대단한 노력으로 마침내는 잿빛 인간들, 먼

---

* 뉴욕시 퀸스구 북부에 있었던 쓰레기 매립지(실제 지명은 '코로나 애시 덤프').
  1910년부터 플러싱 강변 습지대를 석탄재와 쓰레기로 매립했으며, 이렇게 조성
  된 공원(플러싱 메도 코로나 파크)은 1939년 뉴욕 세계박람회장으로 쓰였다.

지푸성이 공기 속에서 희미하게 움직이며 벌써 부서져 가루가 되어가고 있는 인간들의 형상을 취하기도 한다. 가끔은 대열을 이룬 잿빛 화물차들이 눈에 보이지 않는 선로를 따라 기어와서는 끼익 하고 소름끼치는 소리를 내며 멈춰 선다. 그러면 당장 잿빛 인간들이 납빛 삽을 들고 모여들어 자욱한 먼지를 일으키고, 그 먼지구름은 뭘 하는지 분명치 않은 그들의 작업을 시야에서 가려버린다.

하지만 잿빛 땅과 그 위를 끝없이 떠도는 황량한 먼지의 소용돌이, 그 위로 시선을 옮기면 잠시 뒤에는 안과의사인 T.J. 에클버그 박사의 두 눈이 보인다. 에클버그 박사의 두 눈은 파랗고 거대하다. 망막의 지름이 1미터나 된다. 얼굴은 없고 눈만 있는데, 있지도 않은 콧등 위에 걸린 거대한 노란 안경 너머로 밖을 내다보고 있다. 좀 엉뚱하고 익살맞은 안과의사가 퀸스 구에서 개업하여 돈이나 좀 벌어보려고 광고판을 세웠다가 그 자신이 영영 장님이 되어버렸거나 광고판을 세운 것도 까맣게 잊어버리고 다른 데로 이사를 가버린 게 분명하다. 하지만 그의 눈만은 햇빛과 비바람에 시달리고 오랫동안 페인트칠을 하지 않아서 좀 바랬지만, 생각에 잠긴 듯 이 장엄한 쓰레기 매립지를 굽어보고 있다.

재의 골짜기 한쪽에는 작고 탁한 강이 흐르고, 거룻배가 지나가도록 도개교가 올라가면 기차가 멈춰 서고 승객들은 적어도 반시간 동안 기다리며 음울한 풍경을 바라볼 수밖에 없다. 그렇지 않은 경우에도 이곳에서는 언제나 적어도 1분은 정차하게 되어 있다. 그리고 내가 톰 뷰캐넌의 정부(情婦)를 처음 만난 것도 바로 이 1분의 정차 때문이었다.

톰에게 정부가 있다는 것은 그의 이름이 알려져 있는 곳에서는 어디서나 화젯거리였다. 그를 아는 사람들은 그가 북적거리는 카페에 그녀와 함께 나타나, 그녀 혼자 테이블에 남겨둔 채 여기저기 돌아다니며 아는 사람이 있으면 누구나 붙잡고 떠드는 것을 못마땅하게 여겼다. 나는 호기심에서 그녀를 보고 싶기는 했지만, 만나고 싶은 마음은 전혀 없었다. 하지만 나는 결국 그녀를 만나게 되었다. 어느 날 오후 톰과 함께 기차를 타고 뉴욕으로 가는 길이었다. 기차가 그 쓰레기잿더미 옆에 멈춰 서자 톰은 벌떡 일어나더니 내 팔을 잡고 문자 그대로 나를 기차에서 억지로 끌어내렸다.

"여기서 내리자고. 내 여자를 소개해줄게."

톰은 점심때 많이 마신 것 같았다. 나를 데려가겠다는 그의 결심은 폭력에 가까웠다. 일요일 오후에 내가 달리 무슨 할 일이 있겠느냐는 것이 나를 깔보는 그의 지레짐작이었다.

나는 그를 따라 하얗게 칠한 나지막한 철로 방책을 넘은 다음, 에클버그 박사의 끈덕진 눈길을 받으면서 길을 100미터쯤 되돌아갔다. 눈에 보이는 건물이라고는 그 황무지 끝에 자리 잡고 있는 작은 벽돌 건물 하나뿐이었다. 이 노란 벽돌 건물은 황무지의 작은 중심가인 셈인데, 주변에는 아무것도 없었다. 건물에는 세 가게가 들어 있었는데, 하나는 세입자를 기다리는 중이었고, 또 하나는 밤새 영업하는 식당인데 그곳에 들어가려면 쓰레기가 널려 있는 길을 지나가야 했다. 그리고 세 번째 가게는 자동차 정비소였는데, '자동차 수리 ─조지 B. 윌슨 ─중고차 매매'라는 팻말이 붙어 있었다. 나는 톰을 따라 그 정비소 안으로 들어갔다.

장사가 시원치 않은지 가게 안은 텅 비어 있었다. 눈에 들어오는 자동차라고는 먼지를 뒤집어쓴 채 어두컴컴한 한쪽 구석에 웅크리고 있는 낡은 포드 한 대뿐이었다. 이 어두운 정비소는 하나의 눈가림일 뿐이고 위층에는 호화롭고 낭만적인 아파트가 숨겨져 있을지 모른다는 생각이 문득 들었다. 바로 그때 가게 주인이 헝겊 조각으로 손을 닦으며 사무실 문간에 나타났다. 그는 빈혈증에 걸린 것처럼 무기력하지만 꽤 잘생긴 금발 사내였다. 우리를 본 순간, 그의 연푸른 눈동자에 촉촉한 희망의 빛이 번득였다.

"잘 있었소, 윌슨 영감?" 톰이 반갑게 인사하며 그의 어깨를 찰싹 두드렸다. "그래, 장사는 잘 돼요?"

"그저 그래요." 윌슨은 애매한 말투로 대답했다. "그런데 그 차는 언제쯤 파시렵니까?"

"내주에 팔겠소. 지금 사람을 시켜서 손보는 중이거든."

"그 사람 일솜씨가 꽤나 느린 모양이군요. 안 그래요?"

"그런 게 아니오." 톰이 쌀쌀하게 말했다. "당신이 그런 식으로 생각한다면, 그 차를 다른 사람한테 파는 게 나을지도 모르겠군."

"그런 뜻이 아닙니다. 내 말은 단지……." 윌슨이 얼른 변명했다.

그는 말끝을 흐렸고, 톰은 초조한 듯 정비소 안을 둘러보았다. 그때 계단을 내려오는 발소리가 들리더니 이내 여자의 풍만한 몸집이 사무실 문에서 새어나오는 빛을 가로막았다. 30대 중반의 여자로 약간 뚱뚱한 편이었지만, 어떤 여자들이 그렇듯 육감적으로 몸을 놀렸다. 물방울무늬의 짙푸른 실크 드레스 위로 솟은 얼굴에는 아름다운 구석이 전혀 없었지만, 그녀의 온몸에는 신경이 지글지글 끓고 있는 것처럼 금방 느낄 수 있는 활력이 넘쳐흐르고 있었다. 그녀는 싱긋 웃고는 마치 남편이 유령이라도 되는 것처럼 그를 그냥 지나치더니 톰의 눈을 똑바로 바라보면서 악수를 나누었다. 그러고는 입술을 축이며 남편을 돌아보지도 않은 채 낮고 거친 목소리로 남편에게 말했다.

"이분들이 앉을 수 있게 의자 좀 가져오는 게 어때요?"

"참, 그렇군." 윌슨은 서둘러 작은 사무실 쪽으로 걸어갔다. 그러자 당장 벽의 시멘트 색깔과 뒤섞여버렸다. 뿌연 잿빛 먼지가 그의 검은 옷과 연한 빛깔의 머리카락을 비롯하여 근처의 모든 것을 베일처럼 뒤덮고 있었다. 다만 톰에게 바싹 다가서 있는 그의 아내만 예외였다.

"보고 싶었어." 톰이 열띤 목소리로 말했다. "다음 기차를 타."

"알았어요."

"아래층 신문 가판대 옆에서 만나."

그녀는 고개를 끄덕였다. 그리고 조지 윌슨이 의자 두 개를 들고 사무실에서 나오는 것과 동시에 톰의 곁을 떠났다.

우리는 길 아래쪽에서 사람들 눈에 띄지 않게 그녀를 기다렸다. 마침 7월 4일 독립기념일을 며칠 앞두고 있던 때라 잿빛의 깡마른 이탈리아계 어린이 하나가 철길에다 불꽃놀이용 폭죽을 한 줄로 늘어놓고 있었다.

"끔찍한 곳이야. 그렇지 않나?" 톰이 에클버그 박사와 찡그린 표정을 주고받으면서 말했다.

"지독하군 그래."

"이곳을 벗어나는 게 저 여자한테도 좋아."

"남편이 싫어하지 않나?"

"윌슨 말이야? 그자는 마누라가 뉴욕에 사는 여동생을 만나러 가는 줄 알고 있어. 하도 얼빠진 녀석이라, 자기가 살아 있다는 것도 모른다니까."

이렇게 해서 톰 뷰캐넌과 그의 정부와 나는 함께 뉴욕으로 갔다. 아니, 함께 갔다고는 말할 수 없다. 윌슨 부인이 눈치껏 다른 칸을 이용했기 때문이다. 같은 열차에 타고 있을지도 모르는 이스트에그 주민들의 감정에 대해 톰도 그 정도의 경의는 표하고 있었다.

그녀는 갈색 무늬의 모슬린 드레스로 갈아입고 있었는데, 뉴욕에서 톰의 부축을 받으며 플랫폼에 내려서는 것을 보니 펑퍼짐한 엉덩이에 옷이 찰싹 달라붙어 있었다. 신문 가판대에서 그녀는 《타운 태틀》* 한 권과 영화잡지를 샀고, 구내매점에서는 콜드크림과 작은 향수 한 병을 샀다. 위층으로 올라가서 소리가 요란하게 울리는 웅장한 차도로 나오자, 그녀는 택시 넉 대를 그대로 보낸 뒤 회색 시트를 씌운 연보랏빛 새 택시를 골라잡았다. 우리는 그 차를 타고 거대한 역사를 빠져나와 눈부신 햇빛 속으로 미끄러져 들어갔다. 하지만 창밖을 내다보고 있던 그녀가 재빨리 고개를 돌리더니 앞으로 몸을 구부리며 운전석과 칸막이된 유리를 톡톡 두드렸다.

"저 개를 한 마리 사고 싶어요. 아파트에서 한 마리 키우고

---

* 1920년대에 뉴욕에서 발간된 가십 잡지 《타운 토픽》을 차용한 것.

싶어요. 개는 정말 키울 만해요." 그녀가 진지하게 말했다.

우리는 우스꽝스럽게도 존 D. 록펠러*와 꼭 닮은 백발노인 쪽으로 차를 후진시켰다. 그 노인이 목에 걸고 있는 바구니에는 무슨 품종인지 알 수 없는 새끼 강아지 여남은 마리가 웅숭그리고 있었다.

"품종이 뭐죠?" 노인이 택시 창문으로 다가오자 윌슨 부인이 진지하게 물었다.

"뭐든 다 있습니다. 어떤 품종을 원하시죠?"

"경찰견을 사고 싶어요. 그런 품종은 없나 보죠?"

노인은 미심쩍은 눈으로 바구니 안을 들여다보다가 손을 쑥 집어넣더니 바둥거리는 강아지의 목덜미를 잡아서 끄집어냈다.

"그건 경찰견이 아니잖소." 톰이 말했다.

"맞아요. 엄밀히 말하면 경찰견은 아니죠." 노인이 실망한 목소리로 대답했다. "이 녀석은 에어데일에 가까워요." 그러고는 갈색 수건 같은 강아지의 등을 쓰다듬었다. "이 털을 좀 보세요. 아주 멋진 털이죠. 이런 강아지는 감기에 걸리거나 해서 주인을 귀찮게 하는 일이 절대 없을 겁니다."

---

* '석유왕'으로 불린 미국의 실업가(1839~1937).

"귀여운데요." 윌슨 부인이 탐나는 듯이 말했다. "얼마죠?"

"이놈요?" 노인은 감탄하는 눈으로 강아지를 바라보았다. "10달러는 주셔야겠는데요."

그 에어데일은—어딘가 에어데일 비슷한 데가 있는 것은 사실이지만, 발이 놀랄 만큼 하얬다—이제 주인이 바뀌어 윌슨 부인의 무릎 위에 앉게 되었고, 그녀는 그 강아지의 전천후 털을 황홀한 듯 쓰다듬었다.

"이거 사내애예요 계집애예요?" 그녀가 완곡하게 물었다.

"그놈요? 사내놈입니다."

"암캐야, 그놈은." 톰이 단호하게 말했다. "자, 돈 받으시오. 그 돈이면 딴 데 가서 열 마리는 살 수 있을 거요."

우리는 5번가로 차를 몰았다. 거의 목가적이라고 할 만큼 따뜻하고 포근한 여름철의 일요일 오후였다. 하얀 양들이 떼 지어 모퉁이를 돌아 나타났다 해도 나는 놀라지 않았을 것이다.

"잠깐만! 나는 여기서 내려야겠어." 내가 말했다.

"아니, 그건 안 돼." 톰이 서둘러 내 말을 가로막았다. "자네가 아파트까지 함께 가지 않으면 머틀이 섭섭해할 거야. 그렇지, 머틀?"

"같이 가요." 그녀가 졸랐다. "여동생 캐서린을 전화로 부를게요. 그 애를 아는 사람들은 다들 대단한 미인이라고 해요."

"나도 가고 싶긴 하지만……."

결국 우리는 다시 센트럴파크*를 빠져나온 다음 웨스트 100번가에서 북쪽으로 향했다. 158번가에 이르러 택시는 기다랗고 하얀 케이크 모양의 아파트 건물 앞에 멈춰 섰다. 윌슨 부인은 왕궁에 돌아온 여왕처럼 당당하게 동네를 한 바퀴 둘러본 다음, 강아지와 도중에 산 물건들을 챙겨들고 한껏 으스대며 안으로 들어갔다.

"매키 부부를 부를 거예요. 물론 내 동생에게도 전화를 걸어야겠죠." 엘리베이터를 타고 올라가면서 그녀가 말했다.

그들의 아파트는 꼭대기 층에 있었다. 작은 거실과 작은 식당, 작은 침실과 작은 욕실로 이루어진 아파트였다. 거실에는 태피스트리로 장식된 가구 한 벌이 문간까지 꽉 들어차 있었는데, 방에 비해 가구들이 너무 커서 거실을 이리저리 돌아다니다 보면 태피스트리에 수놓인 베르사유의 정원에서 그네를 타는 귀부인들과 계속 마주쳐야 했다. 벽에는 너무 크게 확대한 사진 한 장이 걸려 있을 뿐이었다. 언뜻 보기에는 너무 확대해서 흐릿해진 바위 위에 암탉 한 마리 앉아 있는 사진 같았다. 하지만 멀리서 보니까 암탉은 부인용

---

* 뉴욕시 맨해튼 중심부에 있는 공원.

모자로 변했고, 뚱뚱한 노부인의 얼굴이 밝은 미소를 지으며 방 안을 굽어보고 있는 사진이었다. 낡은 《타운 태틀》 몇 권이 『베드로라고 불린 시몬』*이란 소설책과 함께 탁자 위에 놓여 있었고, 브로드웨이의 스캔들로 채워진 잡지도 몇 권 보였다. 윌슨 부인은 우선 강아지한테 신경을 썼다. 엘리베이터 보이가 마지못해 심부름을 가서 밀짚이 잔뜩 깔린 상자와 우유를 사왔고, 제 나름의 판단으로 크고 딱딱한 개 비스킷 한 통도 추가로 가져왔다. 그 비스킷 한 개는 우유 접시 속에서 그날 오후 내내 녹아내리고 있었다. 한편 톰은 잠겨 있던 옷장 문을 열고 위스키를 한 병 꺼내왔다.

나는 평생 딱 두 번 술에 취한 적이 있는데, 그 두 번째가 바로 그날 오후였다. 그래서 저녁 여덟 시가 지날 때까지 아파트 안에는 밝은 햇빛이 가득했는데도 그날 일어난 일들은 안개에 싸인 것처럼 흐릿하다. 윌슨 부인은 톰의 무릎에 올라앉아 몇 사람에게 전화를 걸었다. 이윽고 담배가 떨어져서 나는 모퉁이에 있는 드러그스토어†로 담배를 사러 갔다. 아파트로 돌아와 보니 두 사람이 보이지 않았다. 그래서 나

---

* 영국의 소설가 로버트 키블이 쓴 대중소설(1921년 출간).

† 의사의 처방전 없이 살 수 있는 의약품과 함께 식료품, 생활용품 등의 다양한 품목을 판매하는 소매점.

는 얌전히 거실에 앉아 『베드로라고 불린 시몬』을 몇 페이지 읽어보았다. 그 책이 형편없었는지 술 때문에 머리가 뒤죽박죽이었는지 모르지만, 무슨 내용인지 도무지 알 수 없었다.

톰과 머틀(첫 잔을 비운 다음부터 윌슨 부인과 나는 서로 이름을 부르기로 했다)이 다시 나타나자마자 손님들이 아파트에 도착하기 시작했다.

머틀의 동생 캐서린은 서른 살쯤 되어 보이는 날씬하고 속물적인 여자였다. 빨간 머리를 찰싹 달라붙도록 짧게 자르고 얼굴에는 유백색 분을 바르고 있었다. 눈썹은 다 뽑아버리고 그 자리에 좀 더 세련된 각도로 새 눈썹을 그려 넣었지만, 옛 눈썹을 되찾으려는 자연의 노력 때문에 얼굴이 지저분해 보였다. 그녀가 움직일 때마다 두 팔에 긴 수많은 팔찌들이 위아래로 오르내리며 끊임없이 짤랑거리는 소리를 냈다. 집주인이라도 되는 것처럼 서둘러 방에 들어와 가구들을 둘러보기에 나는 그녀가 여기 사는 게 아닐까 생각했다. 하지만 내가 직접 물어보자 그녀는 호들갑스럽게 깔깔거리며 내 질문을 큰 소리로 되풀이한 다음, 자기는 여자 친구랑 호텔에서 산다고 대답했다.

아래층 아파트에 사는 매키 씨는 얼굴이 창백하고 여자 같은 남자였다. 광대뼈에 하얀 비누거품이 한 점 묻어 있는 것으로 보아 방금 면도를 한 모양이었다. 그는 방 안에 있는 사람들과 인사를 나눌 때 누구보다도 공손했다. 그는 자기가 '예술적인 일'을 한다고 말했는데, 나는 나중에야 그가 사진작가이고, 이 집 벽에 무슨 심령체처럼 걸려 있는 윌슨 부인 어머니의 흐릿한 확대사진을 만들어낸 장본인이라는 것을 알았다. 그의 아내는 날카로운 목소리에 기운이 없어 보이고, 용모는 단정하지만 왠지 불쾌한 여자였다. 그녀는 결혼한 이래 남편이 자기 사진을 127번이나 찍어주었다고 자랑했다.

윌슨 부인은 좀 전에 옷을 갈아입어서, 지금은 크림색 시폰으로 공들여 지은 애프터눈 드레스를 입고 있었는데, 방 안을 휩쓸고 다니는 바람에 옷에서 계속 바스락거리는 소리가 났다. 옷의 영향 때문인지 그녀의 인품도 달라져 있었다. 자동차 정비소에서 그토록 두드러졌던 강렬한 생명력은 이제 지독한 오만으로 바뀌어 있었다. 그녀의 웃음소리, 몸짓, 말투는 시간이 지날수록 난폭해졌고, 그리하여 그녀의 존재가 커질수록 그녀 주변의 공간은 점점 작아져서, 나중에는 그녀가 시끄럽게 삐걱거리는 회전축을 중심으로 연기가 자욱한 공기 속을 빙글빙글 돌고 있는 것처럼 보였다.

"얘!" 그녀가 점잔을 빼면서 동생에게 높은 소리로 외쳤다. "대부분의 사람들은 항상 너를 속이려고 할 거야. 그들이 생각하는 건 오로지 돈뿐이야. 지난주에 여자를 하나 불러서 내 발을 좀 봐달라고 했는데, 그 여자가 내놓은 청구서를 보았다면 내가 맹장수술이라도 받은 줄 알았을 거야."

"그 여자 이름이 뭐죠?" 매키 부인이 물었다.

"에버하트 부인. 사람들 집을 돌아다니며 발을 관리해주는 여자죠."

"옷이 멋진데요. 참 매력적이네요." 매키 부인이 말했다.

윌슨 부인은 경멸하듯 눈썹을 치켜올려 그 찬사를 물리쳤다.

"그냥 낡은 옷인걸요. 외모에 신경을 안 쓸 때 이따금 걸치는 옷이죠."

"내 말은, 당신이 입으니까 멋져 보인다는 거예요." 매키 부인이 말을 이었다. "체스터가 당신의 그런 포즈를 포착할 수만 있다면 훌륭한 작품을 만들 수 있을 텐데."

우리는 모두 말없이 윌슨 부인을 바라보았다. 그녀는 두 눈 위에 걸려 있던 머리칼 한 올을 떼어낸 뒤, 화사하게 웃으며 우리를 마주보았다. 매키 씨가 머리를 한쪽으로 갸우뚱하며 그녀를 유심히 바라보더니, 한 손을 들어 그녀의 얼굴 앞에서 앞뒤로 천천히 움직였다.

"조명을 바꿔야겠어요." 잠시 후에 그가 말했다. "이목구비의 입체감을 부각시키고 싶군요. 뒤쪽 머리카락도 전부

살리면서 말이죠."

"나 같으면 조명을 바꿀 생각은 하지 않겠어요." 매키 부인이 큰 소리로 말했다. "내 생각에는……."

그러자 남편이 "쉿!" 하고 제지했다. 우리는 모두 화제의 주인공에게 다시 눈길을 돌렸다. 그때 톰 뷰캐넌이 모두에게 들릴 만큼 큰 소리로 하품을 하며 자리에서 일어섰다.

"매키 씨 부부는 마실 게 필요하군요. 머틀, 가서 얼음과 탄산수를 좀 가져와. 다들 잠들어버리기 전에."

"그 보이 녀석한테 얼음을 가져오라고 시켰는데." 머틀은 하층민들의 게으름에 짜증난다는 듯 눈썹을 치켜올렸다. "정말 딱한 사람들이야. 항상 꾸짖고 잔소리를 해야 한다니까요."

그녀는 나를 보고 싱겁게 웃었다. 그러고는 강아지한테 달려가서 열렬한 키스를 퍼부은 다음, 열 명도 넘는 요리사가 그녀의 지시를 기다리고 있기라도 한 것처럼 당당하게 부엌으로 들어갔다.

"롱아일랜드에서 멋진 작품을 몇 점 만들었죠." 매키 씨가 말했다.

톰은 무표정하게 그를 바라보았다.

"그중 두 개는 액자에 넣어서 아래층에 걸어두었지요."

"뭐가 두 개라는 거요?" 톰이 물었다.

"작품 말입니다. 하나는 '몬탁 곶* – 갈매기', 다른 하나는 '몬탁 곶 – 바다'라는 제목을 붙였지요."

머틀의 여동생 캐서린이 소파로 와서 내 곁에 앉았다.

"당신도 롱아일랜드에 사세요?" 그녀가 물었다.

"웨스트에그에 삽니다."

"그래요? 한 달쯤 전에 거기서 열린 파티에 갔었어요. 개 츠비란 사람의 집이었는데, 그 분을 아세요?"

"바로 옆집에 살고 있습니다."

"그런데 그 사람은 빌헬름 황제의 조카인가 사촌인가 된 다더군요. 돈도 다 거기서 나온대요."

"그래요?"

그녀는 고개를 끄덕였다.

"난 그 사람이 무서워요. 그 사람에게는 어떤 약점도 잡히 고 싶지 않아요."

내 이웃에 관한 이 흥미진진한 이야기는 매키 부인이 갑 자기 캐서린을 가리키며 떠드는 바람에 중단되고 말았다.

"여보, 이 여자라면 상당히 좋은 작품이 될 것 같지 않아 요?" 그녀가 떠들어댔지만 매키 씨는 따분한 듯 고개만 끄

---

* 뉴욕주 롱아일랜드 동쪽 끝에 있는 지역.

덕이고 다시 톰에게 관심을 돌렸다.

"롱아일랜드에서 좀 더 작업을 해보고 싶어요. 그곳 사회에 들어갈 수만 있다면 말입니다. 내가 바라는 건 일을 시작할 수 있게만 해달라는 것뿐이에요."

"머틀한테 부탁해보세요." 톰은 그때 마침 쟁반을 들고 들어온 윌슨 부인을 보고 짧게 너털웃음을 터뜨리며 말했다. "머틀이 소개장 정도는 써줄 거요. 그렇지, 머틀?"

"뭘 해준다고요?" 그녀가 놀라서 물었다.

"당신 남편에게 보내는 소개장을 써서 매키 씨한테 드리라고. 매키 씨가 당신 남편을 상대로 작품을 만들 수 있도록." 그가 잠시 말을 끊고 작품 제목을 생각하는 동안 그의 입술이 소리 없이 달싹였다. "'주유기 앞에 서 있는 조지 B. 윌슨'이라든가 뭐 그런 제목으로 말이야."

캐서린이 나에게 몸을 기울이고는 내 귀에다 대고 속삭였다.

"저 두 사람은 배우자를 못 견뎌 해요."

"그래요?"

"너무 싫어서 죽을 지경이죠." 그녀는 머틀을 쳐다보고 이어서 톰을 바라보았다. "내 말은 그렇게 배우자가 싫다면서 왜 계속 같이 살고 있느냐는 거예요. 나라면 당장 이혼하고 애인과 재혼해버리겠어요."

"윌슨 부인도 남편을 싫어하나요?"

이 질문에 대해서는 뜻밖의 대답이 돌아왔다. 대답한 사람은 내 질문을 엿들은 머틀이었고, 그녀의 대답은 격렬하고 듣기에 민망한 것이었다.

"보셨죠?" 캐서린이 의기양양하게 외쳤다. 그러고는 다시 목소리를 낮추었다. "저 두 사람이 결합하지 못하는 건 실은 톰의 부인 때문이에요. 부인이 가톨릭신자라서 이혼할 수 없대요."

그러나 데이지는 가톨릭신자가 아니었다. 나는 교묘히 꾸며진 그 거짓말에 약간 충격을 받았다.

"저 두 사람이 결혼하면……" 캐서린이 말을 이었다. "폭풍이 잠잠해질 때까지 한동안 서부에 가서 살 거래요."

"유럽으로 가는 게 더 나을 텐데요."

"어머, 유럽을 좋아하세요?" 그녀가 놀랍다는 듯이 외쳤다. "나는 몬테카를로*에서 얼마 전에 돌아왔어요."

"그래요?"

"바로 작년이에요. 여자 친구랑 함께 갔었지요."

"오래 있었나요?"

---

* 지중해의 리비에라 해안에 있는 모나코의 도시. 카지노로 유명하다.

"아니요. 그냥 몬테카를로에 갔다가 돌아왔을 뿐이에요. 마르세유를 거쳐서 갔죠. 출발할 때는 1천2백 달러 넘게 갖고 갔는데, 도박장에서 이틀 만에 몽땅 잃어버렸죠 뭐예요. 돌아오느라 얼마나 고생했는지 몰라요. 나는 그 도시가 너무 싫어요!"

창문으로 보이는 늦은 오후의 하늘이 꿀처럼 감미로운 지중해의 푸른 바다처럼 잠시 빛났다. 그때 매키 부인의 날카로운 목소리가 나를 다시 방 안의 현실로 불러들였다.

"나도 하마터면 실수할 뻔했어요." 그녀가 활기차게 말했다. "몇 년 동안 내 꽁무니를 쫓아다닌 작달막한 촌뜨기하고 결혼할 뻔했거든요. 그가 나보다 처진다는 건 나도 알고 있었어요. 다들 나한테 말했죠. '루실, 저 남잔 너보다 한참 아래야!' 하지만 그때 체스터를 만나지 못했다면, 분명 그 촌뜨기가 나를 차지했을 거예요."

"그랬군요. 하지만 내 말 좀 들어봐요." 머틀이 고개를 위아래로 까딱거리며 말했다. "적어도 당신은 그 남자랑 결혼하지 않았잖아요."

"물론 안 했지요."

"그런데 나는 했단 말이에요." 머틀이 무슨 뜻인지 모르게 말했다. "그게 바로 당신과 내가 다른 점이죠."

"그런데 언니, 왜 결혼했어?" 캐서린이 물었다. "아무도 강요하지 않았는데……."

머틀은 잠시 생각에 잠겼다.

"나는 그 사람이 신사인 줄 알고 결혼했어." 마침내 그녀
가 입을 열었다. "그래도 교양 정도는 있는 줄 알았지. 그런
데 알고 보니 내 구두를 핥을 자격도 없는 위인이었어."

"그래도 한동안은 형부한테 미쳤었잖아." 캐서린이 말했다.

"남편한테 미쳤었다고?" 머틀이 허튼소리 말라는 듯이
외쳤다. "내가 남편한테 미쳤다고 누가 그래? 나는 한 번도
남편한테 미쳐본 적이 없어. 저기 있는 저 남자한테 미쳐본
적이 없는 것처럼."

그녀가 느닷없이 나를 가리켰고, 그러자 다들 비난의 눈
초리로 나를 바라보았다. 나는 그녀에게 어떤 애정도 기대
한 적이 없다는 것을 표정으로 보여주려고 애썼다.

"내가 그 인간한테 미친 건 결혼했을 때뿐이야. 그러나 실
수했다는 걸 당장 알아차렸지. 그가 결혼식 때 입은 예복도
누구한테 빌린 거였는데, 나한테는 한마디도 하지 않았어.
그런데 어느 날 남편이 외출한 사이에 옷 주인이 찾으러 왔
지 뭐야. 그래서 나는 말했지. '어머나, 그게 당신 양복이었
나요? 지금에야 알았어요.' 하지만 양복을 주인한테 돌려주
고는 오후 내내 자빠져서 엄청 울었어."

"언니는 형부와 헤어져야 해요." 캐서린이 다시 나에게

말했다. "언니와 형부는 벌써 11년 동안 그 정비소 위층에서 살고 있지만, 톰은 언니의 첫 애인이란 말예요"

그 자리에 있는 사람들이 모두 위스키 병—두 번째로 내온—에 끊임없이 손을 내밀었다. 다만 '마시지 않아도 마신 것처럼 기분이 좋은' 캐서린만은 예외였다. 톰이 초인종을 울려 관리인을 불러서 유명한 샌드위치를 사오게 했다. 그 것만 먹어도 충분히 저녁식사가 되는 샌드위치였다. 나는 밖에 나가서 해질녘의 부드러운 어스름을 헤치며 공원이 있는 동쪽으로 산책을 가고 싶었지만, 내가 나가려고 할 때마다 거칠고 시끄러운 논쟁에 말려들어 마치 밧줄에 묶인 것처럼 다시 의자에 주저앉고 말았다. 하지만 도시의 하늘 높은 곳에 줄지어 있는 우리의 노란 창문들은 어두워지는 길거리를 걷다가 우연히 위를 올려다보는 구경꾼에게 나름대로 인간의 비밀을 알려주고 있음에 틀림없다. 나 역시 길거리에서 위를 올려다보며 궁금해하는 사람을 보았던 것이다. 나는 안에도 있고 밖에도 있으면서, 인생의 무한한 다양성에 매력과 혐오감을 동시에 느끼고 있었다.

머틀이 내 곁으로 의자를 끌고 오더니, 갑자기 따뜻한 입김을 나한테 뿜으면서 톰과 처음에 어떻게 만났는지를 이야기하기 시작했다.

"기차에서 항상 맨 마지막까지 남아 있는 자리, 서로 마주

보는 두 개의 작은 좌석 있잖아요. 거기서 처음 만났어요. 나는 여동생을 만나 하룻밤 함께 보내려고 뉴욕으로 가는 길이었죠. 톰은 야회복 차림에 에나멜 구두를 신고 있었어요. 나는 그이한테서 눈을 뗄 수가 없었지만, 그이가 나를 바라볼 때마다 그의 머리 위에 붙어 있는 광고를 보는 척할 수밖에 없었지요. 역으로 들어갈 때 그이가 바로 내 옆에 있었는데, 그이의 와이셔츠 앞가슴이 내 팔을 누르는 거예요. 그래서 나는 경찰을 부르겠다고 했지만, 그이는 그게 거짓말이라는 걸 알았던 거죠. 내가 얼마나 들떠 있었던지, 그이와 함께 택시를 타고 가면서도 내가 지하철이 아니라 택시에 타고 있다는 것도 모를 정도였어요. 그때 머릿속에는 '사람은 영원히 살 수 없어. 영원히 살 수 없는 거야' 하는 생각뿐이었죠."

그녀는 매키 부인을 돌아보았다. 그녀의 부자연스러운 웃음소리가 방 안에 가득 울려 퍼졌다.

"이봐요." 머틀이 소리쳤다. "이 드레스를 벗는 즉시 당신한테 줄게요. 내일 당장 다른 드레스를 사야겠어요. 내일 할 일과 새로 살 물건의 목록을 만들 거예요. 마사지와 퍼머, 강아지 목걸이, 용수철을 만지면 열리는 깜찍한 재떨이, 그리고 어머니 무덤에 가져갈 까만 실크 리본으로 묶은 꽃다발. 이 꽃은 여름 내내 시들지 않아야 해요. 할 일을 잊지 않도록 목록을 적어둬야겠어요."

아홉 시였다. 그리고 잠시 후에 다시 시계를 보니 어느새 열 시가 되어 있었다. 매키 씨는 어느 활동가의 사진처럼 움켜쥔 주먹을 무릎 위에 올려놓은 채 의자에 앉아서 잠들어 있었다. 나는 손수건을 꺼내 오후 내내 신경 쓰였던 말라붙은 비누거품을 그의 뺨에서 닦아주었다.

강아지는 탁자 위에 앉아서 보이지 않는 눈으로 담배연기를 뚫고 방을 둘러보며 이따금 여린 소리로 낑낑대고 있었다. 사람들은 사라졌다가 다시 나타나고, 어딘가에 갈 계획을 세우고, 서로를 잃어버리고 찾아다니다가 상대가 몇 걸음밖에 떨어지지 않은 곳에 있는 것을 발견하곤 했다. 자정 무렵, 톰 뷰캐넌과 윌슨 부인은 마주서서, 윌슨 부인에게 데이지의 이름을 들먹일 권리가 있느냐 없느냐에 대해 열띤 목소리로 논쟁을 벌이고 있었다.

"데이지! 데이지! 데이지!" 윌슨 부인이 외쳐댔다. "내가 부르고 싶으면 언제든지 그 이름을 부를 거예요. 데이지! 데이……."

톰 뷰캐넌이 빠르고 능숙한 동작으로 손바닥을 들어 그녀의 코를 후려갈겼다.

이어서 욕실 바닥에 피 묻은 수건들이 쌓이고, 여자들의 나무라는 목소리가 들리고, 이 모든 소란보다 훨씬 더 큰 고통의 울부짖음이 간헐적으로 계속되었다. 매키 씨가 잠에서 깨어나 멍한 상태로 현관문을 향해 걸어갔다. 그는 중간쯤 갔을 때 돌아서서 눈앞의 광경을 유심히 바라보았다. 그의 아내와 캐서린이 가해자를 야단치기도 하고 피해자를 위로 하기도 하면서, 구급약품을 들고 비좁은 가구들 사이에서 우왕좌왕하고 있었다. 한편 소파 위에서는 절망에 빠진 머 틀이 피를 계속 흘리면서도, 베르사유 궁전의 풍경이 수놓 아진 융단이 더럽혀지지 않도록 그 위에 《타운 태틀》지를 펼 쳐놓으려 애쓰고 있었다. 그때 매키 씨가 다시 몸을 돌려 문 밖으로 곧장 걸어 나갔다. 나도 샹들리에에 걸려 있는 모자 를 들고 그 뒤를 따라 나갔다.

"언제 점심이나 하러 오세요." 엘리베이터를 타고 내려가 면서 그가 말했다.

"어디로요?"

"어디서든지."

"손잡이에서 손을 떼세요." 엘리베이터 보이가 소리쳤다.

"미안하네." 매키 씨가 점잖게 말했다. "거기에 손이 닿은 줄 몰랐지."

"좋습니다. 기꺼이 가지요." 나는 그의 초대에 응했다.

……나는 그의 침대 옆에 서 있었고, 그는 속옷 바람으로 침대에 앉아 두 손에 커다란 서류철을 들고 있었다.

"미녀와 야수…… 고독…… 식료품 가게의 늙은 말……
브루클린 다리……."

어느 결엔가 나는 펜실베이니아 역*의 차가운 지하 대합실
에 반쯤 졸며 누운 채 조간신문 《트리뷴》을 보면서 네 시 열
차를 기다리고 있었다.

---

* 맨해튼 한복판에 있는 뉴욕의 대표적인 철도역으로, 롱아일랜드로 가는 통근
열차가 지난다.

제3장

　이웃집에서는 여름 내내 밤마다 음악 소리가 들려왔다. 옆집의 푸른 정원에서는 남녀 무리가 속삭임과 샴페인과 별들 사이를 나방들처럼 오갔다. 오후의 만조 때가 되면 그의 모터보트 두 척이 소용돌이치는 물거품 위로 수상 스키를 끌면서 해협의 바닷물을 가르는 동안, 그의 손님들이 잔교 위에 세워진 망루에서 다이빙을 하거나 해변의 뜨거운 모래밭에서 일광욕을 하는 것을 볼 수 있었다. 주말이면 그의 롤스로이스는 승합버스가 되어 아침 아홉 시부터 자정이 넘은 밤중까지 파티 손님들을 태우고 시내를 왕복했고, 그의 스테이션왜건은 기차가 도착할 때마다 손님들을 마중하러 노란 풍뎅이처럼 활기차게 돌아다녔다. 그리고 월요일이 되면 날품 정원사를 포함하여 여덟 명의 고용인들이 걸레와 솔과 망치와 전정가위를 들고 간밤에 망가진 곳을 손보느라 온종일 고역에 시달렸다.

금요일마다 뉴욕에 있는 과일가게에서 오렌지와 레몬이 다섯 상자나 배달되었고, 월요일이 되면 반쪽으로 쪼개져 껍질만 남은 꼴로 저택 뒷문에 피라미드처럼 쌓였다. 부엌에는 즙을 짜는 기계가 있어서, 집사가 엄지손가락으로 작은 단추를 200번만 누르면 30분 만에 오렌지주스 200잔을 만들 수 있었다.

적어도 2주에 한 번씩은 연회업자 군단이 수백 미터의 천막과 함께 수많은 색 전구를 가지고 와서 개츠비의 거대한 정원을 크리스마스트리처럼 장식했다. 현란한 오르되브르로 장식된 뷔페 테이블에는 양념하여 구운 햄, 알록달록한 샐러드, 밀가루 반죽을 발라서 황금빛이 나도록 구운 돼지고기와 칠면조고기가 잔뜩 차려져 있었다. 연회장에는 진짜 놋쇠 난간을 갖춘 바가 설치되었고, 거기에는 진과 리큐어를 비롯한 각종 음료가 준비되어 있었는데, 그 술들은 오래전에 잊힌* 것들이어서, 대부분 나이가 젊은 여자 손님들은

---

* 금주법 시대여서 시중에서는 오래전부터 술을 구하기 힘들어졌음을 말한다.

그 술들을 제대로 구별조차 못할 정도였다.

늦어도 일곱 시까지는 오케스트라가 도착하는데, 약소한 5인조 악단이 아니라 오보에와 트럼본, 색소폰, 비올라, 코넷, 피콜로, 저음 드럼과 고음 드럼 등으로 편성된 온전한 오케스트라였다. 마지막까지 수영하던 사람들도 이제는 해변에서 돌아와 위층에서 옷을 갈아입고 있었다. 뉴욕에서 온 자동차들은 찻길에 다섯 겹으로 주차했고, 홀과 살롱과 베란다들은 벌써 선명한 원색 옷차림과 최신 유행의 기발한 단발머리와 카스티야 왕국*의 꿈을 능가하는 숄 덕분에 누부시게 빛났다. 바는 대성황을 이루고 있었다. 공중에 둥둥 떠서 돌아다니는 칵테일 쟁반이 바깥 정원에까지 넘쳐흘렀고, 이윽고 잡담과 웃음소리, 무심코 던지는 농담, 듣자마자 잊어버리는 소개말이 오가고, 서로 이름도 몰랐던 여자들끼리 어울리면서 분위기는 점점 활기를 띠어갔다.

지구가 태양과 반대쪽으로 기울어지면서 불빛은 더욱 밝아지고, 이제 오케스트라가 선정적인 칵테일파티용 음악을 연주하기 시작하자 목소리들도 오페라처럼 한 키 높게 음정

---

* 1037~1479년에 이베리아 반도의 마드리드를 중심으로 발전한 기독교 왕국. 아라곤 왕국과 통합하여 에스파냐 왕국이 되었다.

을 조정한다. 웃음은 시시각각 더 너그러워져서 풍부하게 넘쳐흐르고, 유쾌한 말 한마디에도 웃음이 터져 나온다. 무리를 이루고 있는 손님들은 새로 도착한 사람들로 불어나기도 하고, 흩어졌다가 다시 모이기도 하면서 점점 더 빠르게 바뀐다. 벌써 이리저리 헤매는 사람들도 있지만, 자신만만한 여자들은 더 견고하고 더 안정된 무리 사이를 여기저기 돌아다니며 어떤 무리의 중심이 되어 짜릿하고 유쾌한 순간을 맛본 뒤에는 승리감에 도취하여, 끊임없이 바뀌는 불빛 아래에서 바다처럼 변화무쌍한 얼굴과 목소리와 색깔들 사이를 미끄러지듯 누비고 다닌다.

이런 집시 같은 여자들 가운데 아른거리는 오팔색 옷을 입은 여자 하나가 갑자기 허공에서 칵테일 잔을 낚아채더니, 용기를 얻기 위해 그 잔을 단숨에 비우고는 두 손을 조 프리스코*처럼 움직이며 천막의 단상 위에서 혼자 춤을 추기 시작한다. 순간 사방이 조용해진다. 오케스트라 지휘자가 그녀의 춤사위에 맞춰 리듬을 바꾼다. 그녀가 시사 풍자극에 등장하는 질다 그레이†의 대역 배우라는 엉터리 소문이

---

* 미국의 코미디언이자 재즈 댄서(1889~1958).
† 미국의 영화배우이자 댄서(1901~1950).

퍼지자, 갑자기 사람들이 한꺼번에 술렁대기 시작한다. 마침내 파티가 시작된 것이다.

내가 개츠비의 집에 처음 간 날 밤, 나는 정식으로 초대받은 몇 안 되는 손님 중의 하나였다. 대부분은 초대도 받지 않고 그냥 온 사람들이었다. 어쩌다가 롱아일랜드로 손님을 실어 나르는 차를 탔고, 결국 개츠비의 집 입구에 내리게 된 것이다. 일단 거기에 도착하면 개츠비를 아는 누군가가 그들을 안으로 안내했고, 그후에는 유원지의 행동 규칙에 따라 행동하면 되었다. 때로는 개츠비를 아예 만나보지도 않은 채 돌아가는 경우도 있었고, 파티를 즐기겠다는 단순한 마음 자체가 파티 입장권이 되기도 했다.

나는 정식으로 초대를 받았다. 그날 토요일 아침 일찍, 푸른 제복의 운전기사가 나의 집 잔디밭을 건너와서 제 주인이 보낸 초대장을 나에게 건넸던 것이다. 놀랄 만큼 격식을 갖춘 초대장에는 그날 밤 그의 '조촐한 파티'에 참석해주면 대단한 영광이겠다고 적혀 있었다. 그는 나를 몇 번 본 적이 있는데 오래전부터 나를 방문하고 싶었지만 사정이 여의치 않아서 그러지 못했다면서, 당당한 필체로 '제이 개츠비'라고 서명되어 있었다.

나는 하얀 플란넬 양복을 차려입고 일곱 시가 조금 지났을 무렵 그의 집 잔디밭으로 건너가서, 낯선 사람들의 소용돌이 사이를 약간 거북스러운 기분으로 서성거렸다. 통근 열차에서 본 얼굴들이 여기저기 눈에 띄기도 했지만, 나는 무엇보다 젊은 영국인들이 여기저기 많이 보이는 데 놀랐다. 그들은 모두 잘 차려입었지만 다소 허기진 것 같았고, 견실하고 부유해 보이는 미국인들을 상대로 낮은 목소리로 진지하게 말을 걸고 있었다. 그들은 채권이나 보험이나 자동차 따위를 팔고 있는 게 분명했다. 어쨌든 그들은 손쉽게 벌 수 있는 돈이 가까이 있다는 것을 잘 알고 있었으며, 말만 잘하면 그 돈을 제 손에 넣을 수도 있으리라고 확신하고 있었다.

그 집에 도착하자마자 나는 집주인을 찾으려고 몇 사람에게 그가 어디 있느냐고 물어보았지만, 그들은 깜짝 놀란 눈으로 나를 빤히 바라보면서 주인의 동정에 대해서는 전혀 모른다고 대답하는 것이었다. 그래서 나는 칵테일 테이블 쪽으로 슬금슬금 꽁무니를 빼고 말았다. 정원에서 외톨이가 아무 목적도 없이 혼자 있는 것처럼 보이지 않고 어슬렁거릴 수 있는 곳은 거기뿐이었기 때문이다.

내가 거북한 느낌을 덜기 위해 술이라도 마시고 취해볼까 하고 있는데, 그때 조던 베이커가 집 안에서 나오더니 대리석 계단 꼭대기에 서서 몸을 약간 뒤로 젖힌 채 경멸과 흥미가 뒤섞인 눈으로 정원을 내려다보았다.

지나가는 사람에게 따뜻한 말을 건넬 수 있으려면 좋든

싫든 누군가와 우선 짝을 지을 필요가 있었다.

"안녕하세요." 나는 그녀 쪽으로 다가가면서 큰 소리로 외쳤다. 정원을 가로지르는 내 목소리가 부자연스러울 만큼 크게 들렸다.

"그렇잖아도 여기 올지 모른다고 생각했어요." 내가 다가가자 그녀가 멍한 얼굴로 대답했다. "옆집에 산다고 말씀하신 게 생각나서……."

그녀는 이제 나를 상대해주겠다는 표시로 아무 감정도 없이 내 손을 잡더니, 계단 아래에 멈춰 선 두 여자 쪽으로 귀를 기울였다. 그 여자들은 쌍둥이처럼 똑같은 노란 드레스를 입고 있었다.

"안녕하세요!" 두 여자가 함께 소리쳤다. "이기지 못해서 유감이에요."

골프대회에 관한 이야기였다. 베이커는 지난주의 결승전에서 졌던 것이다.

"당신은 우리가 누군지 모르시겠지만, 우린 한 달쯤 전에 여기서 당신을 만났어요." 노란 드레스를 입은 두 여자 가운데 하나가 말했다.

"그사이에 머리를 염색하셨네요." 조던이 말했지만, 여자들은 별생각 없이 가던 길로 가버린 뒤였기 때문에 조던은 연회업자의 바구니에서 꺼낸 저녁식사처럼 너무 일찍 나온 달에게 내뱉은 꼴이 되어버렸다. 조던이 날씬한 황금빛 팔을 내 팔에 걸쳤고, 우리는 계단을 내려가 정원을 돌아다녔다. 허공에 뜬 칵테일 쟁반이 해질녘의 어스름을 뚫고 우리 쪽으로 다가왔다. 우리는 아까 만난 노란 드레스의 두 여자와 처음 보는 세 남자와 같은 테이블에 앉았다. 세 남자가 저마다 자기소개를 했지만, 모두 이름을 입 속으로 웅얼거려서 알아들을 수가 없었다.

"이런 파티에 자주 오세요?" 조던이 옆에 앉은 여자에게 물었다.

"저번에 당신을 만난 파티가 마지막이었어요." 여자는 빈틈없고 자신에 찬 목소리로 대답했다. 그러고는 친구 쪽으로 얼굴을 돌렸다. "루실, 너도 그렇지 않니?"

루실이라는 여자도 그렇다고 대답했다.

"난 여기 오는 게 좋아요. 내 행동에 신경 쓰지 않아도 되니까 항상 즐길 수 있거든요. 지난번에 여기 왔을 때는 의자에 옷이 걸려서 찢어졌는데, 그분이 내 이름과 주소를 묻더군요. 그리고 일주일도 안 돼서 크루아리에 의상실에서 보낸 소포를 받았는데, 새 이브닝드레스가 들어 있더라구요."

"그냥 받았나요?" 조던이 물었다.

"물론이죠. 오늘 밤에 그 옷을 입으려고 했는데 가슴둘레가 너무 커서 고쳐야 했어요. 연보라색 구슬이 달린 연푸른

색 드레스예요. 265달러짜리예요."

"그런 식으로 일을 처리하는 사람에게는 뭔가 수상쩍은 데가 있어요." 다른 여자가 열띤 목소리로 말했다. "그 사람은 누구하고도 말썽이 생기는 걸 바라지 않아요."

"누가 그렇다는 거죠?" 내가 물었다.

"개츠비 씨 말이에요. 누구한테 들은 이야기인데……" 두 여자와 조던은 비밀 이야기라도 하듯 몸을 앞으로 기울여 얼굴을 맞댔다. "누가 그러는데, 그 사람은 사람을 죽인 적이 있대요."

전율이 우리 모두를 스치고 지나갔다. 이름을 웅얼거린 세 명의 '우물우물 씨'도 앞으로 몸을 숙이고 열심히 귀를 기울였다.

"그 정도까지는 아니라고 생각해요." 루실이 의심스럽다는 표정으로 말했다. "그보다는 그 사람이 전쟁 때 독일 스파이였다는 말이 더 믿을 만해요."

세 남자 가운데 하나가 고개를 끄덕여 동의했다.

"독일에서 같이 자랐고 그래서 그를 속속들이 아는 사람한테 그 이야기를 들었어요." 그가 단정적으로 말했다.

"아, 아니에요." 첫 번째 여자가 말했다. "그럴 리가 없어요, 전쟁 때는 미군에 있었는걸요." 우리가 그 말을 믿는 것처럼 보이자 그녀는 신이 나서 몸을 앞으로 기울였다. "아무도 자기를 보는 사람이 없다고 생각할 때 그가 짓는 표정을 보세요. 살인을 한 사람이 틀림없어요."

그녀는 눈을 가늘게 뜨고는 몸서리를 쳤다. 루실도 몸을 파르르 떨었다. 우리는 모두 고개를 돌려 사방을 두리번거리면서 개츠비의 모습을 찾았다. 비밀스럽게 소곤거릴 필요가 있는 일은 이 세상에 별로 없다고 생각했던 사람들조차 그에 관해 소곤거리는 것은 그가 그만큼 사람들에게 낭만적인 억측을 불러일으키고 있다는 증거였다.

첫 번째 저녁식사가 나오기 시작했다(자정이 지나면 두 번째 식사가 나올 예정이었다). 조던이 자기 일행과 합석하자고 나에게 권했다. 일행은 정원 반대쪽 테이블에 둘러앉아 있었다. 세 쌍의 부부와 조던의 에스코트로 온 젊은이였다. 그는 거칠고 빈정거리는 경향이 있는 대학생으로, 조던이 조만간 자기에게 어떤 식으로든 굴복할 거라고 생각하는 모양이었다. 이들은 여기저기 돌아다니기보다 시종일관 품위 있게 한자리를 지키면서 시골의 차분한 기품을 대표하는 역할을 스스로 떠맡고 있었다. 그것은 이스트에그 사람들이 웨스트에그 사람들에 대해 짐짓 겸손하고 정중한 태도를 보이면서도 그들의 다채롭고 명랑한 분위기를 조심스럽게 경계하는 것과도 같았다.

"우리, 나가죠." 어쩐지 어색한 분위기에서 30분을 보낸 뒤 조던이 속삭였다. "내가 있기에는 너무 점잖은 자리예요."

우리는 자리에서 일어섰다. 조던은 집주인을 찾으러 갈 작정이라고 일행에게 말했다. 내가 집주인을 만나본 적이 없어서 왠지 꺼림칙하고 거북하다고 그녀는 말했다. 대학생은 냉소적이면서 침울한 표정으로 고개를 끄덕였다.

우리가 맨 처음 둘러본 바는 사람들로 붐볐지만 개츠비는 그곳에 없었다. 계단 꼭대기에 올라가서 둘러보아도 그를 찾을 수 없었고, 베란다에도 그가 없었다. 우리는 우연히 중요해 보이는 문 하나를 발견하고 열어보았다. 안으로 들어가 보니 천장이 높은 고딕식 서재였다. 벽은 조각이 새겨진 영국산 참나무 널빤지로 장식되어 있었는데, 어딘가 해외의 유적지에서 유물을 통째로 옮겨다놓은 것 같았다.

커다란 올빼미 안경을 쓴 뚱뚱한 중년 남자가 약간 취한 듯 커다란 탁자 가장자리에 앉아서 초점이 흐린 시선으로 책꽂이를 바라보고 있었다. 우리가 들어가자 그는 흥분한 듯 고개를 돌리더니, 조던을 머리끝부터 발끝까지 훑어보았다.

"어떻게 생각하시오?" 그가 성급하게 물었다.

"뭘요?"

그는 책꽂이를 향해 손을 흔들었다.

"저것 말이오. 사실 당신들이 굳이 확인할 필요는 없소. 내가 확인했으니까. 저것들은 진짜요."

"책들 말인가요?"

그는 고개를 끄덕였다.

"틀림없는 진짜요. 페이지도 빠진 게 없고, 다른 것들도 다 진짜요. 나는 저것들이 마분지로 만든 장식용 책인 줄 알았소. 그런데 사실은 완전무결한 진짜인 거요. 페이지도 있고…… 자, 내가 보여드리지."

그는 우리가 의심하는 것을 당연하게 여기고, 책장으로 달려가 『스토더드 강연집』* 제1권을 들고 돌아왔다.

"자, 보시오!" 그가 의기양양하게 소리쳤다. "이건 진짜 인쇄본이란 말이오. 나도 속았소. 이 사람은 진짜 벨라스코† 같은 존재요. 이건 승리요. 얼마나 철저하냔 말이오! 리얼리즘의 극치요! 어디서 멈춰야 할지도 알고 있단 말이오. 페이지도 자르지 않았지. 그런데 당신들은 용건이 뭐요? 뭘 기대하는 거요?"

그는 나의 손에서 책을 낚아채어 얼른 책꽂이에 다시 꽂아놓았다. 책이 한 권이라도 빠지면 서재 전체가 무너질 수도 있다고 중얼거리면서.

---

* 미국의 저술가 존 L. 스토더드의 15권짜리 강연집. 실제로는 세계 여행기다.

† 미국의 극작가·무대감독·연출가(1853~1931). 사실성에 바탕한 무대장치로 유명하다.

"누가 당신들을 여기로 데려왔지?" 그가 물었다. "아니면 그냥 온 거요? 나는 누가 데려다주었소. 대개는 누군가에게 끌려오더군."

조던은 그를 경계하면서도 쾌활한 표정으로 바라보았지만, 대답은 하지 않았다.

"나는 루스벨트라는 여자가 데려다주었소." 남자가 말을 이었다. "클로드 루스벨트 부인 말이오. 그 여자를 아시오? 어젯밤에 어디선가 그 여자를 만났소. 나는 오늘로 벌써 일주일 동안 취해 있는데, 서재에 좀 앉아 있으면 술이 깰지도 모른다고 생각했소."

"그래, 술이 깼나요?"

"조금은 깬 것 같지만, 아직 잘 모르겠소. 여기 들어온 지 한 시간밖에 안 됐으니까. 내가 책 이야기를 했던가요? 저것들은 진짜요. 저것들은……."

"그 얘기는 들었어요."

우리는 그와 정중하게 악수를 나누고 다시 밖으로 나왔다.

정원에 쳐놓은 천막에서는 사람들이 춤을 추고 있었다. 나이든 남자들은 볼품없게 계속 빙글빙글 돌면서 젊은 여자들을 뒤로 밀어내고 있었고, 솜씨가 뛰어난 커플들은 유행에 따라 비틀린 자세로 서로 끌어안고 구석 자리를 지켰다. 그리고 짝이 없는 많은 여자들은 혼자 독특한 춤을 추거나 오케스트라에 끼여 잠시 밴조나 타악기 연주자들의 부담을 덜어주었다. 자정 무렵에는 유쾌한 분위기가 최고조에 이르렀다. 유명한 테너 가수가 이탈리아어로 노래를 불렀고, 이름난 콘트랄토 가수가 재즈풍으로 노래를 불렀고, 그사이에 사람들은 정원 곳곳에서 '재주'를 부렸고, 행복하고 공허한 웃음소리가 터져 나와 여름 하늘로 솟아올랐다. 쌍둥이 한 쌍이 무대에 올라가 무대의상을 입고 유치한 짓을 했다. 알고 보니 그들은 노란 드레스를 입은 그 여자들이었다. 샴페인이 핑거볼보다 더 큰 잔에 담겨 나왔다. 어느 결에 달은 중천에 높이 떠올라 있었고, 해협에는 은빛 비늘들이 세모꼴로 둥둥 떠서 잔디밭에서 연주되는 밴조들의 팽팽한 현에서 나는 금속성 음향에 맞춰 조금씩 떨리고 있었다.

나는 여전히 조던 베이커와 함께 있었는데, 우리는 내 나이 또래의 남자와 수다스러운 아가씨와 같은 테이블에 앉아 있었다. 이 아가씨는 조금만 우스갯소리를 해도 미친 듯이 웃어대곤 했다. 나는 이제야 슬슬 흥이 나기 시작했다. 샴페인을 핑거볼로 두 잔 마시고 나자 파티 광경이 내 눈앞에서 본질적이고 중대한 의미를 지닌 심오한 것으로 바뀌었다.

여흥이 잠시 멎었을 때, 나와 같은 탁자에 앉은 사내가 나를 보고 미소를 지었다.

"낯이 익은데요." 그가 정중하게 말했다. "혹시 전쟁 때

제1사단에 있지 않았나요?"

"예, 그렇습니다. 제28보병연대에 있었지요."

"나는 1918년 6월까지 제16보병연대에 있었습니다. 어쩐지 전에 어디선가 본 적이 있다 싶었지요."

우리는 프랑스의 습하고 음산한 어느 작은 마을에 대해 잠시 이야기를 나누었다. 그는 이 근처에 살고 있는 게 분명했다. 최근에 수상비행기를 구입했는데, 내일 아침에 시승할 작정이라고 말했기 때문이다.

"함께 타지 않겠소? 해협 가까운 바닷가에서."

"시간은?"

"언제든 당신이 편한 시간에."

내가 그의 이름을 물어보려는데 조던이 주위를 둘러보며 미소를 지었다.

"어때요? 이젠 즐거워졌나요?" 그녀가 물었다.

"많이 좋아졌습니다." 나는 새로 알게 된 남자 쪽으로 얼굴을 돌렸다. "이건 나한테 아주 이례적인 파티예요. 아직 집주인도 만나지 못했으니까요. 나는 저기 살고 있습니다." 나는 손을 들어 저 멀리 보이지 않는 울타리를 가리켰다. "그런데 개츠비 씨가 운전기사를 시켜서 초대장을 보냈더군요."

그는 이해할 수 없다는 듯 잠시 나를 바라보았다.

"내가 개츠비요." 그가 불쑥 말했다.

"뭐라고요?" 나는 소리를 질렀다. "아, 죄송합니다."

"알고 있는 줄 알았어요. 아무래도 내가 주인 노릇을 제대로 하지 못했나 보군요."

그는 이해한다는 듯, 아니 이해하고도 남는다는 듯 미소를 지었다. 그것은 우리가 평생 네댓 번밖에 볼 수 없는 희귀한 미소, 상대를 영원히 안심시켜주는 보기 드문 미소였다. 그것은 잠시 영원한 세계에 직면했다가—또는 직면한 듯했다가—다음 순간에는 '당신'에 대한 호감을 억누를 수 없어서 당신에게 집중되는 미소였다. 그것은 당신이 이해받기를 바라는 만큼 당신을 이해했고, 당신이 스스로 믿고 싶어 하듯 당신을 믿었고, 당신이 최상의 상태에서 남들에게 전달하고 싶어 한 바로 그 인상을 당신한테서 받았다고 당신을 안심시켜주는 미소였다. 바로 그 순간 미소는 사라져버렸다. 그리고 내 눈앞에는 서른을 한두 살 넘긴 우아하면서도 거칠어 보이는 젊은이가 있을 뿐이었다. 그의 격식을 차린 말씨는 까딱하면 우스꽝스러울 뻔했다. 그가 자신을 소개하기 전부터 나는 그가 말을 조심스럽게 골라가며 쓰고 있다는 인상을 받았다.

개츠비 씨가 자신의 정체를 밝힌 것과 거의 같은 순간, 집사가 그에게 급히 다가와 시카고에서 전화가 걸려왔다고 전했다. 그는 우리 모두에게 차례로 고개를 가볍게 숙이며 양해를 구했다.

"뭐든지 필요한 게 있으면 말씀만 하세요." 그가 나에게 말했다. "그럼, 실례합니다. 나중에 다시 뵙지요."

그가 자리를 뜨자마자 나는 조던 쪽으로 몸을 돌렸다. 내가 얼마나 놀랐는지 그녀에게 분명히 알리지 않을 수 없었다. 나는 개츠비 씨가 혈색 좋고 뚱뚱한 중년 신사일 거라고 생각했던 것이다.

"어떤 사람입니까?" 내가 물었다. "아세요?"

"그냥 개츠비란 이름을 가진 사람이죠."

"내 말은 어디 출신이냐는 겁니다. 그리고 무슨 일을 하고 있죠?"

"이젠 당신도 그 문제와 씨름하기 시작했군요." 그녀가 살짝 미소를 지으며 대답했다. "언젠가 내게 옥스퍼드 출신이라고 말한 적이 있어요."

그의 배경이 어렴풋이 형태를 갖추기 시작했지만, 그녀의 입에서 다음 말이 나오자 그 배경은 다시 희미해졌다.

"하지만 난 그 말을 믿지 않아요."

"왜요?"

"이유는 모르겠지만, 그냥 옥스퍼드에 다녔다고는 생각되지 않아요."

그녀의 말투에서 나는 "그 사람은 사람을 죽인 적이 있대요" 하던 다른 여자의 말을 떠올렸고, 그것은 내 호기심을 더욱 자극하는 결과를 낳았다. 개츠비가 루이지애나의 습지대 출신이거나 뉴욕의 로어이스트사이드* 출신이라면 나는 그 정보를 아무런 의심 없이 받아들였을 것이다. 그렇다면 충분히 이해할 만하니까. 하지만 어디선가 갑자기 나타난 젊은이가 롱아일랜드 해협에 대궐 같은 집을 사들인다는 것은 도저히 믿어지지 않는 일이었다. 적어도 시골 출신이어서 세상 물정에 어두운 내가 생각하기에는 그렇다.

"어쨌든 그 사람은 성대한 파티를 열고 있어요." 조던이 구체적인 것을 싫어하는 도시인답게 화제를 바꾸었다. "그리고 나는 성대한 파티가 좋아요. 마음이 편하니까요. 작은 파티에는 프라이버시란 게 없거든요."

큰북 소리가 나더니, 갑자기 오케스트라 지휘자의 목소리가 정원의 왁자지껄한 소리보다 더 크게 울려 퍼졌다.

"신사 숙녀 여러분! 개츠비 씨의 요청에 따라 블라디미르 토스토프의 최신곡을 연주하도록 하겠습니다. 이 작품은 지난 5월 카네기홀에서 성황리에 연주되었는데, 신문을 보신

---

* 뉴욕시 맨해튼의 남동쪽 지역. 유대인을 비롯한 이민자와 노동자 계층이 주로 살았다.

분이라면 이 곡이 얼마나 대단한 센세이션을 불러일으켰는지 알고 계실 겁니다." 그는 짐짓 겸손한 체하며 유쾌한 미소를 지은 다음 덧붙였다. "정말 대단한 센세이션이었죠." 그러자 모두 웃음을 터뜨렸다.

"블라디미르 토스토프의 「세계의 재즈 역사」*라는 곡입니다." 그가 힘차게 말을 맺었다.

토스토프의 곡은 내 마음에 아무런 인상도 남기지 못했다. 왜냐하면 연주가 막 시작되었을 때 개츠비의 모습이 내 눈에 잡혔기 때문이다. 그는 대리석 계단 위에 혼자 서서 곳곳에 모인 손님들을 흐뭇한 눈길로 내려다보고 있었다. 햇볕에 그을린 얼굴 피부는 팽팽해서 매력적이었고, 짧은 머리는 날마다 손질하는 것처럼 단정해 보였다. 그에게서 사악한 구석은 전혀 찾아볼 수 없었다. 그가 술을 마시지 않는다는 사실도 손님들보다 돋보이는 데 도움이 되지 않았을까 하는 생각이 들었다. 분위기가 허물없이 유쾌해질수록 그는 점점 더 예의바르고 점잖아지는 것 같았기 때문이다. 「세계의 재즈 역사」 연주가 끝났을 때, 여자들은 강아지처럼 쾌활하게 남자들 어깨에 머리를 얹거나 장난으로 기절하여 남자

---

* 작곡가와 작품 모두 지어낸 것이다.

들 품에 쓰러지고 있었다. 누군가 받쳐주리라 믿고 여러 사람들 속으로 나자빠지기도 했다. 하지만 개츠비를 향해 쓰러지는 사람은 아무도 없었다. 프랑스식 단발들 중에도 개츠비의 어깨에 닿은 머리가 없었고, 노래를 부르는 사람들 중에도 개츠비와 함께 부르는 무리가 없었다.

"실례합니다." 개츠비의 집사가 갑자기 우리 옆에 나타났다. "베이커 양이시죠? 죄송합니다만, 개츠비 씨가 단둘이 이야기를 나누고 싶으시답니다."

"나랑요?" 그녀가 놀라서 소리쳤다.

"네, 그렇습니다."

그녀는 놀라서 나를 보고 눈썹을 치켜 올리며 천천히 자리에서 일어나더니 집사의 뒤를 따라 집 쪽으로 걸어갔다. 나는 그제야 그녀가 야회복을 입고 있다는 걸 알았는데, 어떤 옷이든 그녀가 입으면 운동복을 입은 것처럼 보였다. 그녀는 맑고 상쾌한 아침에 골프장에서 처음 골프를 배운 사람처럼 몸놀림이 경쾌했다.

나는 혼자 남았고, 새벽 두 시가 되어가고 있었다. 테라스 위로 불쑥 튀어나온 길쭉하고 창문이 많은 방에서 한동안 혼란스럽지만 흥미로운 소리가 새어나왔다. 조던과 함께 온 대학생이 두 명의 코러스걸과 임신과 출산에 대한 이야기를 나누면서 나더러 함께 어울리자고 했기 때문에, 나는 그를 피할 생각으로 집 안으로 들어갔다.

커다란 방이 사람들로 꽉 차 있었다. 노란 드레스를 입은 여자 가운데 하나는 피아노를 치고 있었고, 유명한 합창단 출신인 키가 큰 빨강머리의 젊은 여자가 그 옆에 서서 노래를 부르고 있었다. 그녀는 샴페인을 많이 마셔서, 노래를 부르는 동안 세상만사가 너무너무 슬프다는 판단을 내리고, 노래만 부르는 것이 아니라 울기까지 했다. 노래를 부르다가 잠깐 쉬는 데가 나올 때마다 그녀는 숨을 헐떡거리며 흐느낀 다음, 떨리는 소프라노로 다시 노래를 이어나갔다. 볼을 타고 눈물이 흘러내렸지만, 짙게 칠한 속눈썹에 닿으면 잉크색으로 번지면서 시커먼 실개천처럼 느릿느릿 흘러내렸기 때문에 거침없이 주룩주룩 흐르지는 못했다. 누군가가 얼굴에 그려진 악보대로 노래한다고 야유하자 그녀는 두 손을 번쩍 쳐들며 의자에 털썩 주저앉더니, 취기를 이기지 못하고 그대로 곯아떨어지고 말았다.

"저 여자, 아까 어떤 남자와 싸웠어요. 그 남자는 자기가 저 여자 남편이라고 하더군요." 내 옆에 있던 여자가 설명했다.

나는 주위를 둘러보았다. 남아 있는 여자들은 대부분 자칭 남편이라는 남자들과 다투고 있었다. 조던의 일행인 이스트에그에서 온 두 쌍의 부부도 의견 차이로 뿔뿔이 흩어지고 말았다. 남편 중의 하나는 어떤 젊은 여배우에게 열을 올리며 말을 걸고 있었는데, 그의 아내도 처음엔 태연하게 웃어넘기려 했지만 끝내 냉정을 잃고 측면 공격을 퍼붓기 시작했다. 이따금 성난 다이아몬드처럼 남편 옆에 불쑥 나타나 남편의 귀에다 대고 "안 그러기로 약속했잖아요!" 하고 씩씩거렸던 것이다.

집에 가기 싫은 것은 바람난 남자들만이 아니었다. 이제 홀은 애처롭게도 술에서 깨어난 두 남자와 잔뜩 화가 난 그 아내들이 차지하고 있었다. 아내들은 약간 목청을 높여서 서로 위로하는 말을 주고받고 있었다.

"저이는 내가 즐거워하는 꼴을 보기만 하면 꼭 집에 가고 싶어 한다니까요."

"그렇게 이기적인 얘기는 생전 처음 듣네요."

"우리는 언제나 파티장을 맨 먼저 떠난답니다."

"우리도 그래요."

"그런데 오늘 밤은 우리가 마지막이야." 남자들 가운데 하나가 쭈뼛거리며 말했다. "오케스트라도 벌써 30분 전에 갔어."

그런 심술궂은 일이 또 있겠느냐는 데 아내들의 의견이 일치했지만, 말다툼은 결국 잠깐의 버둥거림으로 끝나고, 두 남편은 각자 발버둥치는 아내를 번쩍 안아 들고 밤의 어둠 속으로 사라졌다.

내가 홀에서 모자가 나오기를 기다리고 있으려니까 서재 문이 열리면서 조던 베이커와 개츠비가 함께 나왔다. 개츠비는 조던에게 뭔가 마지막으로 말하려고 했지만, 몇 사람이 작별 인사를 하러 그에게 다가가자 열중해 있던 그의 태도가 갑자기 의례적으로 딱딱해졌다.

조던의 일행이 현관 앞에서 그녀를 부르고 있었지만, 그녀는 악수를 하려고 잠시 더 꾸물거렸다.

"방금 아주 놀라운 이야기를 들었어요." 그녀가 낮은 소리로 말했다. "우리가 저 방에 얼마나 오래 있었죠?"

"글쎄, 한 시간쯤?"

"정말…… 놀라운 이야기였어요." 그녀가 멍한 얼굴로 같은 말을 되풀이했다. "하지만 입 밖에 내지 않기로 약속했으니까, 감질나시겠지만 더 이상은 말할 수 없어요." 그녀가 내 얼굴에 대고 우아하게 하품을 했다. "저를 만나러 오세요…… 전화번호부에서…… 시고니 하워드 부인이라는 이름을 찾으세요…… 제 이모님이에요……." 그녀는 이렇게 말하면서 서둘러 나갔다. 문간에서 일행 속으로 녹아들어갈 때, 그녀는 갈색 손을 흔들어 경쾌하게 작별 인사를 했다.

처음 온 집에 그렇게 늦게까지 남아 있는 것을 좀 부끄러워하면서 나는 개츠비를 둘러싸고 있는 마지막 손님들 속에 합류했다. 초저녁부터 그를 찾아다녔다고 말하고, 정원에서 미처 알아보지 못한 것을 사과했다.

"천만에요." 그가 진지하게 말했다. "그 일은 이제 깨끗이 잊어버려요, 형씨." 친근한 '형씨'라는 표현도 다정했지만, 나를 안심시키듯 내 어깨를 스치는 그의 손길도 더없이 다정하게 느껴졌다. "그리고 내일 아침 아홉 시에 수상비행기를 타기로 한 거 잊지 마세요."

그때 집사가 그의 어깨 뒤에서 말했다.

"필라델피아에서 전화가 왔습니다."

"알았소. 곧 가겠소. 곧 받겠다고 전해줘요…… 그럼, 안녕히들 가십시오."

"안녕히 계세요."

"잘 가요." 그가 미소를 지었다. 그 미소를 보자, 내가 마지막까지 남아 있었던 것이 유쾌한 의미를 지닌 것처럼, 또한 그가 처음부터 그러기를 원하기라도 했던 것처럼 느껴졌다. "잘 가요, 형씨…… 굿나잇."

하지만 계단을 내려오면서 나는 그날 밤이 아직 끝나지 않았다는 것을 알았다. 문에서 15미터쯤 떨어진 곳에서 여남은 개의 헤드라이트가 기이하고 소란스러운 광경을 비추고 있었던 것이다. 개츠비의 차고에서 나온 지 2분도 안 된 새 쿠페 자동차가 길가 도랑에 처박혀 있었다. 오른쪽이 들리고 바퀴 하나가 떨어져나간 채였다. 불쑥 튀어나온 담벼락에 부딪혀 바퀴가 빠져나간 모양인데, 호기심 많은 대여섯 명의 운전자가 차에서 내려 열심히 살펴보고 있었다. 하지만 이들이 세워둔 차가 길을 막고 있었기 때문에 뒤에 있는 차들이 경적을 한참이나 울려댔고, 그 바람에 가뜩이나 혼란스러운 사고 현장이 더욱 혼란스러워졌다.

긴 코트를 입은 남자가 부서진 차에서 나오더니 길 한복판에 서서 유쾌하지만 어리둥절한 표정으로 자동차에서 바퀴로, 다시 바퀴에서 구경꾼들 쪽으로 눈길을 돌렸다.

"이런! 차가 도랑에 빠졌네!"

그 사실이 그에게는 아주 놀라운 모양이었다. 나도 처음에는 그 놀라움이 유별나다고 생각했을 뿐이지만, 뒤늦게 그 남자를 알아보았다. 아까 서재에서 만났던 단골손님이었다.

"어떻게 된 겁니까?"

그는 어깨를 으쓱했다.

"기계에 대해선 아무것도 몰라요."

"하지만 사고가 어떻게 일어났죠? 담장에 부딪혔나요?"

"내게 물어도 소용없어요." 올빼미 눈은 이 일에 전혀 책임이 없다는 듯이 말했다. "운전에 대해선 잘 몰라요. 어쨌든 사고가 났고, 내가 아는 건 그게 다요."

"운전이 서투르면 밤에 운전할 생각을 말아야죠."

"하지만 나는 운전할 생각이 없었소." 그가 분개하여 설명했다. "운전할 생각조차 하지 않았다니까."

그 위세에 눌려 구경꾼들이 순간 조용해졌다.

"자살할 작정이었나요?"

"바퀴 하나만 빠졌으니 그나마 다행입니다. 운전도 서툰데 운전할 생각도 없었다니!"

"이해를 못하시는군." 죄지은 자가 설명했다. "내가 운전한 게 아니오. 차 안에 사람이 하나 더 있단 말이오."

이 말에 놀란 사람들이 "아아!" 소리를 연발하고 있을 때 자동차 문이 천천히 열렸다. 군중은―이제 구경꾼은 군중을 이루고 있었다―저도 모르게 뒤로 물러섰고, 문이 활짝 열리자 으스스한 정적이 흘렀다. 아주 천천히, 얼굴이 창백한 사람 하나가 부서진 차에서 조금씩 빠져나오더니, 커다란 무용 슈즈로 시험 삼아 땅을 밟아보는 것처럼 조심스럽게 발을 땅에 내려놓았다.

이 유령 같은 사내는 헤드라이트 불빛 때문에 앞이 보이지 않는 데다 끊임없이 울려대는 경적 소리에 당황했는지, 잠시 휘청거리며 서 있다가 코트 입은 남자를 알아보았다.

"무슨 일이오?" 그가 침착하게 물었다. "기름이 떨어졌나요?"

"저기 좀 봐요!"

대여섯 개의 손가락이 일제히 떨어져나간 바퀴를 가리켰

다. 그는 잠시 그것을 바라보더니, 그게 하늘에서 떨어진 게 아닐까 하고 생각하는 것처럼 위를 쳐다보았다.

"바퀴가 빠졌다고요." 누군가가 설명해주었다.

그는 고개를 끄덕였다.

"처음에는 차가 멈춘 줄도 몰랐어요." 잠시 침묵이 흘렀다. 이윽고 그는 숨을 길게 들이마시고 어깨를 펴면서 단호한 목소리로 말했다. "주유소가 어디 있는지 가르쳐주지 않겠소?"

적어도 열두어 명—그들 중에는 그보다 상태가 나을 게 없는 사람도 몇 명 있었다—이 바퀴와 차체가 연결되어 있지 않다고 설명해주었다.

잠시 후에 그가 방법을 제시했다.

"차를 뒤로 빼야겠어요. 후진시키는 거죠."

"하지만 바퀴가 빠졌다니까요!"

그가 잠깐 망설이더니 말했다.

"해본다고 손해볼 건 없잖소."

빵빵대는 경적 소리는 절정에 이르렀고, 나는 돌아서서 집을 향해 잔디밭을 가로질렀다. 나는 한 번 뒤를 돌아보았다. 밀전병 같은 달이 개츠비의 집 위에서 환하게 빛나고, 아직 불이 밝혀져 있는 정원에서 웃음과 말소리가 사라진 뒤에도 여전히 밤을 아름답게 꾸며주고 있었다. 이제는 창문들과 커다란 현관문에서 공허감이 흘러나와, 현관 앞에

서서 정중히 손을 들어 작별 인사를 하고 있는 집주인의 모습이 더없이 쓸쓸해 보였다.

지금까지 쓴 것을 다시 읽어보니, 몇 주 간격을 두고 세 번의 밤에 일어난 사건들에 내가 온통 사로잡혀버린 듯한 인상을 주는 것 같다. 하지만 사실은 그 반대여서, 그것들은 다사다난했던 어느 여름에 일어난 우연한 사건일 뿐이고, 훨씬 뒤에까지도 나는 그 일들보다 내 개인적인 일에 열중해 있었다.

나는 대부분의 시간을 일을 하며 보냈다. 태양이 내 그림자를 서쪽으로 길게 던지는 이른 아침에 나는 프로비티 신탁회사를 향해 맨해튼 남쪽의 빌딩 사이를 서둘러 걸어갔다. 나는 동료 직원이나 젊은 증권맨들과도 이름을 알 정도로 친해져서, 점심시간에는 그들과 함께 어둑하고 북적거리는 식당에서 소시지와 감자 샐러드와 커피로 점심을 먹었다. 저지시티*에 살면서 경리과에 근무하는 아가씨와 잠깐 연애를 하기도 했다. 하지만 그녀의 오빠가 나에게 못마땅

---

* 미국 뉴저지주 동북쪽에 있는 항구 도시로, 허드슨강을 사이에 두고 맨해튼과 직결되어 있다.

한 눈길을 던지기 시작하자, 그녀가 7월에 휴가를 떠날 때 조용히 관계를 끝내버렸다.

저녁식사는 보통 예일 클럽*에서 들었는데, 무엇 때문인지 저녁식사는 하루 일과 중에서 가장 우울한 일이었다. 저녁을 먹고 나면 위층의 도서실로 올라가 한 시간 동안 투자와 증권에 대해 열심히 공부했다. 클럽에는 대개 시끄러운 사람이 몇 명 있었지만, 그들도 도서실에는 절대 들어오지 않기 때문에 공부하기에는 안성맞춤이었다. 공부가 끝난 뒤, 날씨가 좋으면 나는 유서 깊은 머리힐 호텔을 지나서 매디슨 가를 어슬렁어슬렁 걸어 내려가 33번가를 건너서 펜실베이니아 역으로 갔다.

나는 점점 뉴욕이 좋아지기 시작했다. 활기에 넘치고 모험에 가득 찬 뉴욕의 밤. 끊임없이 명멸하는 남녀들과 자동차들이 쉼없이 움직이는 눈동자에 주는 만족감이 마음에 들었다. 나는 5번가를 걸어 올라가면서 인파 속에서 낭만적인 여자들을 골라내고, 몇 분 뒤에 그들의 생활 속에 들어가 있는 내 모습을 상상하며 즐겼다. 내가 그런 상상을 한다는 것은 아무도 알 리가 없고 따라서 비난할 리도 없다. 때로는

* 뉴욕시 맨해튼 미드타운에 있는 예일대 동창회관.

마음속으로 여자들을 따라 호젓한 길모퉁이에 있는 그들의 아파트까지 가보기도 했다. 그들은 나를 돌아보며 생긋 미소를 짓고는 문을 열고 따뜻한 어둠 속으로 사라졌다. 매혹적인 대도시의 저물녘에 나는 이따금 외로움을 느꼈고, 다른 사람들한테서도 그 외로움을 느꼈다. 창문 앞을 어슬렁거리며 식당에서 혼자 저녁 먹을 시간을 기다리는 가엾은 젊은 사무원들, 저녁 어스름 속에서 밤과 삶의 가장 강렬한 순간을 낭비하고 있는 그 젊은 사무원들한테서 말이다.

다시 여덟 시가 되어 40번가의 어두운 골목길에서 극장가로 향하는 택시들이 다섯 줄로 늘어서서 부릉거리고 있을 때면 나는 맥이 풀리는 허탈감을 느꼈다. 택시에 탄 사람들은 서로 기대앉아 차가 떠나기를 기다렸고, 목소리들은 즐겁게 노래를 불렀고, 무슨 농담을 했는지는 들리지 않지만 웃음소리가 들려왔고, 담뱃불이 차 안에서 분명치 않은 동그라미를 그렸다. 나도 환락을 향해 서둘러 달려가는 중이고 그들의 은밀한 흥분을 나도 느끼고 있다고 상상하면서 나는 그들의 행복을 빌어주었다.

나는 한동안 조던 베이커를 만나지 못하다가 한여름에 그녀를 다시 만났다. 처음에는 그녀와 함께 여기저기 다니면서 우쭐한 기분을 느꼈다. 그녀는 골프 챔피언이라서 그녀를 모르는 사람이 없었기 때문이다. 그러다가 얼마 후에는 또 다른 감정을 느끼게 되었는데, 그녀를 진정으로 사랑하지는 않았지만, 애정이 깃든 호기심 같은 것을 느꼈다. 세상을 따분한 듯 바라보는 그녀의 오만한 표정은 무언가를 감추고 있었고—대부분의 가식은 처음에는 그렇지 않다 해도 결국에는 무언가를 감추게 마련이지만—어느 날 나는 그것이 무엇인지를 알아냈다. 우리가 워릭*의 어느 별장에서 열린 파티에 함께 갔을 때, 그녀는 남에게 빌린 차를 지붕을 열어놓은 채 빗속에 내버려두었는데, 나중에 거기에 대해 거짓말로 얼버무리는 것이었다. 그때 문득, 데이지네 집에서 만난 그날 밤에는 생각나지 않았던 그녀에 대한 소문이 머리에 떠올랐다. 그녀가 중요한 골프대회에 처음 참가했을 때, 하마터면 신문에까지 날 뻔한 소동이 있었다. 준결승전에서 그녀가 좋지 않은 위치에 있는 공을 슬쩍 옮겨놓고 쳤다는 것이다. 그 일은 스캔들로 번질 지경에 이르렀다가 잠잠해지고 말았다. 캐디가 자신의 주장을 철회했고, 캐디 이외의 유일한 목격자는 자기가 잘못 보았을 수도 있다고 한발 물러선 것이다. 하지만 그 사건은 그녀의 이름과 함께 내 머릿속에 남아 있었다.

---

* 뉴욕주 오렌지카운티 남서쪽에 있는 마을.

조던 베이커는 영리하고 약삭빠른 남자들을 본능적으로 피했다. 이제 나는 그 이유를 알았는데, 그녀는 어떤 규범에서 조금이라도 벗어나는 것이 용납되지 않는 곳에서 오히려 더 안전하다고 느끼는 것 같았다. 그녀는 구제할 수 없을 만큼 부정직했다. 그녀는 불리한 입장에 놓이는 것을 참지 못했고, 그래서 세상을 향해 그 오만한 냉소를 계속 던지면서, 단단하고 발랄한 육체의 요구를 만족시키기 위해 아주 젊었을 때부터 속임수와 관계를 맺기 시작했던 것 같다.

그것은 나에게 전혀 문제가 되지 않았다. 여자의 부정직이란 그리 심하게 비난할 일이 못된다. 나는 좀 유감스러웠지만 곧 잊어버렸다. 우리가 자동차 운전에 대해 별난 대화를 나눈 것은 바로 워릭의 파티에 간 그날이었다. 그녀가 몇 명의 노동자 곁으로 너무 가까이 차를 몰고 지나가다가 자동차의 펜더가 한 사내의 윗도리 단추에 걸려서 단추가 날아가버렸기 때문에 그 대화가 시작되었다.

"운전 솜씨가 고약하군요." 내가 나무랐다. "좀 더 조심하든가, 아니면 아예 운전을 하지 말아야겠어요."

"조심하고 있어요."

"아니, 그렇지 않아요."

"그럼 남들이 조심하겠죠." 그녀가 가볍게 말했다.

"그게 이것과 무슨 관계가 있죠?"

"그들이 길을 비켜줘야 했어요. 사고는 양쪽이 다 잘못해야 나는 법이에요."

"당신만큼 조심성 없는 사람을 만났다고 생각해봐요."

"그런 일은 절대 일어나지 않았으면 좋겠어요. 난 조심성 없는 사람이 싫거든요. 그래서 당신을 좋아하는 거예요."

햇빛에 지친 그녀의 잿빛 눈은 똑바로 앞을 바라보고 있었지만, 그녀는 일부러 우리의 관계를 변화시켰고, 잠시 나는 그녀를 사랑한다고 생각했다. 하지만 나는 천천히 신중하게 생각하는 사람이고, 내 머리는 욕망에 제동을 거는 내면의 규칙으로 가득 차 있다. 나는 우선 고향 여자와 얽혀 있는 관계부터 확실히 정리해야 한다는 것을 알았다. 그동안 나는 일주일에 한 번씩 편지를 썼고, 편지 끝에는 '사랑을 담아서, 닉'이라고 서명하곤 했다. 그런데 그 여자에 대해 생각나는 것이라고는 그녀가 테니스를 칠 때 윗입술에 솜털수염처럼 맺히는 땀방울뿐이었다. 그래도 우리 사이에는 모호한 합의가 이루어져 있었고, 내가 자유로워지려면 먼저 그 합의를 솜씨 좋게 깨야 했다.

사람은 누구나 기본적인 덕목 가운데 적어도 한 가지는 갖추고 있다고 믿는다. 나의 경우 그것은 정직이다. 나는 지금까지 정직한 사람을 몇 명밖에 만나지 못했지만, 그 몇 안 되는 사람 가운데 나도 포함된다고 생각하고 있는 것이다.

제4장

일요일 아침에 교회 종소리가 바닷가 마을에 울려 퍼지면 세상의 잘난 족속들이 또다시 개츠비의 집으로 몰려와 그의 잔디밭을 즐겁게 돌아다녔다.

"그 사람, 밀주업자*래요." 젊은 부인들이 개츠비의 칵테일과 꽃들 사이를 오가며 말했다. "사람을 죽인 적도 있대요.

---

* 수정헌법 제18조에 따라 미국에서는 1920년부터 금주법이 시행되어 술의 제조·판매가 금지되었으나, 오히려 밀조·밀매에 따른 범죄가 크게 늘어나자 1933년에 폐지되었다.

어떤 사람한테 자기가 힌덴부르크*의 조카이자 악마의 육촌이라는 게 들통나자 그 사람을 죽여버렸다는 거예요. 여보, 장미꽃 한 송이만 꺾어다주세요. 그리고 저기 있는 크리스털 잔에다 술을 딱 한 방울만 따라줘요."

언젠가 나는 그해 여름 개츠비의 집에 온 사람들의 이름을 열차시간표의 여백에 적어본 적이 있다. 상단에 '1922년 7월 5일부터 유효함'이라고 인쇄된 시간표는 이제 오래돼서 접힌 데가 다 닳았지만, 회색으로 바랜 이름들은 아직도 알아볼 수 있다. 그들에 대해 대충 설명하는 것보다는 그들의 이름을 열거하는 것이 개츠비의 환대를 받았으면서 그에 대해 아무것도 모른다고 교묘하게 빠져나간 자들에 대한 인상을 더 분명히 해줄 것이다.

이스트에그에서는 체스터 베커 부부와 리치 부부, 그리고 내가 예일대에서 알고 지낸 번슨이라는 남자, 또 지난여름 메인주에서 물에 빠져 죽은 웹스터 시빗 의사가 왔다. 그리고 혼빔 부부와 윌리 볼테어 부부와 블랙벅 가족이 왔는데, 특히 블랙벅 가족은 그 많은 식구가 모두 와서는 언제나 한

---

* 독일의 군인이자 정치가(1843~1934). 제1차 세계대전이 일어나자 참전하여 원수가 되었으며, 바이마르 공화국이 수립된 뒤 제2대 대통령이 되었다가 히틀러에게 권좌를 물려주었다.

쪽 구석에 진을 치고 있었고, 누가 가까이 다가가면 염소처럼 코를 벌름거렸다. 그리고 이즈메이 부부와 크리스티 부부(아니, 휴버트 아우어바흐와 크리스티 씨의 부인이라고 하는 게 옳을지도 모르겠다), 그리고 에드거 비버가 왔는데, 비버는 어느 겨울날 오후에 영문도 모른 채 머리카락이 솜처럼 하얗게 변해버렸다고 한다.

내가 기억하기로 클래런스 엔다이브도 이스트에그에서 왔다. 하얀 니커보커*를 입고 딱 한 번 왔는데, 에티라는 건달과 정원에서 대판 싸움을 벌였다. 롱아일랜드의 변두리에서는 치들 부부, O.R.P. 슈뢰더 부부, 조지아주의 스톤월 잭슨 에이브럼 부부, 피시가드 부부, 리플리 스넬 부부가 왔다. 스넬은 교도소에 들어가기 전에 그곳에서 사흘이나 지냈는데, 잔뜩 취해서 자갈 깔린 찻길에 나자빠져 있다가 율리시스 스웨트 부인의 차에 오른손이 깔리고 말았다. 댄시 부부도 왔고, 예순이 훨씬 넘은 S.B. 화이트베이트도 왔으며, 모리스 A. 플링크, 해머헤드 부부, 담배 수입업자인 벨루가와 그의 딸들도 왔다.

웨스트에그에서는 폴 부부, 멀레디 부부, 세실 로벅, 세실

---

* 바지 끝자락 부분을 무릎 밑에서 잡아맨 골프용 바지.

쇼언, 주 상원의원인 걸릭, '필름스 파 엑설런스' 영화사를 장악하고 있는 뉴턴 오키드, 에크호스트와 클라이드 코언, 돈 S. 슈워츠(아들), 아서 매카티 등이 왔는데, 이들은 모두 이런저런 방식으로 영화와 관련되어 있는 사람들이었다. 그리고 캐틀립 부부, 벰버그 부부, G. 얼 멀둔도 왔는데, 이 사람은 나중에 아내를 목졸라 죽인 저 유명한 멀둔의 아우였다. 프로모터인 다 폰타노도 왔고, 에드 레그로스와 제임스 B. 페릿과 드 종 부부와 어니스트 릴리도 왔는데, 이들은 도박을 하러 왔고, 페릿이 어슬렁거리며 정원으로 나오는 것은 그가 몽땅 털렸으니 이튿날 연합철도의 주가가 올라야 한다는 뜻이었다.

클립스프링어라는 사내는 그 집에 너무 자주 와 있어서 '하숙생'이라고 불리게 되었다. 그에게 다른 집이 있었는지 의심스러울 정도다. 연극계 사람들로는 거스 웨이즈, 호레이스 오도너번, 레스터 마이어, 조지 덕위드, 프랜시스 불이 왔다. 뉴욕에서도 크롬 부부, 백히슨 부부, 데니커 부부, 러셀 베티, 코리건 부부, 켈러허 부부, 듀어 부부, 스컬리 부부, S.W. 벨처, 스머크 부부, 지금은 이혼한 젊은 퀸 부부, 타임스스퀘어*에서 지하철에 뛰어들어 자살한 헨리 L. 팔미토 등이 왔다.

베니 매클레너헌은 늘 네 명의 여자를 데리고 왔는데, 이

들은 매번 다른 여자였지만, 외모가 하도 비슷해서 같은 사람으로 보였다. 이름은 잊어버렸는데, 재클린이나 콘수엘라, 아니면 글로리아나 주디 또는 준이었을 것이다. 성(姓)은 꽃이나 달처럼 음악적인 이름, 아니면 미국 대자본가들의 성처럼 근엄한 이름이었다. 그들에게 캐물으면 자기가 사실은 그 자본가의 사촌뻘이라고 털어놓곤 했다.

이들 외에 포스티나 오브라이언이 적어도 한 번은 그곳에 왔던 게 기억나고, 베데커 집안의 딸들과 전쟁 때 코가 날아가버린 브루어(아들), 올브럭스버거 씨와 그의 약혼녀 하그 양, 아디타 피츠피터스, 재향군인회 회장을 지낸 P. 주윗 씨, 운전기사와 함께 왔던 클로디아 힙 양, 그리고 우리가 공작이라고 부른 어느 나라의 왕족도 왔는데, 그때는 이름을 알았겠지만 지금은 까맣게 잊어버렸다.

이 많은 사람들이 모두 그해 여름에 개츠비의 집에 왔던 것이다.

7월 하순의 어느 날 아침 아홉 시, 개츠비의 호화로운 자

---

* 뉴욕시 맨해튼 중심부에 있는 거리로, 극장·음식점 따위가 즐비한 뉴욕 제일의 번화가.

동차가 울통불퉁한 찻길을 비틀거리며 올라와 내 집 앞에 멈춰 서더니, 세 가지 음색의 경적으로 아름다운 멜로디를 울리기 시작했다. 나는 그의 파티에 벌써 두 번이나 갔고, 그의 수상비행기를 탄 적도 있으며, 그의 끈질긴 초대에 못 이겨 그의 해변을 자주 이용했지만, 그가 나를 찾아온 것은 처음이었다.

"안녕하시오, 형씨? 오늘 나하고 점심이나 같이 합시다. 내 차로 함께 가면 좋을 것 같은데."

그는 미국인 특유의 재치 있는 동작으로 자동차 대시보드 위에서 균형을 잡고 있었다. 나는 그런 동작이 젊었을 때 무거운 물건을 드는 일을 해보지 않은 결과이고, 무엇보다도 우리가 이따금 벌이는 광란의 게임 때문에 생겨난 무형의 결과라고 생각한다. 이런 특질은 그의 딱딱한 태도를 뚫고 안절부절못하는 모습으로 끊임없이 나타나곤 했는데, 그는 잠시도 가만히 있지를 못하고 항상 어딘가를 발로 툭툭 차거나 초조한 듯 손을 쥐었다 폈다 했다.

그는 내가 자동차를 감탄의 눈으로 바라보고 있다는 것을 알았는지, 내가 더 잘 볼 수 있도록 차에서 펄쩍 뛰어내렸다.

"멋지지 않아요? 이런 차를 전에도 본 적이 있소?"

본 적은 있었다. 누구나 적어도 한 번은 보았을 것이다.

짙은 크림색에 니켈 장식이 번쩍이고, 괴물처럼 긴 차체 여기저기에 모자 박스와 음식 박스와 연장 박스가 뽐내듯 튀어나와 있고, 미로를 이룬 여남은 개의 유리창마다 태양이 반사되어 있었다. 우리는 여러 겹의 유리창 뒤, 온실 같은 초록색 가죽 시트에 앉아서 시내를 향해 출발했다.

나는 지난 한 달 동안 그와 대여섯 번 대화를 나누었는데, 실망스럽게도 그는 이야깃거리가 별로 없었다. 그래서 그가 뭔가 중요한 인물일 거라는 내 첫인상은 차츰 사라졌고, 이제는 그저 내 이웃에 사는 고급 연회장 주인 정도로밖에 보이지 않았다.

그러던 차에 난데없는 드라이브를 하게 된 것이다. 우리가 웨스트에그 마을에 도착하기도 전에 개츠비는 우아한 말투를 버리고 캐러멜 색깔의 바지 무릎을 어설프게 탁탁 치기 시작했다. 그러다가 불쑥 물었다.

"이봐요 형씨, 나를 어떻게 생각하시오?"

나는 조금 당황하여 막연한 말로 얼버무리기 시작했다. 그런 질문에는 그런 대답을 하는 게 마땅하지 않겠는가.

"형씨한테 내 과거를 털어놓을까 합니다." 그가 내 말을 가로막았다. "여러 가지 소문을 들었을 텐데, 그것 때문에 나를 오해하지 말았으면 해서요."

그러니까 그는 자기 집 홀에서 오간 대화의 양념이 된 그

기이한 험담들을 잘 알고 있었던 것이다.

"신에게 맹세코 진실을 말하리다." 그는 거짓말을 하면 천벌을 받겠다는 표시로 갑자기 오른손을 들어 맹세했다. "나는 중서부의 부잣집 아들로 태어났소. 가족은 이제 다 죽고 없지만요. 미국에서 자랐지만 교육은 옥스퍼드에서 받았어요. 집안 전통에 따라 조상들도 대대로 거기서 교육을 받았으니까요."

그는 나를 곁눈질했다. 나는 그가 거짓말을 하고 있다고 조던 베이커가 단정한 이유를 알 수 있었다. 그는 '교육은 옥스퍼드에서 받았다'는 말을 아주 빠르게 했다. 아니, 그 말을 꿀꺽 삼켜버렸다고나 할까, 아니면 그 말이 목에 걸렸다고 할까. 어쨌든 전에도 그 말을 하다가 고통을 당한 적이 있는 것처럼 서둘러 그 말을 끝냈다. 일단 그런 의심이 들자 그의 말이 모두 산산조각나버렸고, 결국 그에게는 조금 사악한 데가 있는 게 아닐까 하는 생각이 들었다.

"중서부 어딥니까?" 나는 별 생각 없이 물었다.

"샌프란시스코*요."

"그렇군요."

---

* 샌프란시스코는 중서부가 아니라 서부 끝에 있다.

"가족이 다 죽자 꽤 많은 돈이 내 손에 들어오게 됐지요."

그의 목소리는 진지했다. 가족이 그렇게 갑자기 사멸한 기억이 아직도 머리에서 떠나지 않는 듯했다. 나를 놀리고 있는 게 아닐까 하고 잠시 의심했지만, 그를 힐끗 보고는 그렇지 않다고 확신할 수 있었다.

"그후 나는 유럽의 대도시…… 파리, 베네치아, 로마 등지를 돌아다니며 인도의 젊은 왕자처럼 지냈지요. 보석, 주로 루비를 수집하고, 맹수 사냥도 하고, 그림도 좀 그리면서 살았는데, 오직 나 자신만을 위한 일이었고, 그렇게 하면서 오래전에 겪은 슬픈 일들을 잊으려고 애썼지요."

나는 그 믿을 수 없는 이야기에 웃음이 터지려는 걸 간신히 참았다. 그의 입에서 나온 말들은 너무나 진부해서, 터번을 두른 인형이 구멍마다 톱밥을 흘리며 불로뉴 숲*에서 호랑이를 쫓는 이미지밖에 떠오르지 않았다.

"그러다가 전쟁이 터졌는데, 그게 내게는 커다란 구원이었지요. 나는 죽으려고 무진 애를 썼지만, 내 목숨은 마법에라도 걸린 것 같았어요. 전쟁이 시작되었을 때 나는 중위로

---

* 프랑스 파리 서부에 있는 삼림공원.

임관했지요. 그런데 아르곤* 전투에서 내가 기관총 부대의 잔여 병력을 이끌고 너무 앞으로 전진하는 바람에 뒤에서 따라오고 있던 보병 부대와 1킬로미터 정도의 간격이 생겨 버렸어요. 우리는 꼬박 이틀을 버텼지요. 130명이 루이스 경기관총 열여섯 자루를 가지고 말입니다. 마침내 보병 부대가 도착했을 때는 시체가 산을 이루었는데, 그 시체더미 속에서 독일군 3개 사단의 휘장을 발견했지요. 나는 소령으로 진급했고, 연합국의 모든 정부로부터 훈장을 받았어요. 몬테네그로, 아드리아 해안에 있는 그 작은 몬테네그로도 훈장을 주었지요!"

작은 몬테네그로! 그는 그 이름을 소리 높이 외치더니 미소를 지으며 고개를 끄덕였다. 그것은 몬테네그로의 파란만장한 역사를 이해하고 몬테네그로 국민의 용감한 투쟁에 공감하는 미소였다. 또한 몬테네그로의 작지만 따뜻한 마음으로부터 이런 감사의 표시를 끌어낸 일련의 국내 사정을 완전히 이해하고 있는 미소였다. 나는 그의 매력에 사로잡혔고, 나의 불신도 그 매혹 속으로 가라앉아버렸다. 마치 여러

---

* 프랑스 북동부의 구릉지. 숲이 무성했으나 제1차 세계대전 때 이곳에서 격전이 벌어져 황폐해졌다.

권의 잡지를 한꺼번에 훑어보고 있는 듯한 기분이었다.

개츠비는 주머니에 손을 집어넣더니, 리본에 매달린 메달 하나를 꺼내 내 손바닥에 떨어뜨렸다.

"몬테네그로에서 받은 훈장이오."

놀랍게도 그 훈장은 진짜처럼 보였다. '다닐로 훈장'이라는 글자와 '몬테네그로 국왕 니콜라스'라는 글자가 원형으로 새겨져 있었다.

"뒤를 보세요."

"제이 개츠비 소령, 혁혁한 공훈을 기리며." 나는 소리 내어 읽었다.

"내가 늘 갖고 다니는 게 여기 또 하나 있습니다. 옥스퍼드 시절의 기념품인데, 트리니티 칼리지* 구내에서 찍은 겁니다. 내 왼쪽에 있는 사람이 현재의 동커스터 백작이죠."

그것은 블레이저코트를 입은 여섯 명의 젊은이가 아치 통로에서 어슬렁거리고 있는 사진이었다. 아치 사이로 많은 뾰족탑이 보였다. 지금보다 많이 젊지는 않지만 조금은 젊어 보이는 개츠비가 크리켓 배트를 들고 서 있었다.

---

* 영국 옥스퍼드 대학교에 속해 있는 단과대학.

그렇다면 모든 게 사실이었다. 나는 대운하*연안에 있는 그의 저택에서 타오르는 듯한 호랑이 가죽을 보았고, 그가 루비 상자를 열고 그 보석의 심원한 진홍빛으로 상처받은 마음의 고통을 달래는 모습도 보았다.

"오늘은 중요한 부탁을 하나 하려고 합니다." 그가 흐뭇한 표정으로 기념품들을 주머니에 넣으면서 말했다. "그래서 형씨가 나에 대해 조금은 알아둘 필요가 있다고 생각했지요. 나를 별 볼 일 없는 존재로 생각지 않았으면 합니다. 아시다시피 나는 대개 낯선 사람들과 어울려 지내는데, 그건 내가 지난날의 슬픈 일들을 잊으려고 여기저기 떠돌아다니기 때문입니다." 그는 잠깐 망설이더니 덧붙였다. "그 이야기는 오늘 오후에 듣게 될 겁니다."

"점심때요?"

"아니, 오후에요. 형씨가 오후에 미스 베이커와 차를 마시기로 했다는 걸 우연히 알았거든요."

"당신이 미스 베이커를 사랑한다는 뜻인가요?"

"아닙니다. 그렇지 않아요. 하지만 미스 베이커는 친절하게도 이 문제를 당신과 상의해보겠다고 승낙했지요."

---

* 이탈리아 베네치아에 있는 카날그란데.

'이 문제'가 뭔지는 짐작도 가지 않았지만, 나는 흥미롭다기보다 성가시게 느껴졌다. 조던에게 차를 마시자고 한 것은 제이 개츠비에 대한 이야기를 하기 위해서가 아니었다. 개츠비의 '부탁'이라는 것도 뭔가 엉뚱한 것이 아닐까 하는 생각이 들자 나는 사람들로 북적거리는 그의 잔디밭에 발을 들여놓았던 것을 잠시 후회했다.

그는 더 이상 말하려 하지 않았다. 뉴욕이 가까워질수록 그의 태도는 점점 더 점잖아졌다. 루스벨트 항*을 지날 때는 붉은 띠를 두른 외항선들이 언뜻언뜻 보였고, 빈민가를 지날 때는 도금이 벗겨졌지만 아직도 사람들이 드나들고 있는 1900년대의 어두컴컴한 술집들이 차창 밖을 스치고 지나갔다. 이윽고 양쪽으로 재의 골짜기가 펼쳐졌다. 우리가 지나갈 때, 자동차 정비소에서 윌슨 부인이 숨을 헐떡이며 힘차게 펌프질하고 있는 모습이 언뜻 보였다.

우리는 자동차 펜더를 날개처럼 펼치고 빛을 흐트러뜨리며 롱아일랜드시티†를 반쯤 통과했다. 하지만 그렇게 날듯이 달린 것은 겨우 절반뿐이었다. 우리가 고가철도 아래의 기

---

* 가상의 지명이다.
† 뉴욕시 퀸스구의 서쪽, 이스트강에 면해 있는 동네.

둥 사이를 요리조리 누비며 달리고 있을 때 '부릉부릉!' 하
는 귀에 익은 오토바이 소리가 들리더니, 미친 듯이 화가 난
경찰관이 우리 옆에 나타나 우리와 나란히 달렸다.

"걱정 마시오, 형씨." 개츠비가 소리치고는 속도를 늦추었
다. 그러고는 지갑에서 하얀 카드 한 장을 꺼내더니 경찰관
의 눈앞에서 흔들었다

"됐습니다." 경찰관이 가볍게 경례하면서 말했다. "다음에
는 알아서 모시겠습니다, 개츠비 씨. 죄송합니다!"

"그게 뭐였죠? 옥스퍼드 사진인가요?" 내가 물었다.

"언젠가 경찰국장의 편의를 봐준 적이 있는데, 그후 해마
다 크리스마스카드를 보내는군요."

거대한 다리 위에서는 도리 사이를 통과한 햇살이 달리는
자동차들 위에서 끊임없이 반짝거렸고, 강 건너에는 도심의
건물들이 하얀 각설탕처럼 솟아 있었는데, 모두 '냄새 안 나
는 돈'으로 간절한 소망을 담아서 지어진 것이었다. 퀸스보
로 다리*에서 바라보는 뉴욕은, 세상의 온갖 신비와 아름다
움이 그 안에 다 있을 거라는 처음의 환상을 여전히 품게 한

_____

* 뉴욕시의 이스트강에 놓인 다리로, 맨해튼 지역과 퀸스보로 지역을 연결한다.
  1909년 3월에 개통되었으며 총길이는 1,135미터.

다는 점에서, 늘 처음 보는 도시 같았다.

수많은 꽃으로 장식된 영구차가 누군가의 주검을 싣고 우리 옆을 지나갔다. 이어서 차양을 내린 마차 두 대와 고인의 친구들을 태운 좀 더 유쾌한 마차 몇 대가 그 뒤를 따랐다. 남동부 유럽인 특유의 슬픈 눈과 짧은 윗입술을 가진 그 친구들이 마차 창문으로 우리를 내다보았다. 나는 그들이 우울한 휴일에 개츠비의 고급 승용차를 구경할 수 있어서 다행이라고 생각했다. 블랙웰섬*을 건널 때 백인 운전사가 모는 리무진 한 대가 우리 옆을 지나갔다. 그 차에는 최신 유행의 옷차림을 한 흑인 셋—남자 둘과 여자 하나—이 타고 있었다. 그들이 건방진 경쟁심을 보이며 우리를 향해 달걀 노른자 같은 눈알을 굴리는 것을 보고 나는 웃음을 터뜨리고 말았다.

'이 다리를 건넜으니 이제는 무슨 일이 일어나도 좋다'고 생각했다.

개츠비 같은 사람도 존재할 수 있었다. 사실 그것은 별로 놀랄 만한 일도 아니었다.

---

* 맨해튼과 퀸스 사이를 흐르는 이스트강에 있는 섬. 지금은 루스벨트섬으로 바뀌었다.

활기찬 대낮이었다. 선풍기가 잘 돌아가는 42번가의 지하에서 나는 점심 약속을 한 개츠비를 만났다. 눈을 깜박거려 바깥 거리의 환한 햇빛을 눈에서 떨쳐내자, 대기실에서 어떤 남자와 이야기를 나누고 있는 개츠비가 내 눈에 어렴풋이 잡혔다.

"캐러웨이 씨, 이쪽은 내 친구인 울프심 씨요."

작은 체구에 코가 납작한 유대인이 커다란 머리를 들어 나를 쳐다보았다. 길게 자란 코털이 양쪽 콧구멍에 무성했다. 잠시 후 나는 어스름 속에서 그의 작은 눈을 찾아낼 수 있었다.

"……그래서 녀석을 한번 쓱 쳐다보았지." 울프심이 말하고는 진지하게 내 손을 잡고 흔들었다. "그런 다음 내가 어떻게 한 줄 아나?"

"네? 뭐라고요?" 나는 정중하게 물었다.

하지만 그는 나에게 말하고 있지 않은 게 분명했다. 내 손을 놓더니 표정이 풍부한 코를 개츠비에게 들이댔기 때문이다.

"캐츠포에게 돈을 건네면서 이렇게 말했지. '좋아, 캐츠포. 저놈이 입을 다물기 전에는 한 푼도 주지 마.' 그랬더니 그 자리에서 당장 입을 다물더군."

개츠비는 우리 두 사람과 팔짱을 끼고 식당 안으로 들어갔다. 그러자 울프심은 뭔가 하려던 말을 꿀꺽 삼키고 몽유병자처럼 멍한 상태에 빠져들었다.

"하이볼*로 드릴까요?" 웨이터가 물었다.

"아주 괜찮은 레스토랑이군." 울프심이 천장에 그려진 기독교풍의 님프들을 쳐다보면서 말했다. "하지만 나는 길 건너편이 더 좋아."

"그래, 하이볼로 줘요." 개츠비가 웨이터에게 말하고 울프심 쪽으로 눈을 돌렸다. "거긴 너무 더워요."

"맞아. 덥고 좁아. 하지만 추억이 가득한 곳이지." 울프심이 말했다.

"어딘데요?" 내가 물었다.

"메트로폴† 말이오."

"아아, 메트로폴." 울프심이 침울한 얼굴로 생각에 잠겼다. "죽은 사람, 떠난 사람들의 얼굴로 가득 차 있지. 영원히 떠나버린 친구들로 가득 차 있어. 나는 로지 로젠탈이 거기서 총에 맞은 그날 밤을 평생 잊을 수 없어. 우리는 여섯 명이 테이블에 둘러앉아 있었지. 로지는 밤새 많이 먹

---

* 위스키 같은 독한 술에 소다수를 타고 얼음을 넣은 음료.
† 맨해튼의 타임스퀘어 근처, 웨스트 46번가에 있는 호텔.

고 마셨어. 동틀 무렵 웨이터가 이상한 표정으로 그에게 다가와서는 누군가가 밖에서 잠깐 보잔다는 거야. 할 이야기가 있다고. 로지가 '좋아!' 하면서 일어나기에 내가 도로 앉혔지.

'용건이 있으면 녀석들더러 들어오라고 해. 로지, 무슨 일이 있어도 이 방에서 나가면 안 돼.'

그때가 새벽 네 시였어. 블라인드를 올렸으면 새벽빛을 볼 수 있었을 거야."

"그래서 로지는 나갔나요?" 내가 순진하게 물었다.

"물론 나갔지." 분노가 치미는 듯 울프심의 코가 내 쪽으로 획 돌아왔다. "그 친구가 문간에서 뒤를 돌아보더니 이렇게 말하더군. '웨이터한테 내 커피 치우지 말라고 해!' 그러고는 바깥 거리로 나갔고, 놈들은 로지의 불룩한 배에다 총을 세 방이나 쏘고는 차를 몰고 달아나버렸지."

"그중 네 명은 전기의자에서 처형당하지 않았나요?" 내가 문득 기억을 떠올리고 말했다.

"베커까지 치면 다섯이오." 나에게 흥미를 느낀 듯 그의 콧구멍이 나를 향했다. "당신은 사업 거래처를 찾고 있다면서?"

전기의자와 사업 이야기가 연달아 나온 것은 놀라웠다. 개츠비가 나 대신 대답했다.

"아, 아닙니다. 이 친구는 그 사람이 아니에요."

"아니라고?" 울프심이 실망한 것 같았다.

"이 사람은 그냥 친구예요. 그 얘기는 나중에 다른 기회에 하자고 했잖습니까?"

"미안하오." 울프심이 말했다. "내가 사람을 착각했소."

육즙이 많은 고기 요리가 나오자 울프심은 메트로폴의 감상적인 분위기 따위는 까맣게 잊어버리고 우아하게 음식을 먹기 시작했다. 먹는 동안에도 그의 눈은 천천히 식당을 둘러보았다. 몸을 돌려 바로 뒤에 있는 사람들까지 살펴보는 것으로 그의 눈길은 식당 일주를 마무리했다. 그 자리에 내가 없었다면 그는 우리가 앉은 테이블 아래까지 들여다보았을 것이다.

"이봐요, 형씨." 개츠비가 내 쪽으로 몸을 기울이며 말했다. "오늘 아침 차에서 당신을 좀 언짢게 한 것 같은데."

그는 다시 그 특유의 미소를 지었지만, 이번에는 나도 거기에 넘어가지 않았다.

"나는 비밀을 좋아하지 않습니다." 내가 대꾸했다. "용건이 있으면 나한테 직접 터놓고 말하세요. 왜 미스 베이커를 중간에 세우는지 모르겠군요."

"아니, 그건 뭐 저의가 있어서 그런 건 아니오." 그가 나를 안심시켰다. "아시다시피 미스 베이커는 훌륭한 운동선수잖소. 온당치 않은 일이라면 절대로 하지 않아요."

그는 갑자기 시계를 보더니 벌떡 일어나 울프심과 나를 테이블에 남겨두고 황급히 밖으로 나갔다.

"전화를 걸어야 할 일이 있나 보군." 개츠비를 눈으로 좇으면서 울프심이 말했다. "좋은 친구요. 잘생긴 데다 다시없는 신사지."

"그럼요."

"오그스퍼드 출신이오."

"아아!"

"영국의 오그스퍼드 칼리지*를 다녔지요. 오그스퍼드 칼리지는 아시겠지?"

"들어본 적은 있습니다."

"세계에서 가장 유명한 대학 중의 하나요."

"개츠비를 아신 지는 오래되셨나요?" 내가 물었다.

"몇 년 됐소." 그가 흐뭇한 얼굴로 대답했다. "전쟁 직후 알게 될 기회가 있었지. 그런데 한 시간쯤 이야기하고 나서, 참 괜찮은 사람을 만났다는 걸 알게 되었소. 그래서 속으로 생각했지. 집에 데려가서 어머니와 누이한테 소개해주고 싶

---

* 옥스퍼드는 칼리지가 아니라 유니버시티이다.

은 남자라고." 그는 잠시 말을 멈추었다가 덧붙였다. "내 커프스버튼을 보고 있나 보군." 나는 커프스버튼을 보고 있지 않았지만, 그 말을 듣고 그것을 바라보았다. 이상하게도 친숙해 보이는 상아 제품이었다.

"사람 어금니로 만든 최고급 제품이오." 그가 나에게 알려주었다.

"그래요?" 나는 그것을 자세히 살펴보았다. "정말 재미있는 아이디어네요."

"그렇소." 그는 외투 속에서 소매를 손가락으로 탁 튀겼다. "개츠비는 여자에 대해서는 아주 신중한 편이오. 친구 마누라한테는 눈길도 주지 않아요."

이처럼 본능적인 신뢰를 받고 있는 당사자가 테이블에 돌아와 앉자, 울프심은 커피를 단숨에 들이켜고 자리에서 일어났다.

"점심 잘 먹었네. 그만 일어나야지. 너무 오래 앉아 있으면 두 젊은이한테 미움을 살 테니까."

"서두를 거 없어요, 마이어." 개츠비가 덤덤하게 말했다. 울프심은 축복을 내리는 몸짓으로 손을 들어올렸다.

"친절은 고맙지만, 나는 자네들과 세대가 달라." 그가 진지하게 말했다. "자네들은 여기 앉아서 자네들이 즐기는 화제나 이야기하게. 스포츠라든가 젊은 아가씨들이라든가……."

나머지는 알아서 상상하라는 듯 다시 한 번 손을 흔들었다.

"나는 쉰 살이야. 더 이상 자네들 일에 참견하지 않겠어."

악수를 하고 돌아설 때 그의 비극적인 코가 떨리고 있었다. 나는 혹시 그에게 불쾌한 말을 한 것은 아닌지 걱정스러웠다.

"저 양반은 가끔 아주 감상적이 돼요." 개츠비가 설명했다. "오늘이 바로 그런 날이죠. 뉴욕 일대에서는 꽤 알려진 인물이에요. 브로드웨이에 살고 있지요."

"뭐하는 분입니까? 배우인가요?"

"아니요."

"그럼 치과의사?"

"마이어 울프심이? 천만에. 도박사예요." 개츠비는 잠시 망설이다가 냉정하게 덧붙였다. "1919년에 월드시리즈의 승부를 조작한* 장본인이죠."

"월드시리즈의 승부를 조작했다고요?" 내가 되물었다.

나는 깜짝 놀랐다. 물론 나도 1919년에 월드시리즈의 승부가 조작된 사실은 기억하고 있었다. 하지만 내가 그 사건

---

* 실제로 1919년 월드시리즈 때 승부 조작 사건이 있었다. 시카고 화이트삭스 팀의 일부 선수들이 도박사의 뇌물을 받고 신시내티 레즈 팀에게 져주었다는 혐의를 받았다.

에 대해 한 번이라도 생각해보았다면, 그것은 불가피한 사건이 연달아 일어난 결과 우연히 발생한 일이라고 생각했을 것이다. 한 사람이 —금고를 폭파하는 강도처럼 한 가지 목적만 가지고—5천만 명이나 되는 사람들의 신뢰를 우롱할 수도 있다는 생각은 전혀 내 머리에 떠오르지 않았다.

"어쩌다 그런 짓을 하게 됐지요?" 내가 잠시 후에 물었다.

"그냥 기회가 왔기 때문에 했을 뿐이지요."

"왜 감옥에 가지 않은 겁니까?"

"잡아넣을 수 없었겠죠. 아주 영리한 사람이니까."

점심값은 내가 내겠다고 고집을 부렸다. 웨이터가 거스름돈을 가져왔을 때, 사람들로 붐비는 식당 저편에 톰 뷰캐넌이 앉아 있는 모습이 눈에 띄었다.

"잠깐 함께 갑시다. 인사할 사람이 있네요." 내가 말했다.

톰은 우리를 보더니 벌떡 일어나서 우리 쪽으로 대여섯 걸음 다가왔다.

"요즘 어디 있었나? 자네한테서 연락이 없다고 데이지가 잔뜩 화가 났어."

"이쪽은 개츠비 씨, 그리고 이쪽은 뷰캐넌 씨."

그들은 짧게 악수를 나누었다. 그런데 개츠비의 얼굴에 당황한 표정이 떠올랐다. 그에게서는 좀처럼 볼 수 없는 부자연스럽고 긴장한 표정이었다.

"어쨌든 그동안 어떻게 지냈어?" 톰이 나에게 물었다.
"웬일로 이렇게 먼 데까지 식사를 하러 왔지?"

"개츠비 씨와 함께 점심을 먹었어."

나는 개츠비 쪽으로 몸을 돌렸지만, 그는 이미 거기에 없었다.

1917년 10월의 어느 날이었어요……

(그날 오후 조던 베이커는 플라자 호텔 커피숍에서 등받이가 곧은 의자에 똑바로 앉아서 말했다).

……나는 보도를 걷기도 하고 잔디밭을 걷기도 하면서 이리저리 거닐고 있었어요. 잔디밭을 걷는 게 더 기분이 좋았죠. 바닥에 작은 고무 장식들이 오톨도톨 튀어나와 있는 영국제 구두를 신고 있어서 부드러운 풀밭에 쏙쏙 박혔거든요. 또 새로 사 입은 체크무늬 스커트도 바람에 살랑살랑 날렸구요. 그럴 때마다 모든 집 앞에 내걸린 성조기가 팽팽하게 펼쳐지면서 못마땅하다는 듯 '쯧쯧쯧' 하는 소리를 냈어요.

가장 큰 깃발과 가장 넓은 잔디밭은 데이지 페이네 것이었죠. 데이지는 그때 나보다 두 살 위인 열여덟 살이었고, 루이빌의 모든 아가씨들 중에서 제일 인기가 높았어요. 데이지는 하얀 옷을 입었고, 자그마한 하얀색 로드스터*를 갖고 있었죠. 데이지네 집에서는 온종일 전화벨이 울렸고, 테일러 기지에 근무하는 젊은 장교들은 잔뜩 흥분해 가지고 "어쨌든 딱 한 시간만!" 하면서 그날 밤 데이지를 독점하려고 야단들이었죠.

그날 아침 내가 데이지네 집 건너편에 이르렀을 때, 데이지의 하얀 로드스터가 길가에 세워져 있고, 차 안에는 내가 본 적이 없는 중위와 데이지가 함께 앉아 있는 거예요. 그들은 서로 홀딱 반해 있어서, 내가 다섯 걸음 떨어진 곳까지 다가가도 알아차리지 못할 정도였어요.

"안녕, 조던." 뜻밖에 데이지가 나를 부르더군요. "이리 좀 와줘."

데이지가 나와 이야기하고 싶어 해서 나는 우쭐한 기분이 들었어요. 언니뻘 되는 여자들 가운데 데이지를 가장 좋게 생각했으니까요. 데이지는 적십자사로 붕대를 만들러 가는 길이냐고 묻더군요. 그렇다고 대답했더니, 자기는 오늘 못 가니까 그렇게 전해줄 수 있겠냐고 하더군요. 데이지가 말하는 동안 장교는 줄곧 데이지를 바라보고 있었어요. 젊은 여자라면 누구나 언젠가는 받고 싶어 하는 그런 눈길로 말

---

* 지붕이 없고 좌석이 두 개인 자동차.

이에요. 나에게는 무척 로맨틱하게 보였기 때문에, 그후에도 잊히지 않고 계속 기억에 남아 있었죠. 그 장교의 이름은 제이 개츠비였어요. 그후 4년이 넘도록 그를 보지 못했어요. 나중에 롱아일랜드에서 만났을 때에도 그가 개츠비라는 걸 알아차리지 못했다니까요.

그게 1917년 일이었어요. 이듬해에는 나한테도 애인이 몇 명 생겼고, 골프대회에 나가기 시작했기 때문에 데이지를 자주 만나지 못했어요. 데이지는 데이트할 때도 자기보다 조금 나이 많은 사람들과 어울렸죠. 데이지에 대해 터무니없는 소문이 돌고 있었어요. 어느 겨울밤에 데이지가 해외로 떠나는 군인에게 작별인사를 하러 뉴욕으로 가려고 가방을 꾸리다가 어머니한테 들켰다는 거예요. 실제로 데이지는 가지 못했고, 그후 몇 주 동안 가족과 말도 안 했대요. 그일이 있고 나서 다시는 군인들과 어울리지 않았고, 아예 군대에 들어갈 수 없는 평발이나 근시인 젊은이들하고만 사귀었어요.

이듬해 가을이 되자 데이지도 다시 여느 때와 마찬가지로 쾌활해졌죠. 휴전협정이 맺어진 뒤 데이지는 사교계에 데뷔했고, 2월에는 뉴올리언스 출신의 남자와 약혼했을 거예요. 그런데 6월에 결혼한 상대는 시카고의 톰 뷰캐넌이었죠. 루이빌에서 그렇게 성대한 결혼식은 본 적이 없어요. 톰 뷰캐넌은 자가용 넉 대에 백 명이나 되는 하객을 태우고 와서는 멀바크 호텔 한 층을 통째로 빌리고, 결혼식 전날에는 신부한테 35만 달러짜리 진주 목걸이를 선물했죠.

나는 신부 들러리였어요. 피로연이 열리기 30분 전에 신부 방에 들어갔는데, 데이지는 꽃장식한 드레스를 입은 채 6월의 밤처럼 아름답게 침대에 누워 있더군요. 원숭이처럼 취해서 말이에요. 한 손에는 포도주 병을 들고, 다른 손에는 편지 한 통을 쥐고 있었어요.

"축하해줘." 데이지가 중얼거리더군요. "지금까지 술이라고는 한 방울도 마셔본 적이 없는데, 술이 이렇게 좋을 줄이야."

"도대체 왜 그래, 데이지?"

정말로 나는 겁이 났어요. 그렇게 취한 여자를 본 적이 없었거든요.

"여기." 데이지는 침대 위에 올려놓은 휴지통을 뒤져서 진주 목걸이를 꺼내더군요. "이걸 아래층으로 가져가서, 누구든 주인한테 돌려줘. 그리고 사람들한테 말해. 데이지가 마음을 바꾸었다고. 분명히 말해야 돼. 데이지가 마음을 바꾸었다고."

데이지는 울기 시작했어요. 하염없이 울고 또 울었죠. 나는 밖으로 달려 나가 데이지 어머니의 하녀를 찾아서 데려왔어요. 우리는 문을 잠그고 찬물을 채운 욕조에 데이지를 집어넣었죠. 데이지는 편지를 놓으려 하지 않았어요. 그 편지를 쥔 채 욕조에 들어가서 물에 젖은 편지를 공처럼 똘똘 뭉쳐서 쥐어짜더니, 눈송이처럼 갈가리 찢어지는 것을 보고 나서야 내가 그걸 비눗갑에 집어넣어도 그냥 가만히 있더군요.

하지만 더 이상은 아무 말도 하지 않았어요. 우리는 암모니아수를 냄새 맡게 하고, 이마에 얼음찜질을 하고, 다시 드레스를 입혔어요. 그리고 30분 뒤에 우리가 방에서 나왔을 때는 진주 목걸이가 데이지의 목에 걸려 있었고 사건은 그렇게 일단락되었죠. 이튿날 다섯 시에 데이지는 조금도 떨지 않고 톰 뷰캐넌과 결혼해서 남태평양으로 석 달간의 신혼여행을 떠났답니다.

그들이 돌아왔을 때 나는 샌타바버라*에서 만났는데, 남편에게 그렇게 미쳐 있는 여자는 본 적이 없다고 생각했어요. 남편이 잠시라도 방을 비우면 데이지는 불안하게 주위를 둘러보면서 "톰은 어디 갔지?" 하고 묻는 거예요. 그리고 남편이 문으로 들어오는 게 보일 때까지 멍한 표정으로 있는 거예요. 데이지는 모래밭에 앉아서 한 시간 동안이나 남편의

---

* 미국 캘리포니아주 남서부 태평양 연안에 있는 도시.

머리를 제 다리 위에 올려놓은 채 남편의 눈자위를 손가락으로 문지르면서 헤아릴 수 없이 기쁜 표정으로 남편을 내려다보곤 했어요. 그들이 함께 있는 것을 보면 정말 감동적이었어요. 보는 사람도 매혹되어 남몰래 조용히 웃을 수밖에 없었죠. 그때가 8월이었어요. 내가 샌타바버라를 떠난 지 일주일쯤 지난 어느 날 밤, 톰이 벤투라 가도*에서 왜건과 충돌하여 앞바퀴가 떨어져나가는 사고가 났는데, 톰의 차에 함께 타고 있던 여자도 팔이 부러지는 바람에 신문에 났어요. 샌타바버라 호텔에서 객실 청소부로 일하는 여자였지요.

이듬해 4월에 데이지는 딸을 낳았고, 그 가족은 1년 동안 프랑스에 가 있었어요. 나는 봄에 칸에서 그들을 만났고, 나중에 도빌†에서도 만났죠. 그후 그들은 시카고에 돌아와 정착했어요. 아시다시피 데이지는 시카고에서 아주 인기가 많았죠. 그들은 행실이 좋지 않은 방탕한 사람들, 젊고 돈 많은 망나니들과 어울려 다녔지만, 데이지는 나무랄 데 없이 좋은 평판을 얻었답니다. 그건 아마 데이지가 술을 마시지

---

* 캘리포니아주 남부 샌타바버라와 벤투라 사이의 고속도로.
† 칸: 프랑스 동남쪽 지중해 연안에 있는 휴양 도시. 도빌: 프랑스 북부 노르망디 지방의 칼바도스 해안에 있는 휴양지.

않기 때문일 거예요. 술꾼들 틈에서 술을 마시지 않는 건 굉장한 이점이죠. 입을 다물고 있을 수도 있고, 다른 사람들이 모두 취해서 장님처럼 보지도 못하고 관심도 없을 때를 이용하면 조금은 부정한 짓을 저지를 수도 있으니까요. 아마 데이지는 바람을 피워본 적이 없겠지만, 데이지의 목소리에는 뭔가 남자를 끄는 게 있어요…….

그런데 6주쯤 전에 데이지는 몇 년 만에 처음으로 개츠비라는 이름을 들었어요. 내가 당신한테 웨스트에그에 사는 개츠비라는 사람을 아느냐고 물었을 때요. 기억나세요? 당신이 집으로 돌아간 뒤 데이지가 내 방에 들어와서 나를 깨우더니 "무슨 개츠비야?" 하고 묻는 거예요. 나는—반쯤 졸면서—그 사람에 대해 설명해주었죠. 그랬더니 데이지는 야릇한 목소리로 자기가 전에 알았던 남자가 분명하다는 거예요. 그제야 나는 이 개츠비를 데이지의 하얀 차에 타고 있던 그 장교와 연결시키게 되었죠.

조던 베이커가 이야기를 끝낸 것은 우리가 플라자 호텔을 떠난 지 30분 뒤였다. 그때 우리는 센트럴파크에서 관광용 마차를 타고 있었다. 태양은 영화배우들이 많이 사는 웨스트 50번가의 고층 아파트 뒤로 사라져버렸고, 벌써 풀밭에 귀뚜라미처럼 모여 있는 아이들의 맑은 목소리가 황혼으로 물든 하늘에 울려 퍼지고 있었다.

나는 아라비아의 족장.
그대의 사랑은 나의 것.
그대가 잠든 한밤중에
그대의 천막으로 기어들리라⋯⋯.*

"묘한 우연이군요." 내가 말했다.
"하지만 절대 우연이 아니었어요."
"왜요?"
"개츠비가 그 집을 산 것은, 데이지가 살고 있는 곳이 만 건너편이 되리라는 걸 알았기 때문이었으니까요."

그렇다면 6월의 그날 밤 개츠비가 바라보고 있었던 것은 별들만이 아니었다. 그는 아무 목적도 없는 호화로운 자궁 속에서 갑자기 해방되어 생생하게 살아 숨 쉬는 모습으로 나에게 다가왔다.

"그 사람은 알고 싶어 해요." 조던이 말을 이었다. "당신

---

* 「아라비아의 족장」(해리 스미스 작사, 테드 스나이더 작곡)이라는 노래로, 1921년 당시 미국에서 크게 히트했다.

이 어느 날 오후에 데이지를 집으로 초대하고, 그때 개츠비가 당신 집을 불쑥 방문하게 해줄 수 있는지."

그 요구의 조심스러움이 내 마음을 흔들었다. 그는 5년을 기다린 끝에 저택을 구입하여, 우연히 날아드는 나방들에게 별빛을 나누어주고 있었다. 어느 날 오후 잘 알지도 못하는 사람의 정원으로 '불쑥 방문할' 수 있도록 하기 위하여.

"겨우 그런 사소한 부탁을 하려고 그 사정을 나한테 모두 알려주었단 말입니까?"

"그 사람은 두려웠던 거예요. 너무 오랜 세월을 기다려왔으니까요. 당신이 화를 내지나 않을까 걱정하더라고요. 알고 보면 정말로 좋은 사람이에요."

나는 뭔지 모르게 꺼림칙했다.

"데이지를 만나게 해달라고 당신한테 부탁할 수도 있었는데, 왜 그러지 않았을까요?"

"그 사람은 데이지한테 자기 집을 보여주고 싶어 해요. 그런데 당신 집이 바로 옆집이잖아요."

"아, 그렇군요!"

"그 사람은 언젠가 데이지가 우연히 자기 집 파티에 오기를 얼마간 기대한 것 같아요." 조던이 말을 이었다. "하지만 데이지는 끝내 오지 않았지요. 그러자 그 사람은 사람들한테 데이지를 아느냐고 지나가는 말처럼 묻기 시작했고, 그렇게 해서 처음 찾아낸 사람이 바로 나였어요. 댄스파티 때 사람을 보내 나를 부른 그날 밤이었죠. 그 사람이 얼마나 조심스럽게 그 이야기를 꺼냈는지, 당신도 들었어야 하는 건데. 물론 나는 뉴욕에서 점심이나 같이 먹자고 당장 제안했죠. 나는 그 사람이 미쳐버리는 줄 알았어요.

'도리에 어긋나는 짓은 하고 싶지 않습니다!' 계속 이렇게 말하는 거예요. '나는 옆집에서 데이지를 만나고 싶습니다.'

당신이 톰과 각별한 사이라고 했더니, 그 사람은 계획을 아예 포기하려 들더군요. 그 사람은 데이지의 이름을 잠깐이라도 볼 수 있지 않을까 하는 기대로 5년 동안이나 시카고의 신문을 구독했다면서도, 톰에 대해서는 별로 아는 게 없더라고요."

이제 날이 어두워져 있었다. 작은 다리 밑을 지날 때, 나는 조던의 황금빛 어깨를 끌어안고 내 쪽으로 당기면서 저녁이나 같이 먹자고 말했다. 데이지와 개츠비는 갑자기 내 머리에서 사라지고, 무엇에나 회의적인 태도를 보이는 이 여자, 내 품 안에서 쾌활하게 몸을 뒤로 젖힌 이 깔끔하고 냉정하며 약간 편협한 여자가 내 머릿속을 가득 채우고 있었다. 어떤 구절이 내 귓속에서 신나게 울려 퍼지기 시작했다. '세상에는 쫓기는 자와 쫓는 자, 바쁜 자와 지친 자가 있을 뿐이다.'

"데이지의 삶에는 뭔가 변화가 필요해요." 조던이 나에게 중얼거렸다.

"데이지가 개츠비를 만나고 싶어 할까요?"

"데이지는 거기에 대해 알면 안 돼요. 개츠비는 데이지가 아는 걸 바라지 않아요. 당신은 그냥 차나 마시러 오라고 데이지를 초대하기만 하면 돼요."

우리는 검은 나무들이 장벽처럼 늘어서 있는 곳을 지난 다음 59번가로 나왔다. 정면에서 미묘하게 창백한 불빛이 새어나와 공원 안까지 비추고 있는 건물들이 한 블록이나 이어져 있었다. 개츠비나 톰 뷰캐넌과는 달리, 나에게는 얼굴이 육체에서 분리된 채 어두운 처마 밑과 눈부신 간판을 따라 떠도는 여자가 없었다. 그래서 나는 옆에 있는 여자를 끌어당겨 두 팔로 꽉 껴안았다. 그녀의 파리하고 새침한 입술이 미소를 머금고 있었다. 그래서 나는 그녀를 또다시 더 바싹 끌어당겼다. 이번에는 내 얼굴 쪽으로.

제5장

그날 밤 웨스트에그의 집으로 돌아올 때, 한순간이나마 나는 내 집에 불이 난 줄 알았다. 새벽 두 시였는데, 반도의 모퉁이 전체가 불빛으로 환하게 빛나고 있었던 것이다. 불빛은 덤불숲을 환상적으로 비추고 있었고, 길가의 전깃줄에도 가늘고 긴 빛을 번득이고 있었다. 모퉁이를 돈 순간, 그제야 나는 그것이 망루부터 지하실까지 휘황하게 불이 켜진 개츠비의 집이라는 것을 알았다.

처음에는 또 파티가 열린 줄 알았다. 시끌벅적 소란을 피우다가 결국 숨바꼭질이나 술래잡기 놀이를 하게 돼서, 그 게임을 위해 집 전체를 개방한 모양이라고 생각했다. 그러나 숲을 지나는 바람 소리만 들릴 뿐, 아무 소리도 들리지 않았다. 바람이 전깃줄을 흔들자 불이 꺼졌다가 다시 켜졌다. 그래서 마치 집이 어둠을 향해 윙크를 하고 있는 것처럼 보였다. 나를 태우고 온 택시가 엔진 소리를 내며 떠나자, 개츠비가 잔디밭을 가로질러 내 쪽으로 걸어오고 있는 것이 보였다.

"집이 마치 세계박람회장 같군요." 내가 말했다.

"그래요?" 그가 멍하니 자기 집 쪽으로 눈길을 돌렸다. "방을 몇 개 들여다보고 있었소. 형씨, 코니아일랜드*에 가지 않겠소? 내 차로."

"너무 늦었는데요."

"그럼 풀에 뛰어드는 건 어때요? 여름 내내 한 번도 이용하지 않았는데."

"잠 좀 자야겠어요."

"아, 그래요?"

그러나 그는 조바심을 억누르고 나를 바라보았다.

"미스 베이커와 이야기했습니다." 잠시 후에 내가 말했다. "내일 데이지한테 전화해서 차를 마시러 오라고 초대할 작정입니다."

---

* 뉴욕시 브루클린 남쪽 해안에 있는 위락지구.

"아, 잘됐군요." 그는 무관심한 투로 말했다. "형씨한테는 폐를 끼치고 싶지 않아요."

"언제가 좋겠습니까?"

"형씨는요? 언제가 좋겠소?" 그는 얼른 내 말을 받아 되물었다. "형씨한테는 정말이지 폐를 끼치고 싶지 않군요."

"모레는 어떻습니까?"

그는 잠시 생각했다. 그런 다음, 마지못한 듯이 대답했다.

"잔디를 깎아야 할 텐데……."

우리는 동시에 잔디를 내려다보았다. 멋대로 자란 내 집 잔디밭이 끝나고 잘 다듬어진 그의 집 잔디밭이 시작되는 곳에는 경계가 뚜렷했다. 나는 그가 내 집 잔디에 대해 말하는 것이 아닌가 하는 생각이 들었다.

"그 밖에도 한 가지 문제가……." 그가 아리송하게 말하고 머뭇거렸다.

"그럼 며칠 뒤로 미룰까요?"

"그런 얘기가 아닙니다. 어쨌든……" 그는 몇 번이나 말을 더듬었다. "아니, 생각해봤는데…… 저어, 이봐요 형씨, 수입이 그렇게 많지 않지요?"

"별로 많이 벌지는 못합니다."

그는 내 말에 안심한 듯, 좀 더 자신 있게 말을 이었다.

"그럴 줄 알았어요. 실례가 안 된다면…… 나는 부업으로 조그만 사업체를 하나 운영하고 있는데…… 내 생각이지만 형씨가 수입이 많지 않다면…… 형씨, 증권을 팔고 있지요?"

"팔려고 애쓰고 있지요."

"그렇다면 형씨도 흥미가 동할 거요. 시간을 별로 빼앗기지 않고도 짭짤한 수입을 얻을 수 있는 일이거든요. 다소 비밀이 필요한 일이라서 공공연히 할 수 있는 일은 아니지만."

이제 와서 생각해보면, 그 대화가 다른 상황에서 이루어졌다면 내 인생을 좌우하는 중대한 갈림길이 되었을지도 모른다. 하지만 그것은 나를 돕겠다는 제의가 분명했고, 게다가 방법이 너무 서툴렀기 때문에, 나로서는 그 제의를 거절할 수밖에 없었다.

"나는 지금 하는 일만으로도 벅차서요. 말씀은 정말 고맙지만, 다른 일을 맡을 수는 없어요."

"울프심과 거래할 필요는 없을 겁니다."

그는 점심때 울프심이 말한 '거래처' 이야기 때문에 내가 꽁무니를 뺀다고 생각한 듯했지만, 나는 그렇지 않다고 분명히 말했다. 그는 내가 더 말하기를 기다렸지만, 내가 다른데 정신이 팔려 반응을 보이지 않자 마지못해 집으로 돌아갔다.

저녁에 있었던 일 덕분에 나는 머리가 몽롱하고 행복했다. 현관에 들어설 때 이미 깊은 잠에 빠져든 것 같다. 그래서 나는 개츠비가 코니아일랜드에 갔는지, 그가 온 집 안에 휘황하게 불을 켜놓고 얼마 동안이나 '방을 들여다보고' 있었는지 알지 못한다. 나는 이튿날 아침 사무실에서 데이지에게 전화를 걸어, 우리 집으로 차를 마시러 오라고 초대했다.

"톰은 데려오지 마." 나는 미리 주의를 주었다.

"뭐라고요?"

"톰은 데려오지 말라고."

"톰이 누군데요?" 그녀가 순진하게 물었다.

약속한 날에는 비가 쏟아졌다. 열한 시에 레인코트를 걸친 남자가 잔디깎기 기계를 끌고 와서 현관문을 두드렸다. 개츠비 씨가 이 집 잔디를 깎으라고 자기를 보냈다는 것이다. 그 말을 듣고 나자 핀란드인 가정부에게 오늘 와달라고 부탁하는 것을 깜박 잊은 게 생각났다. 그래서 나는 이스트에그로 차를 몰고 가서, 하얗게 회칠한 그리고 비에 흠뻑 젖은 집들이 늘어서 있는 골목을 돌아다닌 끝에 핀란드인 가정부를 찾아낸 뒤, 찻잔 몇 개와 레몬과 꽃을 좀 샀다.

꽃은 사실 살 필요가 없었다. 두 시에 개츠비의 집에서 온실 하나가 통째로 배달되었기 때문이다. 수많은 꽃병도 함께 딸려 왔다. 한 시간 뒤에 현관문이 신경질적으로 열리더니, 하얀 플란넬 양복에 은색 셔츠를 입고 금색 넥타이를 맨 개츠비가 황급히 들어왔다. 그는 얼굴이 창백했고, 밤새 잠을 이루지 못한 듯 눈 밑에 기미가 생겨 있었다.

"준비는 다 됐나요?" 그가 들어서자마자 대뜸 물었다.

"잔디 얘기라면 말끔해 보이는군요."

"잔디라뇨?" 그가 멍하니 물었다. "아, 마당의 잔디 말이군요." 그는 창밖의 마당을 내다보았지만, 그의 표정으로 보아 그때 그의 눈에는 아무것도 보이지 않는 듯했다.

"아주 보기 좋군요." 그가 말했다. "신문에서 봤는데, 비는 네 시쯤 그칠 거래요. 아마 《저널》지였을 겁니다. 필요한 건 다 있나요? 차를 마실 때 필요한 것 말입니다."

나는 그를 식료품 저장실로 데려갔다. 그는 거기에 있던 핀란드인 가정부를 못마땅한 듯이 바라보았다. 우리는 식료품 가게에서 배달된 레몬케이크 열두 개를 둘이서 함께 일일이 살펴보았다.

"이거면 될까요?" 내가 물었다.

"그럼요. 됐습니다! 아주 좋습니다!" 그러고는 공허하게 덧붙였다. "······형씨."

비는 세 시 반쯤 잦아들면서 축축한 안개로 바뀌었지만, 이따금 작은 빗방울들이 안개 속을 이슬처럼 떠다녔다. 개츠비는 멍한 눈으로 클레이의 『경제학 입문』을 뒤적이다가, 가정부가 마룻바닥이 울릴 만큼 쿵쿵거리며 걸어 다니면 흠칫 놀라기도 하고, 눈에 보이지는 않지만 놀라운 사건이 밖에서 일어나고 있기라도 한 것처럼 빗물에 흐려진 유리창 쪽으로 이따금 시선을 던지기도 했다. 그러다가 마침내 일어나더니 자신 없는 목소리로 집에 가겠다고 말했다.

"아니, 왜요?"

"아무도 오지 않잖아요. 너무 늦었어요!" 그는 다른 데 급히 가야 할 일이라도 있는 것처럼 시계를 들여다보았다. "하루 종일 기다릴 수는 없잖소."

"어리석게 굴지 말아요. 이제 겨우 네 시 2분 전입니다."

그는 내가 떠밀기라도 한 것처럼 비참한 얼굴로 다시 의자에 앉았다. 바로 그때 우리 집과 이어진 좁은 길로 들어오는 자동차 소리가 들렸다. 우리는 둘 다 벌떡 일어섰다. 나는 약간 난처한 기분을 느끼면서 마당으로 나갔다.

빗방울이 뚝뚝 떨어지는 앙상한 라일락나무 밑을 지나서 커다란 오픈카 한 대가 찻길을 올라오고 있었다. 이윽고 차가 멈추자 데이지가 보랏빛 삼각모자 밑에서 고개를 갸우뚱한 채 나를 바라보며 기쁨에 넘친 환한 미소를 지었다.

"여기가 오빠 집이에요?"

상쾌한 잔물결 같은 그녀의 목소리는 빗속에서도 원기를 북돋워주는 강장제였다. 나는 오르락내리락하는 그 목소리를 잠시 귀만으로 따라가야 했다. 그런 뒤에야 겨우 그 목소리가 낱말의 형태로 모습을 나타냈다. 비에 젖은 머리카락한 가닥이 그녀의 뺨을 파란 물감 자국처럼 가로지르고 있었다. 내가 차에서 내리는 그녀를 도와주려고 잡은 손은 반짝이는 빗방울로 젖어 있었다.

"혹시 날 사랑해요?" 그녀가 내 귀에 대고 낮은 소리로 말했다. "아니면 나 혼자 오라고 한 이유가 뭐죠?"

"그건 래크렌트 성*의 비밀이야. 운전기사한테 어디 딴 데가 있다가 한 시간 뒤에 오라고 해."

"한 시간 뒤에 와줘요, 퍼디." 그러고는 진지한 목소리로 속삭였다. "저 사람 이름이 퍼디예요."

"휘발유 때문에 저 사람 코가 어떻게 됐나?"

"설마." 그녀가 순진하게 말했다. "그건 왜요?"

우리는 안으로 들어갔다. 놀랍게도 거실에는 아무도 없었다.

"이상한데." 내가 외쳤다.

"뭐가 이상해요?"

그때 현관문을 가볍고 당당하게 두드리는 소리가 나자, 데이지가 고개를 돌렸다. 내가 나가서 문을 열었다. 죽은 사

---

* 아일랜드의 여류작가 마리아 이지워스(1768~1849)가 쓴 단편소설. 영어로 쓰인 최초의 역사소설로 간주된다.

람처럼 얼굴이 창백해진 개츠비가 두 손을 윗옷 주머니에 찔러 넣고 빗물이 고인 웅덩이에 서서 비장한 얼굴로 내 눈을 바라보고 있었다.

그는 두 손을 여전히 윗옷 주머니에 넣은 채 내 옆을 지나 현관홀로 들어가더니, 줄로 조종되는 꼭두각시처럼 홱 몸을 돌려 거실로 사라졌다. 그것은 조금도 우습지 않았다. 나는 심장이 쿵쿵거리는 것을 의식하면서, 점점 거세지는 빗발이 들이치지 않도록 현관문을 닫았다.

30초 동안은 아무 소리도 나지 않았다. 그러다가 거실 쪽에서 목멘 듯 웅얼거리는 소리와 짧은 웃음소리가 들리더니, 이어서 부자연스럽게 낭랑한 데이지의 목소리가 들려왔다.

"다시 만나서 정말 기뻐요."

그러고는 침묵이 흘렀다. 이 침묵은 꽤나 오래 계속되었다. 나는 홀에서 할 일이 없었기 때문에 거실로 들어갔다.

개츠비는 여전히 두 손을 주머니에 찔러 넣고 벽난로에 기댄 채 아주 느긋한 척, 심지어는 따분한 척하는 태도를 억지로 꾸미고 있었다. 머리를 너무 뒤로 젖히고 있어서, 벽난로 위의 고장 난 시계 문자반에 머리가 닿을 정도였다. 이런 자세로 그는 괴로운 듯 데이지를 내려다보고 있었고, 데이지는 깜짝 놀란 중에도 우아한 자세를 흐트러뜨리지 않고 딱딱한 의자 모서리에 앉아 있었다.

"우리는 전에 만난 적이 있지요." 개츠비가 중얼거리면서 나를 힐끔 쳐다보았다. 그는 억지로 웃으려고 했지만 웃지 못하고 입술이 살짝 벌어졌다. 그 순간 다행스럽게도 시계가 그의 머리에 밀려 위험하게 기울어졌다. 그러자 그는 얼른 돌아서서 떨리는 손으로 시계를 잡아 제자리에 돌려놓았다. 그러고 나서 소파에 뻣뻣하게 앉아 팔걸이에 팔꿈치를 올려놓고 손으로 턱을 괴었다.

"시계를 건드려서 미안해요." 그가 말했다.

이제는 내 얼굴이 열대의 햇볕에 타기라도 한 것처럼 빨갛게 상기되었다. 머릿속에는 수천 개의 문구가 맴돌고 있었으나 단 한 마디도 끌어낼 수가 없었다.

"고물 시계예요." 나는 그렇게 멍청한 대답을 했다.

한순간 우리 모두 시계가 바닥에 떨어져 산산조각이 났다고 믿는 듯했다.

"우리는 몇 년 동안 못 만났어요." 데이지가 말했다. 그 상황에서는 최대한 사무적이고 밋밋한 목소리였다.

"오는 11월이면 5년이 되죠."

반사적으로 따라 나온 개츠비의 대답에 우리는 모두 적어도 1분 동안 말문이 막혔다. 나는 가까스로 머리를 쥐어짜, 부엌에서 다과를 준비할 테니 같이 가서 도와달라며 그들을 일으켜 세웠는데, 하필이면 그때 핀란드인 가정부가 쟁반에 다과를 담아서 가져왔다.

차를 마시고 케이크를 먹으며 법석을 떠는 동안 예의가 자연스레 갖추어졌다. 개츠비는 그늘에 자리를 잡고, 데이지와 내가 이야기를 나누는 동안 긴장되고 우울한 눈빛으로 우리를 번갈아 바라보았다. 하지만 잠자코 있자고 만난 게 아니었기 때문에, 나는 적당한 기회를 보아 핑계를 대고 자리에서 일어났다.

"어디 가는 거요?" 개츠비가 당장 놀라서 물었다.

"곧 돌아올게요."

"형씨가 가기 전에 할 말이 있는데……." 그는 나를 따라 허둥지둥 부엌으로 들어오더니, 문을 닫고는 비참한 목소리로 속삭였다. "이런, 세상에!"

"왜 그러세요?"

"이건 끔찍한 실수요." 그가 고개를 가로저으며 말했다. "끔찍한, 아주 끔찍한 실수예요."

"당신은 그냥 당황했을 뿐이에요." 그리고 다행히 이렇게 덧붙였다. "데이지도 당황했고요."

"데이지가 당황했다고요?" 그는 믿을 수 없다는 듯이 되물었다.

"당신 못지않게."

"그렇게 큰 소리로 말하지 마세요."

"어린애처럼 굴고 있군요." 나는 참지 못하고 말했다. "게다가 무례해요. 데이지를 혼자 두고 오다니."

그는 한 손을 들어 내 말을 가로막더니, 지금도 잊을 수 없는 원망스러운 눈빛으로 나를 바라본 다음, 조심스럽게 문을 열고 다시 거실로 돌아갔다.

나는 뒷문을 열고 밖으로 나왔다. 30분 전에 개츠비가 초조하게 집 주위를 돌 때 그랬던 것처럼. 그런 다음, 옹이가 진 거목을 향해 달려갔다. 그 나무의 무성한 잎이 비를 막아주었다. 또다시 비가 쏟아지고 있었다. 개츠비의 정원사가 잔디를 잘 깎아주기는 했지만, 울퉁불퉁한 내 잔디밭에는 작은 웅덩이와 진창이 많았다. 나무 밑에서는 개츠비의 거대한 저택 말고는 아무것도 볼 게 없었다. 그래서 나는 교회 종탑을 바라보았던 칸트*처럼 30분 동안이나 그 저택을 바라보았다. 그 저택은 10년 전에 어느 양조업자가 당시 유행하기 시작한 건축 양식에 따라 지은 집이었다. 그 양조업자는 이웃한 오두막집 주인들에게 지붕을 짚으로 이면 5년 동

---

* 독일의 철학자 임마누엘 칸트는 사색에 잠길 때면 교회의 종탑을 바라보는 습관이 있었다고 한다.

안 세금을 대신 내주겠다고 제의했다고 한다. 그런데 그들이 모두 거절하는 바람에 거기에 '가문의 기틀'을 잡으려던 그의 계획은 틀어지고, 양조업자 자신도 졸지에 몰락하고 말았다. 그리고 그의 자식들은 검은 장의 화환을 문에서 떼어내기도 전에 그 집을 팔아버렸다. 미국인들은 기꺼이 농노가 되기도 하고, 심지어는 농노가 되기를 열망하기도 하지만, 소작농에 대해서는 언제나 완고한 태도를 취했다.

30분이 지나자 다시 해가 빛나고, 식료품점 자동차가 개츠비네 고용인들을 위한 저녁식사 재료를 싣고 찻길을 돌아들어왔다. 개츠비는 오늘 저녁 한 숟가락도 뜨지 않을 터였다. 하녀 하나가 그의 집 이층 창문들을 열기 시작했다. 창마다 잠깐씩 모습을 나타내더니, 중앙의 커다란 내닫이창에서 몸을 앞으로 내밀고는 정원에다 침을 뱉었다. 이제는 내가 돌아갈 시간이었다. 비가 계속 내리는 동안에는 빗소리가 두 사람이 속삭이는 소리처럼 들렸다. 이따금 두 사람의 감정이 격해지면 빗소리도 높아지고 격렬해졌다. 하지만 비가 그치고 조용해지자, 나는 집 안에도 침묵이 내려앉은 것을 느꼈다.

나는 안으로 들어갔다. 부엌에서 오븐을 뒤엎는 것 말고는 낼 수 있는 소리를 모두 낸 뒤에 들어갔지만, 그들은 아무 소리도 듣지 못한 것 같았다. 그들은 소파 양쪽 끝에 앉

아 서로를 바라보고 있었는데, 뭔가 질문을 했거나 이제 막
하려는 듯했다. 처음의 당혹스럽던 기색은 이제 흔적조차
남아 있지 않았다. 데이지의 얼굴은 눈물로 얼룩져 있었다.
내가 들어가자 데이지는 벌떡 일어나, 거울 앞으로 다가가
서 손수건으로 눈물 자국을 닦기 시작했다. 그러나 개츠비
에게는 놀라운 변화가 일어나 있었다. 그는 얼굴이 문자 그
대로 밝게 빛나고 있었다. 기쁨을 표현하는 말이나 몸짓이
없어도 새로운 행복감이 그에게서 퍼져 나와 작은 방을 가
득 채우고 있었다.

"아, 형씨." 그가 말했다. 나를 몇 년 만에 만난 듯한 말투
여서, 한순간 그가 악수를 하려는 게 아닐까 생각했다.

"비가 그쳤어요."

"그래요?" 그는 내가 한 말의 의미를 알아차리고 방 안에
서 햇빛이 빛나는 것을 깨닫고는, 기상 캐스터처럼, 돌아온
햇빛의 열렬한 후원자처럼 미소를 지으며, 그 소식을 데이
지에게도 전했다. "비가 그쳤대. 어떻게 생각해요?"

"기뻐요, 제이." 아프고 슬픈 아름다움이 넘치는 그녀의
목소리는 뜻밖의 기쁨에 대해서만 말하고 있었다.

"형씨, 데이지하고 우리 집에 초대하고 싶은데……" 그
가 말했다. "데이지한테 집을 구경시켜주고 싶군요."

"정말로 나도 같이 가기를 바라세요?"

"물론이오."

개츠비와 내가 잔디밭에서 기다리는 동안 데이지는 세수를 하러 이층으로 올라갔다. 나는 그제야 욕실의 수건 상태가 생각나 창피했지만 때늦은 일이었다.

"우리 집, 근사하지요?" 그가 나에게 물었다. "정면 전체가 햇빛을 받고 있는 걸 좀 보세요."

나는 그의 집이 멋지다고 맞장구쳤다.

그는 아치문과 네모난 망루까지 모두 둘러보았다.

"저 집을 구입할 돈을 버는 데 꼬박 3년이 걸렸소."

"나는 당신이 유산을 받은 줄 알았어요."

"유산을 받긴 받았지요." 그가 반사적으로 대답했다. "하지만 대공황 때 거의 다 잃었어요. 전쟁 공황 때 말입니다."

지금 생각하면 당시 그는 자기가 무슨 말을 하고 있는지도 잘 몰랐던 것 같다. 왜냐하면 내가 무슨 사업을 하느냐고 물었을 때, "당신과는 상관없는 일이오" 하고 대답했기 때문이다. 그렇게 대답한 뒤에야 그는 적절한 대답이 아니었다는 것을 깨달은 모양이었다.

"아, 여러 가지 일을 했지요." 그가 자신의 말을 바로잡았다. "드러그스토어* 사업도 했고 석유 사업도 했지요. 하지만 지금은 다 그만뒀어요." 그는 나를 똑바로 바라보았다. "요전 날 밤에 내가 제의한 것을 그동안 생각해봤다는 뜻인

가요?"

그러나 내가 미처 대답하기 전에 데이지가 집에서 나왔다. 드레스에 두 줄로 달린 놋쇠 단추가 햇빛을 받아 반짝거렸다.

"저기 저 으리으리한 집인가요?" 그녀가 개츠비의 집을 가리키며 외쳤다.

"마음에 들어요?"

"아주 마음에 들어요. 하지만 어떻게 저기서 혼자 사는지 모르겠군요."

"밤이고 낮이고 항상 재미난 사람들로 가득 차 있지요. 흥미로운 일을 하는 사람들. 이름깨나 있는 사람들."

우리는 해변을 따라가는 지름길을 피하고, 일단 도로까지 내려간 다음 커다란 뒷문을 통해 집 안으로 들어갔다. 데이지는 뭔가에 홀린 듯한 목소리로 중세풍의 건물이 하늘을 배경으로 그리는 실루엣에 감탄하고, 정원에도 감탄하고, 노란 수선화의 톡 쏘는 향기, 산사나무와 자두꽃의 은은한 향기, 오랑캐꽃의 연한 금빛 향기에도 감탄했다. 그런데 기

---

* 이곳에서는 의사의 처방에 따라 알코올을 판매할 수 있었기 때문에, 금주법 시대에 드러그스토어는 밀주 판매의 창구로 이용되기도 했다.

분이 이상했다. 우리가 대리석 계단에 이르렀는데도 현관문을 들락거리는 화려한 드레스의 움직임이 전혀 눈에 띄지 않았고, 나무 위에서 지저귀는 새소리밖에는 아무 소리도 들리지 않았기 때문이다.

우리는 안으로 들어가서 마리 앙투아네트[*]의 음악실과 왕정복고 시대풍의 살롱을 지나갔는데, 그때 나는 손님들이 소파와 테이블 뒤에 꼭꼭 숨어서 우리가 지나갈 때까지 숨을 죽이고 조용히 있으라는 지시를 받은 게 아닐까 생각했다. 개츠비가 '머튼 칼리지[†] 도서관'의 문을 닫았을 때, 나는 전에 만났던 올빼미 안경 사내가 터뜨린 유령 같은 웃음소리를 들은 것만 같았다.

우리는 위층으로 올라가 고풍스러운 침실들을 지나갔다. 그곳은 장밋빛과 연보랏빛 비단으로 감싸이고, 싱싱한 꽃들로 생기 넘쳤다. 그다음에는 의상실과 당구실, 그리고 우묵한 욕조가 있는 욕실들을 지났다. 그러다가 어떤 방에 불쑥 들어갔는데, 머리가 헝클어진 사내가 잠옷 바람으로 마룻바

---

[*] 프랑스 왕 루이 16세의 왕비(1755~1793). 프랑스 혁명 때 처형되었다. 베르사유 궁전에 있는 마리 앙투아네트의 개인 음악실을 본떠 만들었다는 뜻이다.

[†] 영국의 옥스퍼드 대학교에 속해 있는 단과대학. 1264년에 설립된, 옥스퍼드에서 가장 오래된 대학이다. 개츠비의 서재가 이 대학 도서관처럼 고색창연하게 꾸며졌다는 뜻이다.

닥에서 운동을 하고 있었다. '하숙생'이라고 불리는 클립스 프링어 씨였는데, 나는 그날 아침에 그가 정신없이 해변을 헤매 다니는 것을 보았다. 마침내 우리는 개츠비의 거처에 이르렀다. 그곳은 침실과 욕실 그리고 애덤의 서재*로 이루어져 있었다. 우리는 그 방에 앉아서 그가 벽장에서 꺼내온 샤르트뢰즈†를 한 잔씩 마셨다.

그는 데이지한테서 잠시도 눈을 떼지 않았다. 그는 집에 있는 모든 물건이 그녀의 사랑스러운 눈에서 어떤 반응을 끌어내느냐에 따라 그 가치를 재평가하는 듯했다. 놀랍게도 데이지가 실제로 나타나 그의 눈앞에 존재하는 이 상황에서는, 그가 가진 어떤 물건도 이제는 실감나지 않는다는 듯, 때로는 자신의 소유물들을 멍한 눈으로 둘러보기도 했다. 그러다가 한번은 계단에서 굴러 떨어질 뻔하기도 했다.

그의 침실은 어느 방보다도 소박했다. 순금 화장 도구들이 놓여 있는 화장대만 예외였다. 데이지가 기뻐하며 브러시를 집어서 머리를 빗자 개츠비는 의자에 앉아서 두 손으

---

* 로버트 애덤(1728~1792)은 스코틀랜드의 건축가로, 신고전주의 양식의 인테리어 디자이너로도 유명했다.
† 여러 가지 약초와 향료를 포도주에 혼합해 만든 리큐어. 알프스 산중의 샤르트뢰즈 수도원에서 탄생했으며, '리큐어의 여왕'이라고 불릴 정도로 유명하다.

로 눈을 가리고 웃기 시작했다.

"정말 불가사의한 일이오, 형씨." 그가 유쾌하게 말했다. "믿을 수가 없어요."

그는 이미 두 단계를 통과한 게 분명했고, 이제 세 번째 단계에 접어들고 있었다. 처음엔 당혹스러웠고, 다음엔 무턱대고 즐거웠고, 이제는 그녀가 옆에 있다는 사실에 놀라고 있었다. 그는 오랫동안 그녀와 만날 날을 마음속에 그려 왔고, 그것만을 꿈꾸며 이를 악물고, 말하자면 상상할 수도 없을 만큼 열렬하게 기다려왔던 것이다. 이제 그 반작용으로 그는 너무 감긴 시계태엽이 풀리듯 긴장이 풀리고 있는 중이었다.

곧 제정신을 되찾은 그는 커다란 최고급 옷장 두 개를 열어 보여주었다. 옷장 안에는 그의 양복과 실내복, 넥타이가 가득 들어차 있었고, 셔츠가 여남은 벌씩 벽돌처럼 차곡차곡 쌓여 있었다.

"영국에 내 옷을 사서 보내주는 사람이 있는데, 봄과 가을로 철이 바뀔 때마다 옷을 골라서 보내주지요."

그는 셔츠 더미 하나를 꺼내더니 셔츠를 한 장씩 우리 앞에 내던졌다. 얇은 린넨 셔츠, 두꺼운 실크 셔츠, 고급 플란넬 셔츠가 떨어질 때마다 접힌 부분이 펴지면서 갖가지 색깔로 탁자를 뒤덮었다. 우리가 탄성을 지르는 동안 그는 셔츠를 더 많이 가져왔고, 부드럽고 화려한 셔츠 더미는 점점 더 높이 쌓여갔다. 산호색, 풋사과색, 라벤더색, 옅은 오렌지색의 줄무늬, 소용돌이무늬, 격자무늬 셔츠 들에는 감청색으로 모노그램*이 새겨져 있었다. 데이지가 별안간 소리를 지르며 셔츠에 얼굴을 묻고 격렬하게 울기 시작했다.

"정말 아름다운 셔츠들이에요." 그녀가 흐느끼며 말했지만, 목소리는 겹겹이 쌓인 셔츠 더미에 묻혀 잘 들리지 않았다. "이렇게…… 이렇게 아름다운 셔츠는 본 적이 없거든요. 그래서 슬퍼져요."

집 안을 둘러본 뒤에는 마당과 수영장, 그리고 수상비행기와 한여름의 꽃들을 구경할 예정이었다. 하지만 창 밖에 다시 비가 내리기 시작했기 때문에 우리는 창가에 나란히 서서 해협에 굽이치는 파도를 내다보았다.

"안개만 끼지 않았다면 만 건너편에 당신 집이 보였을 텐데." 개츠비가 말했다. "당신네는 언제나 선착장 끝에 초록빛 불을 밤새 켜놓더군."

데이지가 갑자기 개츠비와 팔짱을 끼었지만, 개츠비는 방

---

* 이름의 첫 글자들을 짜맞춰 한 글자 모양으로 도안한 것.

금 자기가 한 말에 정신이 팔려 있는 것 같았다. 그 불빛이 지니고 있는 크나큰 의미가 지금 영원히 사라져버렸다는 생각이 문득 떠올랐는지도 모른다. 그를 데이지와 갈라놓았던 엄청난 거리에 비하면, 그 불빛은 그녀와 거의 닿을 만큼 가까워서, 마치 달에 바싹 붙어 있는 별처럼 가까워 보였다. 하지만 이제 그 불빛은 선착장의 초록색 불빛에 지나지 않게 되었다. 그를 마법처럼 사로잡았던 것이 하나 줄어든 것이다.

나는 방 안을 돌아다니며 어스름 속에서 뭐가 뭔지 잘 알 수 없는 다양한 물건들을 이것저것 살펴보았다. 책상 위 벽에 요트 복장을 한 노인의 커다란 사진이 걸려 있는 게 내 관심을 끌었다.

"이분은 누구죠?"

"댄 코디 씨요."

어디서 들어본 적이 있는 이름 같았다.

"지금은 돌아가셨지요. 몇 년 전까지만 해도 가장 친한 사람이었는데."

개츠비의 작은 사진도 커다란 책상 위에 놓여 있었다. 역시 요트 복장 차림의 사진인데, 반항적으로 고개를 쳐든 모양새를 보니 열여덟 살 무렵에 찍은 것이 분명했다.

"난 그 머리 모양이 마음에 들어요!" 데이지가 소리쳤다.

"올백 스타일! 올백 머리를 한 적이 있다는 말은 한 번도 안 했잖아요. 요트 얘기도……."

"여기 좀 봐요." 개츠비가 얼른 말했다. "스크랩해둔 게 아주 많아. 모두 당신에 관한 기사요."

두 사람은 나란히 서서 스크랩을 살펴보았다. 내가 언젠가 들은 루비를 보여달라고 말하려는데 전화벨이 울렸고, 개츠비가 수화기를 집어 들었다.

"네…… 그런데 지금은 통화를 할 수 없습니다…… 지금은 통화하기가 곤란하다니까요. 나는 작은 도시라고 말했어요…… 작은 도시가 뭔지는 그 사람도 알 겁니다…… 디트로이트를 작은 도시로 생각한다면, 그런 사람은 우리한테 필요 없어요……."

그가 전화를 끊었다.

"이리 와봐요. 빨리요!" 데이지가 창가에서 소리쳤다.

비는 여전히 내리고 있었지만, 서쪽 하늘에 어둠이 갈라지면서 바다 위에 거품 같은 구름이 분홍빛과 황금빛 물결을 이루고 있었다.

"저기 좀 봐요." 그녀가 속삭였다. 그러고는 잠시 후에 덧붙였다. "저 분홍빛 구름을 한 조각만 떼어다가 당신을 태우고 이리저리 밀고 다니고 싶어요."

그때 나는 집에 가려고 했지만 그들이 나를 놓아주려 하지 않았다. 내가 있기 때문에 그들은 단둘이 있다는 느낌을 더욱 갖게 되는 것 같았다.

"그래, 좋은 수가 있어요." 개츠비가 말했다. "클립스프링어에게 피아노를 쳐달라고 합시다."

그는 "유잉!" 하고 이름을 부르면서 방에서 나가더니, 잠시 뒤에 약간 초췌한 얼굴에 난처한 표정을 짓고 있는 청년을 데리고 돌아왔다. 그는 숱이 적은 금발에 뿔테 안경을 쓰고 있었다. 아까 보았을 때와는 달리 지금은 목이 트인 스포츠 셔츠에 흐릿한 색상의 면바지를 입고 운동화를 신은 단정한 차림이었다.

"운동하는 걸 방해한 건 아닌가요?" 데이지가 예의 바르게 물었다.

"자고 있었어요." 클립스프링어가 당황하여 큰 소리로 말했다. "그러니까 조금 전까지만 해도 잠들어 있다가 지금 막 깨어나서……."

"클립스프링어는 피아노를 잘 치죠." 개츠비가 청년의 말을 자르며 말했다. "그렇지, 유잉?"

"별로 잘 치지는 못합니다. 아니, 거의 못 쳐요. 연습을 전혀 못해서……."

"아래로 내려갑시다." 개츠비가 또 그의 말을 잘랐다. 그리고 스위치를 올렸다. 그러자 집 안이 온통 불빛으로 가득 차면서 어두운 창들이 순식간에 사라져버렸다.

음악실에 들어서자 개츠비는 피아노 옆에 딱 하나 있는 전등을 켰다. 그는 떨리는 성냥불로 데이지의 담배에 불을 붙여준 뒤, 건너편에 있는 소파로 가서 그녀와 나란히 앉았다. 그곳에는 불빛을 받아 어렴풋이 빛나는 복도 바닥에 반사되어 들어오는 희미한 빛을 제외하고는 어떤 빛도 없었다.

클립스프링어는 「사랑의 보금자리」를 연주한 뒤, 의자에 앉은 채 몸을 돌려 당황한 표정으로 어둠 속의 개츠비를 찾았다.

"보시다시피 연습을 전혀 못했어요. 그래서 못 친다고 말씀드린 거예요. 연습을 통……."

"말이 많군. 어서 치게!" 개츠비가 명령했다.

아침에도

저녁에도

우리는 즐거웠잖아……*

---

* 원래의 노래는 「우리는 즐거웠잖아?」(레이먼드 이건 작사, 리처드 화이팅 작곡, 1921년 발표)인데, 가사를 약간 바꾸고 제목도 「사랑의 보금자리」라고 바꿨다.

밖에는 바람소리가 요란했고, 희미한 천둥소리가 해협을 따라 흘렀다. 웨스트에그에는 이제 모든 불이 켜져 있었다. 그리고 사람들을 실은 전철이 뉴욕을 떠나 쏟아지는 비를 뚫고 집을 향해 질주하고 있었다. 사람이 심오한 변화를 겪는 시간이었다. 흥분이 공중에 전기를 일으키고 있었다.

한 가지는 확실해. 그보다 더 확실한 건 없어.
부자는 더 부자가 되고
가난뱅이에게는 자식들만 생기지.
그러는 동안에도
그러는 사이에도……

작별인사를 하러 다가갔을 때 나는 개츠비의 얼굴에 또다시 그 당황한 표정이 떠올라 있는 것을 보았다. 지금 누리고 있는 행복의 본질에 대해 문득 의구심이 떠오른 것 같았다. 5년에 가까운 세월! 그날 오후에도 데이지가 그의 꿈에 미치지 못한 순간이 분명 있었을 것이다. 그것은 데이지 자신의 잘못이 아니라 그의 환상 때문이었다. 그의 환상은 그녀를 넘어섰고 모든 것을 넘어섰다. 그는 창조적인 열정을 가지고 그 환상에 자신을 내던졌고, 그 환상을 끊임없이 키웠고, 자기 앞에 떠도는 화려한 깃털을 모두 모아서 그 환상을 장식했던 것이다. 정열이나 신선함이 아무리 많아도, 한 인간이 그 유령 같은 마음속에 비축할 수 있는 것을 당해낼 수는 없다.

내가 지켜보는 동안 그는 조금씩이지만 눈에 띄게 이 새로운 상황에 적응해 나갔다. 그의 손이 그녀의 손을 잡았고, 그녀가 그의 귀에 대고 나지막하게 뭐라고 속삭이자 그는 감정이 복받치는 듯 그녀 쪽으로 몸을 돌렸다. 그때 그를 사로잡은 것은 무엇보다 열에 들떠 물결처럼 오르내리는 그녀의 따뜻한 목소리였던 것 같다. 그것은 아무리 꿈꾸어도 지나치지 않은 목소리였기 때문이다. 그 목소리는 불멸의 노래였던 것이다.

그들은 나의 존재를 까맣게 잊고 있었다. 그러다가 데이지가 나를 잠깐 쳐다보고 손을 내밀었다. 개츠비에게 나는 이제 안중에도 없는 모양이었다. 나는 다시 한 번 그들을 바라보았다. 그러자 그들도 나를 마주보았는데, 강렬한 생명력에 마음을 빼앗긴 공허한 눈길이었다. 나는 그들을 남겨둔 채 방에서 나와, 대리석 계단을 내려가서 빗속으로 걸어 들어갔다.

제6장

그 무렵의 어느 날 아침, 뉴욕에서 온 야심만만한 젊은 기자 하나가 개츠비를 찾아와서는, 그에게 뭔가 할 말이 없느냐고 물었다.

"할 말이 없느냐니, 무엇에 대해서 말이오?" 개츠비가 정중하게 물었다.

"글쎄요…… 성명을 발표한다든가."

처음에는 무슨 말인지 납득이 되지 않았지만, 5분쯤 지난 뒤에야 그 기자가 사무실에서 다른 문제와 관련하여 개츠비의 이름을 들었다는 게 밝혀졌다. 그 다른 문제라는 게 무엇인지 그는 밝히려 하지 않았지만, 어쩌면 그 자신도 충분히 이해하지 못하고 있었는지도 모른다. 어쨌든 이날은 그가 쉬는 날이었는데, 그는 기특하게도 자진해서 '알아보려고' 서둘러 여기까지 찾아온 것이었다.

그것은 아무렇게나 쏜 한 방에 지나지 않았겠지만, 그 기자의 육감은 적중했다. 개츠비에게 환대를 받은, 그래서 그의 과거에 대해 권위자가 된 수백 명의 사람들이 그에 관한 악명 높은 소문을 퍼뜨렸고, 그 소문은 여름 내내 부풀려지다가 마침내 뉴스거리가 되기 직전에 이르렀던 것이다. 사람들은 '캐나다로 연결된 지하 파이프라인'* 따위의 전설 같은 소문들을 개츠비에게 갖다 붙였다. 또 개츠비가 살고 있는 곳은 집이 아니라 집처럼 보이는 배인데, 이 배가 롱아일랜드 해협을 은밀하게 오르내린다는 소문이 그럴싸하게 나돌았다. 이렇게 터무니없는 이야기들이 어째서 노스다코타 주의 제임스 개츠의 마음을 사로잡았는지, 그 이유를 설명하기란 쉽지 않다.

제임스 개츠—이것이 그의 본명, 아니면 적어도 법률상의 이름이었다. 그는 열일곱 살 때, 이 세상에 첫발을 내디딘 그 역사적인 순간에 이름을 바꾸어버린 것이다. 그 순간

---

* 금주법 시대에 캐나다에서 만든 술이 지하 파이프라인을 통해 미국으로 밀수된다는 소문이 있었다.

이란 댄 코디[*]의 요트가 슈피리어호[†]에서 가장 위험한 여울에 닻을 내리는 것을 목격했을 때였다. 그날 오후 찢어진 초록색 셔츠에 작업복 바지 차림으로 호숫가에서 빈둥거리고 있을 때까지는 제임스 개츠였지만, 노 젓는 보트를 빌려 타고 '투올로미'호로 다가가서 코디에게 30분 뒤면 바람이 휘몰아쳐 낭패를 보게 될 거라고 알려주었을 때는 이미 제이 개츠비가 되어 있었다.

그는 이미 오래전부터 그 이름을 준비해두었는지 모른다. 부모는 능력도 없고 주변머리도 없는 실패한 농사꾼이었다. 그는 상상 속에서는 한 번도 그들을 부모로 받아들인 적이 없었다. 롱아일랜드의 웨스트에그에 사는 제이 개츠비란 인물은 사실은 그가 꿈꾸던 자신의 모습에서 생겨난 존재였다. 그는 신의 아들이었다―이 말에 무슨 뜻이 있다면 그 말 그대로 그는 '자기 아버지의 사업', 즉 거대하고 세속적이고 겉만 번지르르한 아름다움을 섬기는 일에 종사하지 않으면 안 되었다. 그래서 그는 열일곱 살 소년이 상상력으로 만들어낼 만한 제이 개츠비란 인물을 꾸며낸 다음, 그 이미지에

---

[*] 개츠비가 댄 코디와 만난 사연은 피츠제럴드가 그레이트넥에 살 때 사귄 친구(로버트 커)의 소싯적 경험을 써먹은 것이다.

[†] 미국과 캐나다의 국경에 있는 오대호 가운데 북쪽에 있는 호수.

끝까지 충실했던 것이다.

1년 넘게 그는 슈피리어호 남쪽 연안에서 조개를 캐거나 연어를 잡기도 하고, 그밖에도 숙식이 해결되는 일이라면 무엇이든 닥치는 대로 하면서 생계를 꾸려나가고 있었다. 갈색으로 그을리고 나날이 단단해지는 그의 몸은 반쯤은 열심히 일하고 반쯤은 게으름을 피우면서 신경을 긴장시키는 날들을 자연스럽게 헤쳐 나갔다. 그는 여자를 일찍 알았지만, 여자들이 그를 망쳐놓았기 때문에 그는 여자를 경멸하게 되었다. 젊은 처녀들은 무식하다는 이유로 경멸했고, 다른 여자들은 지독한 자기도취에 빠져 있던 그가 당연하게 여기는 일들에 대해 신경질적인 반응을 보였기 때문에 경멸했다.

그러나 그의 마음은 언제나 폭풍처럼 들끓고 있었다. 밤중에 잠자리에 들면 더없이 기괴하고 환상적인 생각들이 머리에서 떠나지 않았다. 시계가 세면대 위에서 째깍거리고 달이 그 촉촉한 빛으로 방바닥에 뒤엉켜 있는 그의 옷을 적실 때면, 그의 머릿속에는 말할 수 없이 현란한 세계가 펼쳐졌다. 졸음이 몰려와 생생한 장면을 망각의 포옹으로 닫아버릴 때까지 그는 밤마다 그 환상의 형태를 늘려나갔다. 한동안 이런 몽상은 그가 상상력을 발휘할 수 있는 배출구가 되어주었다. 그 환상들은 현실이야말로 비현실적이라는 것을 말해주는 충분한 암시였고, 반석 같은 이 세상도 요정의 한 쪽 날개 위에 안전하게 놓일 수 있다는 약속이었던 것이다.

　이보다 몇 달 전, 미래의 영광에 대한 본능적 예감이 미네소타주 남부에 있는 루터교회 산하의 세인트올라프 칼리지라는 작은 대학으로 그를 이끌었다. 하지만 그는 2주 만에 학교를 그만두었다. 자기 운명의 북소리, 아니 운명 자체에 대한 대학의 지독한 무관심에 실망했고, 생활비를 벌기 위해 시작한 잡역부 일도 싫어졌기 때문이다. 학교를 그만둔 뒤에 그는 다시 슈피리어호로 흘러들었고, 댄 코디의 요트가 호숫가에 닻을 내린 그날도 여전히 할 일을 찾고 있었다.

　코디는 당시 쉰 살이었다. 그는 네바다주의 은광과 유콘강의 금광, 그리고 1875년 이후의 골드러시가 낳은 인물이었다. 그는 몬태나주의 구리를 거래함으로써 백만장자가 되었지만, 이 거래를 통해 그가 몸은 튼튼하지만 머리는 바보라고 해도 될 만큼 모자라다는 사실이 알려졌다. 이를 눈치챈 여자들이 그에게 달려들어 돈을 뜯어내려고 했다. 여기서 별로 향기롭지 않은 갖가지 문제가 파생했고, 그것은 1902년에 과장 보도를 일삼은 언론의 공유 재산이었다. 여기자인 엘라 케이는 맹트농 부인*처럼 그의 약점을 이용했고, 결국 그를 요트에 태워 바다로 내보냈다. 코디가 리틀걸만에서 제임스 개츠 앞에 운명처럼 등장했을 때는 벌써 5년 동안이나 그를 환대해주는 해안을 따라 바다를 떠돌던 중이었다.

노에 기댄 채 난간으로 둘러싸인 갑판을 올려다본 젊은 개츠에게 그 요트는 세상의 모든 아름다움과 매력을 상징하는 것이었다. 그는 아마 코디에게 미소를 지었을 것이다. 그는 자기가 미소를 지으면 사람들이 그에게 호감을 갖는다는 사실을 알고 있었을 것이다. 어쨌든 코디는 그에게 몇 가지 질문을 던졌고(여기에 대답하다가 새 이름이 생겨났다), 이 젊은이가 머리도 좋고 야망도 크다는 사실을 알게 되었다. 며칠 뒤 코디는 그를 덜루스[†]에 데려가 푸른 재킷 하나에 하얀 면바지 여섯 벌과 요트 모자를 사주었다. 그리고 '투올로미'호가 서인도 제도와 바버리 해안[‡]을 향해 떠날 때 개츠비도 함께 떠났다.

---

* 프랑스 왕 루이 14세의 두 번째 부인(1635~1719). 왕의 총애를 얻어 맹트농 후작 부인의 칭호를 받았으며, 1684년에 왕비 마리 테레즈가 죽자 왕과 결혼식을 올렸으나, 종교적인 이유로 비밀에 부쳐졌다.

† 미국 미네소타주 동북부, 슈피리어호 서쪽 끝에 있는 항구 도시.

‡ 보통은 북아프리카의 지중해 연안 지역을 일컫지만, 여기서는 샌프란시스코의 홍키통크 지역을 말한다. 이곳은 원래 영국의 식민 유형지였던 오스트레일리아 등지에서 죄수들이 이주하여 세운 마을(시드니타운)이었다. 그후 19세기 중엽부터 새로운 이민자들이 지역을 지배하면서 암흑가로 변모하게 되자 아랍 해적의 기지로 악명 높았던 '바르바리 해안'의 이름을 따서 부르게 되었다. 지금도 홍등가로 유명하다.

그는 애매한 자격으로 고용되었다. 코디와 함께 있을 때는 집사, 항해사, 선장, 비서, 심지어는 감시자 노릇까지 했다. 말짱할 때의 댄 코디는 술에 취했을 때의 댄 코디가 돈을 마구 뿌린다는 것을 알고 있어서, 그런 우발적인 사고에 대비하여 개츠비를 점점 더 신뢰하고 더 많은 책임을 맡겼기 때문이다. 이런 관계가 5년 동안 지속되었고, 그동안 요트는 대륙을 세 바퀴나 돌았다. 어느 날 밤 엘라 케이가 보스턴에서 승선한 뒤 일주일 만에 댄 코디가 무참하게 죽지만 않았다면 그 관계는 영원히 지속되었을지도 모른다.

개츠비의 침실에 걸려 있던 댄 코디의 사진이 생각난다. 백발이 성성하고 혈색 좋은 낯빛, 냉혹하고 무표정한 얼굴의 남자였다. 그는 미국 역사의 한 시기에 서부 개척지의 매춘굴과 술집의 야만적인 폭력을 동부 해안으로 가져온 선구적 난봉꾼이었다. 개츠비가 술을 거의 마시지 않는 것도 간접적으로는 코디 때문이었다. 파티 분위기가 흥겹게 무르익으면 이따금 여자들이 샴페인을 그의 머리에 들이붓곤 했다. 하지만 그 자신은 술에 손을 대지 않는 버릇을 들였다.

개츠비는 코디로부터 2만 5천 달러의 유산을 받기로 되어 있었다. 그러나 그는 이 돈을 받지 못했다. 그는 자신에게 불리하게 적용된 법률적 장치를 도무지 이해할 수가 없었지만, 어쨌든 수백만 달러의 재산 중에 남은 돈은 고스란히 엘라 케이에게 넘어갔다. 그에게 남겨진 것이라고는 기묘할 만큼 적절한 교육이었다. 제이 개츠비라는 모호한 윤곽에 알맹이가 가득 채워져서 한 인간의 실체를 이루게 된 것이다.

그가 이런 이야기를 나에게 들려준 것은 훨씬 나중의 일이다. 하지만 내가 여기에 그 이야기를 적어두는 것은 그의 내력에 대한 터무니없는 소문이 전혀 사실이 아니라는 것을 밝히고 그 소문을 바로잡기 위해서다. 게다가 개츠비는 내가 그에 대한 소문을 믿어야 할지 말아야 할지 몰라 혼란을 겪고 있던 시기에 그 이야기를 해주었다. 그래서 나는 말하자면 개츠비가 한숨 돌리고 있던 이 짧은 휴식기를 이용하여 그에 대한 오해들을 해명해두려는 것이다.

개츠비의 연애와 나의 관계도 휴식기를 맞은 상태였다. 몇 주 동안 나는 그를 만나지 못했고, 전화 통화도 하지 않았다. 나는 조던과 돌아다니거나 조던의 나이 든 이모의 비위를 맞추느라 대개 뉴욕에 있었다. 하지만 어느 일요일 오후, 나는 마침내 그의 집으로 건너갔다. 그곳에 간 지 2분도 되지 않아 누군가가 술이나 한잔하고 싶다면서 들렀는데, 일행 중에 톰 뷰캐넌이 함께 있었다. 나는 물론 놀랐지만, 정말로 놀라운 것은 전에는 이런 일이 전혀 없었다는 사실이었다.

그들 일행은 세 사람으로, 모두 말을 타고 있었다. 톰과 슬론이라는 남자, 그리고 전에 개츠비의 파티에 온 적이 있는 갈색 승마복 차림의 예쁜 여자였다.

"만나서 반갑습니다." 개츠비가 현관 앞에 서서 말했다. "이렇게 찾아주시니 영광입니다."

그들이 그런 인사에 신경이라도 쓰는 듯한 말투였다.

"자, 앉으세요. 담배나 시가 좀 드릴까요?" 그는 종을 울리며 빠른 걸음으로 방을 돌아다녔다. "곧 마실 것을 준비할게요."

그는 톰이 있다는 사실에 몹시 동요하고 있었다. 하지만 그들이 그저 한잔하러 왔을 뿐이라는 것을 어렴풋이나마 알아차렸기 때문에, 그들에게 뭔가 마실 것을 내놓기 전에는 어쨌든 마음이 불편할 터였다. 슬론은 아무것도 마시지 않겠다고 말했다. 레모네이드라도 드릴까요? 아뇨, 됐습니다. 그럼 샴페인이라도? 아뇨, 고맙지만 아무것도…… 죄송합니다…….

"승마는 즐거우셨나요?"

"이 동네는 길이 너무 좋더군요."

"혹시 자동차들이……."

"그렇습니다."

물리칠 수 없는 충동에 사로잡힌 듯, 개츠비는 초대면으로 소개받은 톰을 돌아보았다.

"전에 어디선가 뵌 적이 있는 것 같은데요, 뷰캐넌 씨."

"아, 그런가요." 톰은 무뚝뚝하면서도 정중하게 대답했지만, 분명하게 기억하고 있지는 못한 것 같았다. "아, 그렇군요. 기억이 납니다."

"2주쯤 전에."

"맞아요. 여기 있는 닉이랑 함께 계셨죠."

"부인도 알고 있습니다." 개츠비가 도발하다시피 말을 이었다.

"그래요?"

톰이 나를 돌아보았다.

"닉, 이 근처에 사나?"

"옆집에 살아."

"그래?"

슬론은 대화에 끼지 않고 의자에 오만하게 몸을 젖혔다. 여자도 말이 없었지만, 하이볼을 두 잔 비우고 나더니 뜻밖에도 상냥해졌다.

"개츠비 씨, 다음에 파티를 여시면 우리 모두 참석할게요. 괜찮죠?"

"물론입니다. 와주시면 영광이죠."

"고맙소." 슬론이 전혀 고마워하는 기색도 없이 말했다. "이제 슬슬 집으로 출발해야 할 것 같은데."

"서두르지 마세요." 개츠비가 말했다. 그는 이제 자제력을 되찾았고, 톰에 대해 좀 더 알고 싶었던 것이다. "괜찮으시면 저녁때까지 계시다가 식사를 하고 가시죠? 뉴욕에서 다른 분들이 더 와도 괜찮습니다."

"그럼 우리 집에 가서 식사를 하시죠." 여자가 열성적으로 말했다. "두 분 다요."

'두 분' 속에는 나도 포함되었다. 슬론이 자리에서 일어섰다.

"갑시다." 그가 말했다. 하지만 그녀에게만 한 말이었다.

"진심이에요." 여자가 고집스럽게 말했다. "정말로 두 분을 모시고 싶어요. 자리는 많아요."

개츠비가 어떻게 하겠느냐고 묻는 눈빛으로 나를 바라보았다. 그는 가고 싶어 했지만, 슬론이 싫어한다는 것은 알아차리지 못하고 있었다.

"나는 못 갈 것 같은데요." 내가 말했다.

"그럼 당신만이라도 가세요." 여자가 이제는 개츠비에게만 관심을 쏟으며 재촉했다.

슬론이 여자의 귀에 대고 뭐라고 속삭였다.

"지금 출발하면 늦지 않을 거예요." 여자가 큰 소리로 고집을 부렸다.

"나는 말이 없어서요." 개츠비가 말했다. "군대에 있을 때는 말을 탔지만, 말을 산 적은 없거든요. 자동차로 따라갈 테니, 잠깐만 기다려주세요."

우리는 현관 앞으로 걸어 나갔고, 슬론과 여자는 한쪽에 비켜서서 언성을 높이기 시작했다.

"맙소사. 저 친구, 정말로 가려나 봐." 톰이 나를 보며 말했다. "그녀가 속으로는 원치 않는다는 걸 모르나?"

"말로는 계속 가자고 하잖아."

"큰 디너파티야. 하지만 저 친구가 알 만한 사람은 하나도 없을걸." 톰이 얼굴을 찌푸렸다. "도대체 저 친구가 데이지를 어디서 만났는지 궁금하군. 내가 구식인지 모르지만, 요즘 여자들은 너무 싸돌아다녀서 마음에 안 들어. 그렇게 돌아다니면서 온갖 미친놈들을 다 만난다니까."

갑자기 슬론과 여자가 계단을 내려가 말에 올라탔다.

"가세." 슬론이 톰에게 말했다. "늦었어. 빨리 가야 해." 그러더니 나에게 말했다. "더는 기다릴 수 없어서 떠났다고 전해주세요."

나는 톰과 악수를 했고, 다른 두 사람과는 차갑게 목례만 나누었다. 그들이 말을 타고 재빨리 찻길을 내려갔다. 모자를 쓴 개츠비가 가벼운 재킷을 손에 들고 현관에서 나온 것은 그들이 8월의 무성한 나뭇잎 아래로 사라진 뒤였다.

다음 토요일 밤에 열린 개츠비의 파티에 톰이 데이지를 데리고 함께 온 것을 보면, 톰은 데이지가 혼자 돌아다니는 것이 못내 불안했던 모양이다. 그야 어쨌든, 톰이 합석한 탓에 그날 저녁은 분위기가 왠지 답답했던 것 같다. 그날의 파티는 그해 여름 개츠비가 열었던 다른 파티들보다 유난히 또렷하게 내 기억에 남아 있다. 참석한 사람들도 똑같고, 아니 적어도 똑같은 부류의 사람들이었고, 샴페인이 넘쳐난 것도 똑같고, 다양한 소동이 벌어진 것도 똑같았지만, 전에는 느껴보지 못한 불쾌감이 주변에 감돌고 눈과 귀에 거슬리는 무언가가 가득 퍼져 있는 것을 느꼈다. 아니, 어쩌면 나는 단지 거기에 익숙해졌을 뿐이고, 웨스트에그를 독자적인 기준과 독자적인 위인들을 가진 하나의 완벽한 세계로 받아들이게 되었는지도 모른다. 웨스트에그는 그 자체가 완벽한 세계라는 것을 전혀 의식하지 못했기 때문에, 오히려 어떤 것에도 뒤지지 않는 완벽한 세계로 보였을 것이다. 그런데 이제 나는 데이지의 눈을 통해 웨스트에그를 다시 바라보고 있었다. 지금까지 자신의 적응력을 쏟아부어 어느 정도 익숙해진 사물을 새로운 눈으로 다시 바라보는 것은 언제나 서글픈 일이다.

톰과 데이지는 해질녘에 도착했고, 우리가 활기 넘치는 수백 명의 손님들 사이를 어슬렁어슬렁 거닐고 있을 때 데이지가 목구멍 속에서 묘기를 부리는 듯한 목소리로 속삭였다.

"이런 광경을 보면 가슴이 너무나 울렁거려요. 오빠, 오늘 밤에 언제든 키스하고 싶으면 알려주세요. 기꺼이 키스해드릴 테니까. 내 이름을 부르기만 하면 돼요. 아니면 그린카드를 내밀든가. 그린카드를 미리 나눠드릴……."

"주위를 둘러보세요." 개츠비가 말했다.

"둘러보고 있어요. 정말 멋져요."

"이름만 듣던 유명인사들이 많이 보일 겁니다."

톰은 거만한 눈길로 손님들을 훑어보았다.

"우리는 별로 돌아다니지 않아서 말이오." 톰이 말했다. "사실 저 많은 사람들 가운데 내가 아는 사람은 하나도 없구나 하고 생각하고 있던 참이에요."

"아마 저 여자는 아실 겁니다." 개츠비가 하얀 자두나무 밑에 당당한 태도로 앉아 있는 여자를 가리켰다. 사람이라기보다 한 떨기 아름다운 난초 같은 여자였다. 톰과 데이지는 그녀를 유심히 바라보았다. 이제까지 유령 같은 존재였던 영화배우를 알아보았을 때 누구나 품게 되는 묘하게 비현실적인 느낌이 그들의 표정에 드러나 있었다.

"아름답네요." 데이지가 말했다.

"그녀에게 얼굴을 숙이고 있는 남자는 감독입니다."

개츠비는 격식을 차리느라 두 사람을 이 무리 저 무리로 안내하고 다녔다.

"이쪽은 뷰캐넌 부인…… 그리고 뷰캐넌 씨." 그는 잠깐 망설이다가 덧붙였다. "폴로 선수죠."

"아, 아닙니다." 톰이 얼른 부정했다. "아니에요."

하지만 개츠비는 그 말의 어감이 마음에 든 모양이었다. 톰은 그날 파티가 끝날 때까지 '폴로 선수'로 통했기 때문이다.

"유명한 분들을 이렇게 많이 만나본 건 처음이에요." 데이지가 감격한 듯 외쳤다. "나는 저 사람이 마음에 들었어요. 이름이 뭐죠? 코가 약간 푸르스름한 저 사람 말이에요."

개츠비는 그의 이름을 말해주고, 보잘것없는 프로듀서라고 덧붙였다.

"글쎄요, 어쨌든 나는 마음에 들어요."

"나는 폴로 선수가 아니었으면 좋겠어." 톰이 유쾌한 듯이 말했다. "저 유명인사들을 그냥 구경하기만 했으면 좋겠어. 아무도 모르게."

데이지와 개츠비가 함께 춤을 추었다. 그가 우아하고 조심스럽게 폭스트롯*을 추는 것을 보고 놀랐던 기억이 난다.

---

* 1910년대 초기에 유행하기 시작한 사교춤. 2분의 2 박자 또는 4분의 4 박자의 비교적 빠른 템포의 춤이다.

그가 춤추는 것을 본 것은 그때가 처음이었다. 이어서 그들은 내 집 쪽으로 어슬렁거리며 걸어가더니 현관 앞 계단에 30분가량 앉아 있었다. 그동안 나는 데이지의 부탁으로 정원에 남아서 망을 보았다. 그녀가 한 말이 이랬다. "불이나 홍수가 나면 안 되잖아요. 아니면 천재지변이 일어날지도 모르고요."

우리가 함께 저녁을 먹으려고 식탁에 앉아 있을 때, 잠시 잊혀 있던 톰이 나타났다.

"저쪽 자리에서 식사해도 괜찮지? 한 친구가 꽤 재미난 이야기를 하고 있거든."

"그렇게 하세요." 데이지가 상냥하게 대답했다. "주소 같은 걸 적고 싶으면 내 금박 연필을 드릴 테니 이걸로 쓰세요." 그녀는 잠시 후 주위를 둘러보더니, 그 여자가 "품위는 없지만 예쁘다"고 말했다. 이 말을 듣고 데이지가 개츠비와 단둘이 보낸 30분을 빼고는 별로 즐거운 시간을 보내지 못했다는 것을 알 수 있었다.

우리가 앉은 테이블에는 유난히 술 취한 사람이 많았다. 그것은 내 잘못이었다. 2주 전, 개츠비는 전화를 받으러 갔고, 그 사이에 나는 지금 술에 취해 있는 사람들과 함께 어울려 즐거운 시간을 보냈던 것이다. 하지만 그때는 즐거웠던 일이 지금은 공중에 썩은 냄새를 풍기고 있었다.

"미스 베이데커, 괜찮아요?"

내 어깨에 기대려고 애쓰면서도 몸을 제대로 가누지 못하는 여자에게 말하자, 그녀는 똑바로 앉으며 눈을 떴다.

"뭐라고요?"

내일 동네 클럽에서 함께 골프를 치자고 데이지에게 끈질기게 조르고 있던 덩치 크고 무기력하게 생긴 여자가 미스 베이데커를 두둔하고 나섰다.

"미스 베이데커는 이제 괜찮아요. 칵테일을 대여섯 잔만 마시면 언제나 저렇게 소리를 질러대기 시작하죠. 그만 마시라고 할게요."

"나는 술에 손도 안 댔어." 비난받은 여자가 힘없이 주장했다.

"우리는 네가 소리 지르는 걸 들었어. 그래서 내가 여기 계신 닥터 시벳에게 말했지. '선생님, 도와주셔야 할 사람이 있어요'라고."

"물론 저 애는 무척 고마워할 거야." 또 다른 친구가 전혀 고마워하지 않는 투로 말했다. "하지만 네가 저 애 머리를 풀장에 처박는 바람에 저 애 옷이 다 젖어버렸어."

"내가 싫어하는 게 있다면, 그건 누군가가 내 머리를 풀장에 처박는 거야." 미스 베이데커가 중얼거렸다. "언젠 뉴저지에선 물에 빠져 죽을 뻔했다니까."

"그러니까 술을 마시지 말아야죠." 시벳 의사가 응수했다.

"너나 잘하세요." 미스 베이데커가 거칠게 외쳤다. "손을 떨고 있잖아요. 당신한테는 절대로 수술 받지 않을 거예요!"

이런 판이었다. 마지막으로 기억나는 것은 데이지와 나란히 서서 영화감독과 여배우를 지켜본 일이다. 그들은 여전히 하얀 자두나무 밑에 있었는데, 그들의 얼굴은 둘 사이에 끼여 있는 창백하고 가느다란 달빛 한 줄기를 빼고는 거의 맞닿아 있었다. 남자는 저녁 내내 아주 조금씩 여자 쪽으로 얼굴을 숙여 마침내 이렇게 가까운 거리에 이르렀을 거라는 생각이 들었다. 내가 지켜보고 있는 동안에도 그는 마지막 남은 1도를 숙여 그녀의 뺨에 입을 맞추었다.

"나는 저 여자가 마음에 들어요." 데이지가 말했다. "귀엽잖아요."

하지만 그녀를 제외하고는 모두 데이지의 기분을 망쳐버리고 말았다. 더구나 그것은 동작이 아니라 감정이었기 때문에 논란의 여지가 없었다. 그녀는 브로드웨이가 롱아일랜드의 한 어촌에다 낳아놓은 웨스트에그라는 이 전례 없는 '세계'를 보고 소름이 끼쳤던 것이다. 진부한 완곡어법을 경멸하는 생생한 활력에, 그리고 지름길을 따라 그곳 주민들을 무에서 무로 곧장 몰아붙이는 완강한 운명에 소름이 끼쳤다. 데이지는 이해할 수 없는 그 단순함 자체에서 무서운 뭔가를 보았던 것이다.

사람들이 저마다 자동차를 기다리는 동안 나도 그들과 함께 현관 앞 계단에 걸터앉아 있었다. 앞쪽은 어두웠다. 불이 밝혀진 문간만이 1제곱미터의 불빛을 새벽의 어둠 속으로 발산하고 있었다. 위층 화장실의 블라인드를 배경으로 이따금 그림자 하나가 어른거리다가 다른 그림자로 바뀌더니, 여러 그림자의 행렬이 이어졌다. 그들은 창밖에선 보이지 않는 거울 앞에서 립스틱을 칠하고 분을 발랐다.

"도대체 그 개츠비란 자는 뭐 하는 녀석이야?" 톰이 불쑥 물었다. "밀주업계의 거물인가?"

"어디서 들었어?" 내가 물었다.

"들은 게 아니라 짐작한 거야. 알다시피 요즘 벼락부자들 중에는 거물 밀주업자가 많으니까."

"개츠비는 아니야." 나는 짧게 말했다.

그는 잠시 입을 다물었다. 찻길에 깔린 자갈이 그의 발밑에서 자그락거렸다.

"동물원의 동물들 같은 이 별난 사람들을 한자리에 모으느라 고생깨나 했겠는걸."

잿빛 안개 같은 데이지의 모피 깃이 산들바람에 살랑거렸다.

"여기 오는 사람들은 적어도 우리가 알고 있는 사람들보다는 재미있어요." 데이지가 힘주어 말했다.

"당신은 그다지 재미있어하는 것 같지 않던데?"

"아녜요, 재미있었어요."

톰은 껄껄 웃으면서 나에게 눈길을 돌렸다.

"자네, 그 아가씨가 데이지한테 찬물 샤워를 시켜달라고 했을 때, 데이지의 표정 봤나?"

데이지가 음악에 맞추어 허스키하고 율동적인 목소리로 속삭이듯 노래를 부르기 시작했다. 그녀는 가사의 낱말 하나하나가 지금까지도 가진 적이 없었고 앞으로도 갖지 못할 의미를 표현했다. 가락이 높아지면 그녀의 목소리도 콘트랄토 발성처럼 멜로디를 따라 감미롭게 바뀌었고, 그럴 때마다 그녀의 따뜻하고 인간적인 매력을 공중에 조금씩 풀어놓았다.

"초대받지 않은 사람도 많이 와요." 그녀가 갑자기 말했다. "그 여자도 초대받고 온 게 아니에요. 사람들이 그냥 밀고 들어와도 그 사람은 워낙 점잖아서 내치질 못해요."

"그자가 도대체 누군지, 무슨 일을 하는지 알고 싶군." 톰이 고집스럽게 말했다. "반드시 알아내고 말 거야."

"그건 내가 지금 당장 말해줄 수 있어요." 데이지가 대꾸했다. "그 사람은 드러그스토어를 소유하고 있어요. 아주 많이요. 자수성가한 거예요."

그때 리무진이 천천히 찻길을 올라왔다.

"잘 자요, 오빠." 데이지가 말했다.

그녀의 눈길은 나를 떠나 불이 켜진 계단 꼭대기를 더듬었다. 열린 문으로는 그해에 유행한 산뜻하고 슬픈 왈츠곡 「새벽 세 시」*가 흘러나오고 있었다. 결국 개츠비의 파티에는 격식이 없다는 것, 바로 거기에 그녀의 세계에는 전혀 없는 낭만적 가능성이 숨어 있었던 것이다. 위에서 들려오는 그 노래의 무언가가 그녀를 다시 안으로 불러들이고 있는 것 같았다. 그것은 도대체 무엇이었을까? 속을 헤아릴 수 없는 이 어두운 시간에 어떤 일이 일어날까? 누군가 뜻밖의 손님이 올지도 모른다. 모두 깜짝 놀랄 만큼 귀한 사람, 눈부시게 빛나는 젊은 아가씨가 도착할지도 모른다. 마법으로 이루어진 듯한 만남의 순간, 그녀가 개츠비에게 던진 단 한 번의 눈길로, 그동안 흔들림 없이 한 여자에게만 마음을 바쳤던 지난 5년의 세월이 말끔히 지워져버릴지 모른다.

그날 밤 나는 늦게까지 남아 있었다. 개츠비가 시간이 날 때까지 기다려달라고 부탁했기 때문이다. 그래서 나는 이번에도 어김없이 수영하러 나갔던 패거리가 캄캄한 해변에서 집으로 달려올 때까지, 그리고 이층 손님방에서 불이 다 꺼

---

* 시어도라 모스가 작사하고 줄리언 로블리도가 작곡한 굿나잇 왈츠곡. 1922년에 폴 화이트먼 악단의 연주로 녹음되어 크게 히트했다.

질 때까지 정원에 남아 서성거리고 있었다. 마침내 개츠비가 계단을 내려왔다. 햇볕에 그을린 그의 얼굴 피부는 유난히 팽팽하게 당겨진 것처럼 보였고, 두 눈은 반짝반짝 빛났지만 피곤해 보였다.

"데이지는 좋아하지 않는 것 같더군요." 그가 대뜸 말했다.

"아니, 좋아했어요."

"좋아하지 않았어요." 그가 고집스럽게 말했다. "즐겁게 보내지 않았다고요."

그는 입을 다물었고, 나는 그가 말할 수 없이 우울한 모양이라고 짐작했다.

"데이지가 아주 멀리 있는 것처럼 느껴지는군요." 그가 말했다. "데이지를 이해시키기가 어렵네요."

"춤 말인가요?"

"춤이라고요?" 그는 손가락을 딱 튕겨서 지금까지 열었던 모든 무도회를 지워버렸다. "형씨, 춤은 중요하지 않아요."

그가 데이지에게 원하는 것은 톰에게 가서 "난 당신을 사랑한 적이 없어요" 하고 말하는 것뿐이었다. 그 한마디로 4년의 세월을 지워버린 뒤에야 그들은 좀 더 실제적인 조치를 취할 것인지를 결정할 수 있었다. 그녀가 자유로워진 뒤에는 함께 루이빌로 돌아가 그녀의 집에서 결혼식을 올릴 수도 있을 터였다. 지금이 5년 전인 것처럼.

"그런데 데이지는 이해하지 못하는 거예요. 전에는 잘 이해했는데. 우리는 몇 시간씩 함께 앉아서⋯⋯."

그가 갑자기 말을 끊더니, 과일 껍질이며 내버린 애정의 표시며 짓밟힌 꽃들이 어지럽게 널려 있는 오솔길을 오락가락하기 시작했다.

"나라면 데이지한테 너무 많은 걸 요구하지 않을 겁니다." 나는 과감하게 말해보았다. "과거를 되돌릴 수는 없어요."

"과거를 되돌릴 수 없다고요?" 그가 믿을 수 없다는 듯이 소리쳤다. "천만에. 얼마든지 되돌릴 수 있어요."

그는 사나운 눈초리로 사방을 둘러보았다. 마치 과거가 집 앞 어둠 속, 그의 손이 닿지 않는 곳 어딘가에 숨어 있기라도 한 것처럼.

"모든 걸 전과 똑같이 만들어놓을 거요." 그가 결연하게 고개를 끄덕이며 말했다. "데이지도 알게 될 겁니다."

그는 자신의 과거에 대해 많은 이야기를 했다. 짐작건대 그는 데이지를 사랑하게 만든 무언가를, 아마도 그 자신의 어떤 관념 같은 것을 되찾고 싶었던 것 같다. 그때 이후 그의 삶은 혼란스럽고 무질서해졌지만, 일단 출발점으로 돌아가서 모든 것을 천천히 되짚어볼 수만 있다면 그것이 무엇인지 찾아낼 수 있을 것이다⋯⋯.

⋯⋯5년 전 어느 가을 밤, 그들은 낙엽 지는 거리를 걷고

있었다. 이윽고 그들은 나무 한 그루 없고 달빛이 보도를 하얗게 비추고 있는 곳에 이르렀다. 그들은 걸음을 멈추고 서로 마주보았다. 해마다 두 차례의 환절기에 찾아오는 그 신비로운 흥분이 공기 속에 감도는 서늘한 밤이었다. 집집마다 켜진 조용한 불빛이 콧노래를 부르며 밖의 어둠 속으로 흘러나오고, 별들 사이에서도 부산한 움직임이 일어나고 있었다. 개츠비는 보도의 블록들이 정말로 사다리를 이루어 나무 위의 은밀한 곳으로 올라가는 것을 곁눈질로 보았다. 그 혼자라면 그곳까지 올라갈 수도 있을 것이고, 일단 그곳에 올라가기만 하면 생명의 젖꼭지를 빨 수도, 그 비길 데 없는 경이의 젖을 꿀꺽꿀꺽 삼킬 수도 있을 것이다.

데이지의 하얀 얼굴이 그의 얼굴로 다가오자, 그의 심장은 점점 세차게 고동쳤다. 그는 알고 있었다. 이 아가씨와 입을 맞추어, 말로는 표현할 수 없는 자신의 꿈을 그녀의 덧없는 숨결과 영원히 결합시키면, 그의 마음은 신의 마음처럼 다시는 뛰지 않으리라는 것을. 그래서 그는 소리굽쇠가 별에 부딪쳐 내는 소리에 잠시 더 귀를 기울이며 기다렸다. 그런 다음 그녀에게 키스했다. 그의 입술이 닿자 그녀는 그를 위해 꽃처럼 피어났고, 꿈은 현실이 되었다.

그의 모든 이야기, 심지어는 섬뜩할 만큼 감상적인 그의 태도조차도 나에게 무언가를 생각나게 했다. 오래전에 어디선가 들었지만 좀처럼 떠오르지 않는 어떤 리듬, 기억에서 사라진 말들의 파편. 어떤 구절이 내 입 안에서 잠시 형태를 갖추려고 했고, 내 입술은 벙어리의 입술처럼 벌어졌다. 놀라서 숨이 막힐 때보다 그 말을 뱉기가 더 어려운 것 같았다. 하지만 입술은 아무 소리도 내지 못했고, 내가 거의 다 기억해냈던 그 구절은 영원히 전할 수 없게 되고 말았다.

제7장

개츠비에 대한 호기심이 최고조에 달했을 무렵이었다. 토요일 밤인데도 그의 집에는 불이 켜지지 않았다. 그리고 트리말키오*로서의 그의 경력은 시작되었을 때와 마찬가지로 슬그머니 끝나버렸다. 부푼 기대를 안고 그의 찻길에 들어섰던 차들이 잠깐 머물렀다가 부루퉁해져서 돌아가곤 하는 것을 나는 뒤늦게야 차츰 알게 되었다. 혹시 병이라도 났나

---

* 로마 시대의 작가 가이우스 페트로니우스(27?~66)의 작품으로 알려진 풍자소설 『사티리콘』에 나오는 인물로, 노예에서 벼락부자가 된 뒤 호화판 연회를 자주 열었던 것으로 유명하다. 개츠비는 현대판 트리말키오라고 할 수 있으며, 피츠제럴드는 이 소설의 제목으로 '웨스트에그의 트리말키오'를 고려한 적도 있었다.

싶어 그의 집으로 찾아갔더니, 악당처럼 험상궂은 낯선 집사가 문간에서 나를 의심쩍은 눈으로 노려보았다.

"개츠비 씨는 어디 편찮으신가요?"

"아니요." 그는 잠시 말을 끊었다가, 마지못해 꾸물거리며 "손님!" 하고 덧붙였다.

"요즘 보이지 않아서 좀 걱정했습니다. 캐러웨이가 찾아왔다고 전해주세요."

"누구라고요?" 그가 불손한 태도로 물었다.

"캐러웨이요."

"캐러웨이. 알겠시다. 그렇게 전하지요."

그는 퉁명스럽게 문을 쾅 닫아버렸다.

핀란드인 가정부가 알려준 바에 따르면, 개츠비는 일주일 전에 집에서 일하던 고용인들을 모두 해고하고 다른 사람 여섯 명을 새로 들였는데, 이들은 웨스트에그 마을에 가서 장사꾼들에게 매수당하는 일 없이 필요한 물건을 전화로 주문한다는 것이다. 식품점의 배달꾼 아이의 말로는 부엌이 돼지우리 같았다는 것이고, 개츠비의 집에 새로 들어온 사람들은 절대로 고용인이 아니라는 것이 마을 사람들의 중론이었다.

이튿날 개츠비가 나에게 전화를 걸어왔다.

"여길 떠나는 겁니까?" 내가 물었다.

"아니요, 형씨."

"고용인들을 다 해고했다고 들었는데요."

"입이 무거운 사람이 필요해서요. 데이지가 자주 오거든요. 오후에."

그러니까 그 대저택이 그녀의 못마땅한 눈빛 때문에 카드로 지은 집처럼 무너져버린 것이다.

"새로 들어온 사람들은 울프심이 도와주고 싶어 한 사람들이에요. 모두 형제자매들인데, 전에는 작은 호텔을 경영한 적도 있지요."

"그렇군요."

그는 지금 데이지의 부탁으로 전화를 걸고 있다면서, 내일 데이지네 집으로 점심을 먹으러 가지 않겠느냐고 물었다. 미스 베이커도 참석할 거라고 했다. 30분 뒤에는 데이지가 직접 전화를 걸어왔고, 내가 가겠다고 하자 마음을 놓는 것 같았다. 무슨 일이 있는 게 분명했다. 하지만 그들이 그 기회를 이용하여 한바탕 소동을—특히나 개츠비가 전에 정원에서 대충 말해준 그 가슴 아픈 소동을 벌일 거라고는 생각지 못했다.

다음 날은 찌는 듯이 무더웠다. 아마도 그해 여름 동안 마지막 더운 날이자 가장 더운 날이었을 것이다. 열차가 터널을 빠져나와 햇빛 속으로 들어가자 내셔널 비스킷 회사에서 정오를 알리는 기적 소리만이 지글지글 끓는 한낮의 고요를 깨뜨리고 있었다. 객차의 밀짚 좌석은 금방이라도 불이 붙을 것 같았다. 내 옆에 앉은 여자는 한동안 하얀 블라우스 속으로 묘하게 바람을 불어넣어 땀을 식히고 있다가, 손에 쥔 신문지가 땀에 젖어버리자 자포자기한 듯 처량한 외마디 소리를 지르며 뜨거운 열기 속에 푸석 쓰러졌다. 그 바람에 그녀의 지갑이 바닥에 툭 떨어졌다.

"어머, 내 지갑!" 그녀가 헐떡거리며 외쳤다.

나는 지친 몸으로 허리를 굽혀서 지갑을 집어든 뒤, 다른 의도가 없다는 것을 보여주려고 일부러 지갑의 한쪽 끝을 잡고 팔을 쭉 뻗어서 건네주었다. 그런데도 그 여자를 포함하여 내 가까이에 있는 사람들은 모두 나를 의심하는 눈치였다.

"덥지요?" 차장이 낯익은 얼굴들에게 말했다. "지독한 날씨군요. 아, 덥다, 더워! 아이 더워! 손님은 덥지 않으세요? 덥죠? 그렇죠?"

내 정기승차권이 그의 손에서 검은 얼룩을 묻히고 돌아왔다. 하기야 이런 더위 속에서는, 그가 누구의 달아오른 입술에 키스를 하건, 누구의 가슴에 머리를 묻어 그의 파자마 주머니를 땀으로 적시건, 개의할 사람이 누가 있겠는가!

개츠비와 내가 문간에서 기다리는 동안, 뷰캐넌의 집 복도를 통해 약하게 불어온 한 줄기 바람이 전화벨 소리를 실어왔다.

"주인님의 시체라고요?" 집사가 수화기에 대고 고함을 질렀다. "부인, 죄송하지만 지금은 해드릴 수가 없습니다. 너무 더워서, 이런 한낮에는 손을 댈 수가 없어요."

그가 입으로는 그렇게 말하면서도 실제로는 "예……예…… 알아보겠습니다" 하고 말하고 있었다.

그는 수화기를 내려놓고 땀에 젖은 얼굴을 반짝이며 우리에게 다가와 우리의 뻣뻣한 밀짚모자를 받아들었다.

"사모님은 객실에서 기다리고 계십니다." 그는 쓸데없이 객실 쪽을 가리키면서 외쳤다. 이런 무더위에는 불필요한 몸짓 하나하나가 보통의 활력밖에 가지고 있지 못한 사람들을 모독하는 셈이었다.

차양으로 그늘진 방은 어둑하고 서늘했다. 데이지와 조던은 커다란 소파에 비스듬히 누워 있었다. 선풍기의 살랑거리는 바람에 날리지 않도록 하얀 드레스를 누르고 있는 두 사람의 모습이 마치 은으로 만든 우상 같았다.

"꼼짝도 못 하겠어요." 두 사람이 동시에 말했다.

그을린 피부에 하얗게 분을 바른 조던의 손가락이 잠시 내 손 안에 놓였다.

"그런데 운동선수 톰 뷰캐넌 씨는?" 내가 물었다.

그와 동시에 현관홀에서 전화를 걸고 있는 톰의 거칠고 허스키한 목소리가 들려왔다.

개츠비는 진홍빛 카펫 한복판에 서서 매혹된 눈으로 주위를 둘러보았다. 데이지가 그를 바라보며 웃었다. 듣는 사람을 자극시키는 활기찬 웃음소리였다. 그녀의 가슴에서 분가루가 뽀얗게 공중으로 날아올랐다.

"짐작건대 지금 저 전화는 톰의 애인한테서 걸려온 전화일 거예요." 조던이 속삭였다.

우리는 입을 다물었다. 현관홀에서 들리는 목소리는 귀찮다는 듯이 높아졌다.

"그럼 좋소. 당신한테 차를 팔지 않겠소⋯⋯ 당신한텐 신세진 게 전혀 없으니까⋯⋯ 그리고 점심시간에 이런 일로 나를 귀찮게 하다니, 정말 못 참겠군!"

"수화기를 내려놓고 저런다니까." 데이지가 빈정거리며 말했다.

"아니야. 그렇지 않아." 내가 말했다. "저건 진짜 상담이야. 우연히 알게 됐어."

톰이 문을 와락 열어젖히더니 그 육중한 몸으로 잠시 입구를 막고 서 있다가 방 안으로 성큼 들어왔다.

"아, 개츠비 씨!" 그는 싫은 기색을 교묘히 감춘 채 넓적한 손을 내밀었다. "반갑습니다. 아, 닉도 왔구나."

"시원한 음료나 좀 만들어주세요." 데이지가 소리쳤다.

톰이 다시 방에서 나가자 그녀는 일어나서 개츠비에게 다가가더니 그의 얼굴을 끌어당겨 입에 키스를 했다.

"내가 당신을 사랑하고 있다는 거 아시죠?" 그녀가 나지막하게 속삭였다.

"이 방에 다른 숙녀도 있다는 걸 잊으신 모양이지?" 조던이 말했다.

데이지는 그랬던가 하는 투로 조던을 돌아보았다.

"너도 닉한테 키스해."

"무슨 여자가 저렇게 저속하지?"

"난 괜찮아!" 데이지가 내뱉듯이 말하고는 벽난로 앞 벽돌 바닥 위에 올라가 춤을 추기 시작했다. 그러다가 무척 더운 날이라는 것을 생각해내고, 무슨 죄라도 지은 사람처럼 소파에 가서 앉았다. 바로 그때 갓 세탁한 옷을 입은 보모가 어린 여자애를 데리고 방으로 들어왔다.

"어휴, 귀여운 것." 데이지가 흥얼거리며 두 팔을 벌렸다. "자아, 사랑하는 엄마한테 오렴."

보모의 손에서 풀려난 아이는 달음박질로 방을 가로지르더니, 수줍은 듯 엄마의 품속으로 파고들었다.

"어휴, 귀여운 것! 엄마가 네 노랑머리에 분가루를 묻혔니? 자, 일어서서 안녕하세요 해야지."

개츠비와 나는 차례로 허리를 굽혀서 아이가 마지못해 내민 고사리손을 잡았다. 그후에도 개츠비는 놀란 눈으로 계속 아이를 지켜보았다. 이렇게 아이를 직접 보기 전까지는 아이가 있다는 것을 정말로 믿지 않았던 모양이다.

"나 점심 먹기 전에 옷 갈아입었어." 아이가 얼른 데이지 쪽으로 몸을 돌리며 말했다.

"그건 엄마가 널 손님들에게 예쁘게 보이고 싶어서 그랬어." 데이지는 아이의 가늘고 하얀 목에 얼굴을 묻었다. "넌 내 꿈이야. 나의 소중한 작은 꿈."

"네, 엄마." 아이가 조용히 대답했다. "조던 아줌마도 하얀 옷을 입었네."

"엄마 친구들이 좋아?" 데이지가 아이를 돌려세워 개츠비와 마주보게 했다. "아저씨들 예뻐?"

"아빠 어딨어?"

"얘는 아빠를 안 닮았어요." 데이지가 설명했다. "날 닮았죠. 머리카락도 얼굴 생김새도 다 나를 닮았어요."

데이지는 소파에 등을 기대고 앉았다. 보모가 한 발짝 다가와서 손을 내밀었다.

"패미야, 이리 온."

"잘 가, 우리 아가!"

교육을 잘 받은 아이는 가기 싫은 듯 뒤를 힐끔 돌아보며 보모 손에 이끌려 밖으로 나갔고, 바로 그때 톰이 얼음을 가득 채운 진리키* 넉 잔을 들고 돌아왔다.

개츠비가 잔을 받아들었다.

"정말 시원해 보이는군요." 이렇게 말하는 그의 얼굴에는 긴장한 기색이 역력했다.

우리는 기갈이 든 사람들처럼 음료를 단숨에 들이켰다.

"어디선가 읽었는데, 태양이 해마다 점점 더 뜨거워지고 있대." 톰이 상냥하게 말했다. "머지않아 지구가 태양 속으로 빠져버릴 것 같아…… 아니, 잠깐만…… 그 반대야…… 태양이 해마다 점점 더 식어가고 있대……."

톰이 개츠비를 돌아보며 말했다.

"자, 밖으로 나갑시다. 집을 구경시켜드리죠."

나는 그들을 따라 베란다로 나갔다. 열기 속에 고여 있는 푸른 해협에서는 조그만 돛단배 하나가 더 시원한 바다 쪽을 향해 느릿느릿 움직이고 있었다. 개츠비는 눈으로 잠시 그 배를 쫓더니, 이윽고 손을 들어 만 건너편을 가리켰다.

"나는 저기 맞은편에 삽니다."

---

* 드라이진에 라임 주스를 섞고 소다수를 첨가해 만든 칵테일.

"그렇군요."

우리는 눈을 들어 장미꽃밭과 뜨거운 잔디밭, 그리고 삼복더위의 해변을 뒤덮고 있는 잡초 더미를 바라보았다. 돛단배의 하얀 날개가 바다와 하늘의 경계인 푸르고 시원한 수평선을 배경으로 느릿느릿 움직이고 있었다. 앞에는 부채 모양으로 펼쳐진 바다와 풍요롭고 축복받은 섬들이 흩어져 있었다.

"저기 가면 재미있어." 톰이 고개를 끄덕이며 말했다. "저 친구랑 한 시간쯤 바다에 나갔다 오고 싶군."

우리는 식당에서 점심을 먹었다. 그곳도 더위를 막기 위해 차일을 쳐서 어둑했다. 우리는 차가운 맥주와 함께 어딘지 모르게 불안한 즐거움을 들이켰다.

"오늘 오후엔 뭘 하죠?" 데이지가 소리쳤다. "내일은? 그리고 앞으로 30년 동안은?"

"괜히 앓는 소리 하지 마." 조던이 말했다. "가을이 되고 날이 선선해지면 인생은 처음부터 다시 시작되니까."

"하지만 너무 더워." 데이지가 금방이라도 울음을 터뜨릴 것 같은 얼굴로 말했다. "게다가 모든 게 뒤죽박죽이야. 우리 다 같이 시내로 가요!"

그녀의 목소리는 더위에 지쳐 있었고, 그것을 이기려고 몸부림쳤으며, 그러는 것의 무의미함을 어떤 형태로 나타내려고 애썼다.

"마구간을 개조해서 차고로 만든다는 얘기는 들은 적이 있지만……" 톰이 개츠비에게 말하고 있었다. "차고를 개조해서 마구간으로 만든 사람은 내가 처음이지요."

"누구 시내로 나가고 싶은 사람 없어요?" 데이지가 끈질기게 물었다. 개츠비의 눈길이 그녀 쪽으로 흘러갔다. "아아!" 그녀가 외쳤다. "당신 정말 멋져 보여요."

그들의 눈이 마주쳤고, 그 자리에 단둘이 있는 것처럼 서로를 응시했다. 그녀는 간신히 눈길을 식탁으로 내렸다.

"당신은 언제나 멋져 보여요." 그녀가 되풀이 말했다.

이 말은 개츠비에게 사랑한다고 말한 거나 마찬가지였다. 톰 뷰캐넌도 그것을 알아차리고 깜짝 놀랐다. 그는 입을 헤벌린 채 개츠비를 바라보다가, 데이지를 바라보았다. 그녀가 오래전에 알았던 사람이라는 걸 이제야 알아본 것처럼.

"광고에 나오는 남자를 닮았어요." 그녀가 순진하게 말을 이었다. "광고에 나오는 그 남자 아시죠?"

"좋아." 톰이 재빨리 끼어들었다. "기꺼이 시내에 가겠어. 자, 우리 모두 시내로 갑시다."

그는 자리에서 일어섰지만, 그의 눈은 아직도 개츠비와 아내 사이를 힐끔거리고 있었다. 그러나 아무도 움직이지 않았다.

199

"자, 어서!" 톰이 약간 짜증을 냈다. "도대체 왜들 이러지? 시내에 갈 거면 출발하자고."

그는 자제를 하느라 떨리는 손으로 마지막 남은 맥주를 마시기 위해 잔을 입술로 가져갔다. 마침내 데이지의 성화에 못 이겨 우리는 자리에서 일어나, 뜨겁게 달아오른 자갈이 깔린 찻길로 나왔다.

"그냥 이대로 갈 거예요?" 그녀가 이의를 제기했다. "그냥 이렇게요? 담배라도 한 대 피우게 해주지 않을 건가요?"

"점심때 모두 피웠잖아."

"제발 좀 즐겁게 지내요." 데이지가 톰에게 간청했다. "싸우기에는 너무 더워요."

톰은 대꾸하지 않았다.

"당신 좋을 대로 하세요." 데이지가 말했다. "자, 조던, 날 따라와."

두 여자는 외출 준비를 하러 이층으로 올라가고, 우리 남자 셋은 뜨겁게 달구어진 자갈을 발로 이리저리 굴리면서 거기에 서 있었다. 은빛 초승달이 벌써 서쪽 하늘에 떠 있었다. 개츠비가 무슨 말을 하려다가 마음을 바꾸었지만, 그보다 먼저 톰이 빙그르르 돌아서며 기대에 찬 눈으로 그를 마주보았다.

"마구간은 어디 있습니까?" 개츠비가 마지못해 물었다.

"이 길을 따라 400미터쯤 내려간 곳에 있소."

"아, 그래요."

잠시 말이 끊겼다.

"시내엔 뭐 하러 가겠다는 거야." 톰이 별안간 거칠게 소리 쳤다. "여자들 머릿속엔 무슨 생각이 들어 있는 건지……."

"마실 것 좀 가져갈까요?" 위층 창문에서 데이지가 소리 쳤다.

"내가 위스키를 가져올게." 톰이 대답하고 안으로 들어갔다.

개츠비가 굳은 표정으로 나를 돌아보았다.

"이 집에서는 아무 말도 할 수가 없군요."

"데이지의 목소리엔 무분별한 데가 있어요." 내가 말했 다. "목소리가 온통……" 하고 나는 망설였다.

"데이지의 목소리는 돈으로 가득 차 있지요." 그가 불쑥 말했다.

바로 그랬다. 전에는 미처 깨닫지 못했는데, 데이지의 목 소리는 돈으로 가득 차 있었다. 높아졌다 낮아졌다 파동치 는 그 목소리의 무진장한 매력은 바로 그것이었다. 짤랑거 리는 돈 소리, 심벌즈의 노래 같은 돈 소리…… 하얀 궁전 저 높은 곳에 있는 공주, 황금의 아가씨…….

톰이 1리터들이 술병 하나를 타월로 싸면서 집 안에서 나 왔다. 뒤이어 데이지와 조던이 금속성 천으로 만든 작고 꽉

끼는 모자를 쓰고 팔에는 가벼운 케이프*를 걸치고 나왔다.

"내 차로 가실까요?" 개츠비가 제의했다. 그는 초록색 가죽 시트가 뜨겁게 달구어진 것을 느꼈다. "차를 그늘에 두었어야 하는 건데."

"변속장치가 표준형인가요?" 톰이 물었다.

"그런데요."

"그럼 당신이 내 쿠페를 몰고, 내가 당신 차를 몰고 갑시다."

개츠비는 이 제의가 달갑지 않은 모양이었다.

"기름이 별로 많지 않을 텐데요." 개츠비가 거절의 뜻을 내비쳤다.

"기름은 충분해요." 톰이 활기차게 말했다. 그리고 계기반을 들여다보았다. "도중에 기름이 떨어지면 드러그스토어에에 들르면 돼요. 요즘에는 그곳에서 뭐든지 살 수 있으니까."

이 엉뚱한 말이 끝나자 잠시 침묵이 흘렀다. 데이지는 찡그린 얼굴로 톰을 쳐다보았고, 뭐라고 형언할 수 없는 표정이 개츠비의 얼굴을 스치고 지나갔다. 분명히 낯선, 그러면서도 언젠가 누군가가 말로 표현하는 것을 들은 적이 있는

---

* 어깨·등·팔이 덮이는, 소매가 없는 망토식 겉옷.

듯해서 어렴풋이 알아볼 수 있는 그런 표정이었다.

"자, 데이지." 톰이 말하면서 그녀를 개츠비의 자동차 쪽으로 밀었다. "당신을 이 곡마단 마차로 모실게."

톰이 자동차 문을 열었지만, 데이지는 제 어깨를 감싼 남편의 팔에서 빠져나갔다.

"당신은 닉과 조던을 태우고 가세요. 우리는 쿠페로 따라갈 테니까."

그녀는 개츠비에게 다가가서 그의 재킷을 만지작거렸다. 조던과 톰과 나는 개츠비 차의 앞좌석에 올라탔다. 톰이 익숙지 않은 기어를 시험 삼아 움직이자 차는 숨막힐 듯한 더위 속으로 총알처럼 달려 나갔다. 뒤에 남은 두 사람은 순식간에 시야에서 사라졌다.

"봤나?" 톰이 나에게 물었다.

"뭘?"

톰은 조던과 내가 이미 알고 있었다는 걸 알아차리고는 날카롭게 나를 쏘아보았다.

"내가 바보인 줄 아나 보지." 그가 넌지시 말했다. "하긴 그럴지도 모르지. 하지만 이따금 나한테도…… 천리안 같은 게 생길 때가 있어. 그게 나한테 말해주지. 뭘 어떻게 해야 하는지. 자네는 믿지 않겠지만, 과학은 말이지……."

그가 갑자기 말을 멈췄다. 방금 일어난 뜻밖의 일이 그를 따라잡아, 이론의 나락으로 막 떨어지려는 그를 뒤로 끌어당긴 것이다.

"그자에 대해 좀 조사해봤지. 이럴 줄 알았다면 좀 더 깊이 파고들 수도 있었는데……."

"점쟁이한테라도 가봤단 말이세요?" 조던이 우스갯소리로 물었다.

"뭐?" 우리가 웃어대자 톰은 어리둥절한 눈으로 우리를 바라보았다. "점쟁이?"

"개츠비에 관해서 점쟁이한테 물어봤냐고요."

"개츠비에 관해서? 아니, 그러진 않았지. 내 말은 그자의 과거를 좀 조사해봤단 얘기야."

"그럼 그 사람이 옥스퍼드 출신이란 것도 알아냈겠군요." 조던이 거들어주듯 말했다.

"옥스퍼드 출신?" 그는 믿을 수 없다는 투였다. "잘도 그러겠다! 핑크빛 양복이나 입는 주제에!"

"그래도 옥스퍼드 출신인걸요."

"뉴멕시코주의 옥스퍼드 출신인가 보군. 아니면 뭐, 그와 비슷한 곳이든가." 톰은 경멸하듯 콧방귀를 뀌었다.

"이봐요, 톰. 그렇게 속물처럼 굴 거면 무엇 때문에 그 사람을 점심에 초대했죠?" 조던이 심술궂게 물었다.

"데이지가 부른 거잖아. 우리가 결혼하기 전에 알았던 사람이라는데, 어디서 알게 되었는지 누가 알겠어!"

점심때 마신 맥주 기운이 약해지면서 우리는 신경이 예민해져 있었다. 그것을 깨닫고 우리는 한동안 말없이 달렸다. 이윽고 길가에 서 있는 T. J. 에클버그 박사의 빛바랜 두 눈이 시야에 들어왔을 때 나는 기름이 떨어질지 모른다던 개츠비의 말이 생각났다.

"시내까지 가기에는 충분해." 톰이 말했다.

"그래도 바로 저기 주유소가 있잖아요." 조던이 이의를 제기했다. "이런 찜통더위 속에서 오도가도 못하게 발이 묶이고 싶진 않아요."

톰은 성급하게 양쪽 브레이크를 밟았고, 우리는 월슨네 정비소 간판 밑으로 미끄러져 들어가 흙먼지를 일으키며 급정거했다. 잠시 후 주인이 가게 안에서 나와 휑한 눈으로 자동차를 물끄러미 바라보았다.

"기름 좀 넣어주쇼!" 톰이 거칠게 소리쳤다. "뭣 때문에 차를 세운 것 같소? 경치를 감상하려고?"

"아파서 그래요. 온종일 앓았다니까요." 월슨이 꼼짝도 하지 않고 말했다.

"어디가 안 좋은데?"

"완전히 지쳤어요."

"그럼 내가 직접 넣을까요? 아까 전화할 때는 목소리가 쌩쌩하던데."

문에 기대 서 있던 윌슨은 간신히 그늘을 떠나 가쁜 숨을 몰아쉬며 기름 탱크의 뚜껑을 열었다. 햇빛 속에서 보니 얼굴이 파리했다.

"점심을 방해할 생각은 없었어요." 윌슨이 말했다. "하지만 돈이 급해서요. 당신이 그 낡은 차를 어떻게 처리할 작정인지 궁금했던 겁니다."

"이 차는 어때요? 지난주에 새로 산 건데."

"노란색에 멋진 차군요." 윌슨이 힘들게 펌프 손잡이를 잡아당기며 말했다.

"사고 싶소?"

"좋은 기회군요." 윌슨이 희미하게 미소를 지었다. "아니, 싫습니다. 하지만 다른 차라면 돈을 좀 벌 수 있을 텐데."

"돈은 왜 갑자기 필요한 거요?"

"여기 너무 오래 살았어요. 그래서 이사를 가려고요. 마누라와 함께 서부로 갈까 합니다."

"부인도 그러겠대요?" 톰이 놀라서 외쳤다.

"마누라는 벌써 10년 전부터 그 소리를 해왔죠." 그는 손으로 눈에 그늘을 만들고 펌프에 기대어 잠깐 쉬었다. "이번엔 마누라가 원하건 말건 내가 데리고 갈 작정입니다. 여기 두고 갈 수는 없으니까요."

그때 쿠페 자동차가 먼지를 일으키며 우리 옆을 휙 지나갔다. 창밖으로 흔드는 손이 얼핏 보였다.

"얼마요?" 톰이 거칠게 물었다.

"지난 이틀 사이에 수상한 걸 알아차리게 됐어요." 윌슨이 말했다. "그래서 여길 떠나고 싶어진 거예요. 자동차 문제로 당신을 귀찮게 한 것도 그 때문이고요."

"얼마냐니까."

"1달러 20센트요."

가차 없이 내리쬐는 더위로 머리가 혼란스러워졌기 때문에, 나는 윌슨이 아직은 톰에게까지 의심을 품고 있지 않았다는 사실을 깨닫는 데 시간이 좀 걸렸다. 윌슨이 알아챈 것은 마누라가 다른 세계에서 그와는 별도의 삶을 살고 있다는 사실이었고, 그 충격 때문에 몸이 병들게 된 것이다. 나는 그를 뚫어지게 바라보다가 톰에게 눈길을 돌렸다. 톰도 윌슨이 알아차린 것과 같은 사실을 깨달은 지 아직 한 시간도 지나지 않았다. 인간들 사이의 어떤 차이도, 지능이나 인종의 차이조차도 아픈 사람과 건강한 사람의 차이만큼 심하지는 않다는 생각이 문득 머리에 떠올랐다. 윌슨은 너무 깊이 병들어서 마치 죄지은 사람처럼, 그것도 용서받지 못할 죄를 지은 사람처럼 보였다. 어떤 가엾은 처녀에게 임신이라도 시킨 것 같았다.

"그 차를 당신한테 넘기겠소." 톰이 말했다. "내일 오후에 보낼게요."

그 지역은 환한 대낮에도 왠지 음산한 느낌을 주는 곳이 었다. 나는 뒤를 조심하라는 경고라도 받은 것처럼 고개를 돌렸다. 잿더미 너머에서 T.J. 에클버그 박사의 거대한 눈이 여전히 망을 보고 있었지만, 잠시 후 나는 또 다른 눈이 몇 미터도 떨어지지 않은 곳에서 유별나게 강렬한 눈초리로 우리를 지켜보고 있다는 것을 알아차렸다.

정비소 위층의 창문 커튼이 살짝 젖혀져 있고, 머틀 윌슨이 거기서 우리의 차를 내려다보고 있었던 것이다. 그녀는 거기에 열중한 나머지, 누가 자기를 지켜보고 있다는 것도 전혀 눈치채지 못하고 있었다. 그녀의 얼굴에는 마음속에 차례로 떠오르는 다양한 감정들이 마치 천천히 현상되는 인화지의 영상처럼 나타나고 있었다. 그녀의 표정은 묘하게 낯익었다. 그것은 여자들의 얼굴에서 흔히 볼 수 있었던 표정이지만, 머틀 윌슨의 얼굴에 떠오른 표정은 무의미하고 납득할 수도 없는 것처럼 보였다. 그러다가 질투와 공포에 질린 그녀의 눈이 톰이 아니라 조던 베이커를 노려보고 있다는 것을 알아차린 뒤에야 비로소 나는 그 표정을 납득했다. 그녀는 조던을 톰의 아내로 착각했던 것이다.

단순한 마음의 혼란만큼 걷잡을 수 없는 것도 없다. 차가 그곳을 떠날 때, 톰은 채찍처럼 후려치는 격렬한 공포를 느끼고 있었다. 한 시간 전까지만 해도 안전하고 무사하다고 생각했던 아내와 정부가 한꺼번에 그의 수중에서 빠져나가고 있었다. 그가 데이지를 따라잡는 동시에 윌슨한테서 멀어지려는 이중의 목적으로 액셀러레이터를 밟은 것은 본능이 그렇게 시켰기 때문이다. 우리는 롱아일랜드시티를 향해 시속 80킬로미터로 질주했고, 마침내 고가철도의 거미줄 같은 도리 사이를 느긋하게 달리고 있는 파란색 쿠페를 발견했다.

　"50번가 근처에 있는 큰 영화관들이 시원해요." 조던이 말했다. "나는 사람들이 모두 빠져나간 여름날 오후의 뉴욕이 좋아요. 뭔가 아주 관능적인 느낌이 들거든요. 온갖 진기한 과일들이 금방이라도 손에 떨어질 것처럼 무르익은 느낌 말이에요."

　'관능적'이라는 단어는 톰을 더욱 불안하게 만들었지만, 그가 반대할 말을 생각해내기도 전에 쿠페가 멈췄고, 데이지가 우리 차를 옆에 대라는 손짓을 했다.

　"어디로 가죠?" 그녀가 외쳤다.

　"영화는 어때?"

　"너무 더워요." 그녀가 불평했다. "당신들이나 가세요. 우리는 차를 몰고 돌아다니다가 나중에 합류할게요." 그녀가 한껏 재치를 부렸다. "어느 모퉁이에서 만나요. 나는 담배 두 개피를 한꺼번에 피우고 있을게요."

"여기서 그걸 의논할 수는 없어." 트럭 한 대가 뒤에서 욕을 하듯 경적을 울려대자 톰이 초조하게 말했다. "센트럴파크 남쪽, 플라자 호텔 앞으로 내 뒤를 따라와."

그는 몇 번이나 고개를 돌려 뒷차가 따라오는지 확인했고, 길이 막혀서 뒤차가 늦어지면 그 차가 보일 때까지 속도를 늦추곤 했다. 그들이 옆길로 달아나 그의 인생에서 영원히 빠져나가는 게 아닐까, 겁이 나는 모양이었다.

하지만 그들은 달아나지 않았다. 그리고 우리 모두는 플라자 호텔의 특별 휴게실을 한 칸 빌리는, 납득하기 어려운 방안을 택했던 것이다.

오랫동안 계속된 시끄러운 논쟁은 결국 우리가 그 방으로 우르르 몰려 들어가는 것으로 끝났는데, 논쟁의 내용은 기억나지 않지만 그 과정에서 속옷이 축축한 뱀처럼 계속 다리를 휘감으며 기어 올라오고 이따금 땀방울이 등줄기를 타고 서늘하게 흘러내리던 육체적 기억은 아직도 생생하다. 방을 빌리기로 한 것은 욕실 다섯 개를 빌려서 냉수욕을 하자는 데이지의 제안에서 비롯되었고, 그 발상이 나중에는 '박하술을 마실 수 있는 곳'으로 좀 더 구체화되었던 것이다.

우리는 저마다 그게 '미친 생각'이라고 되풀이해서 말했다. 호텔 종업원이 어리둥절해질 만큼 다 함께 떠들어댔으며, 우리가 꽤 재미난 사람이라고 생각하거나, 아니면 그렇게 생각하는 척했다.

방은 널찍했지만 숨이 막혔다. 벌써 네 시였지만, 창문을 열면 들어오는 것은 공원의 뜨거운 관목 숲에서 불어오는 바람뿐이었다. 데이지는 거울 앞으로 가서 우리에게 등을 돌린 채 머리를 매만졌다.

"정말 근사한 방이네요." 조던이 감탄하여 속삭이자 모두 소리 내어 웃었다.

"다른 창문도 열어." 데이지가 돌아보지도 않고 명령하듯 말했다.

"더 열 창문이 없어."

"그럼 전화를 해서 도끼를 가져오라고 해."

"상책은 더위를 잊는 거야." 톰이 짜증난 투로 말했다. "덥다고 불평만 하니까 열 배는 더 덥게 느껴지잖아."

그는 타월로 싸두었던 위스키 병을 꺼내더니 테이블 위에 내려놓았다.

"형씨, 부인이 뭐라고 하든 그냥 놔두면 어때요?" 개츠비가 말했다. "시내에 오고 싶어 한 건 당신이잖소."

잠시 침묵이 흘렀다. 못에 걸려 있던 전화번호부가 바닥에 철썩 떨어지자 조던이 "어머, 죄송해요" 하고 속삭였지만, 이번에는 아무도 웃지 않았다.

"내가 줍지요." 내가 나섰다.

"내가 집었소." 개츠비가 끊어진 노끈을 살펴보더니 흥미롭다는 듯 "흠!" 하고 중얼거리면서 전화번호부를 의자에 던졌다.

"그게 당신의 고상한 말버릇이오?" 톰이 날카롭게 말했다.

"뭐가요?"

"그 '형씨'라는 호칭 말이오. 그건 대체 어디서 주워들은 거요?"

"나 좀 봐요, 톰." 데이지가 거울에서 돌아서면서 말했다. "당신이 그런 인신공격이나 할 작정이라면 나는 1분도 여기 머물지 않겠어요. 전화해서 박하술에 넣을 얼음이나 주문하세요."

톰이 수화기를 들자, 압축되어 있던 열기가 폭발하듯 음악 소리가 들려왔다. 우리는 아래층 무도장에서 흘러나오는 멘델스존의 「결혼 행진곡」에 귀를 기울였다.

"이 더위에 결혼을 하다니!" 조던이 울적하게 내뱉었다.

"하지만…… 나도 6월 중순에 결혼했는걸." 데이지가 지난 일을 생각해냈다. "6월에 루이빌에서! 졸도한 사람도 있었어! 졸도한 게 누구였죠, 톰?"

"빌럭시." 톰이 무뚝뚝하게 대답했다.

"빌럭시라는 남자였어요. '블록'* 빌럭시. 상자를 만드는 사람이었죠. 정말이에요. 테네시주 빌럭시 출신이었어요."

"사람들이 그 사람을 우리 집으로 데려왔죠." 조던이 덧붙였다. "우리 집은 교회에서 두 집 건너에 있었거든요. 그런데 그 사람은 아빠가 참다못해 이제 그만 나가달라고 할 때까지 3주나 우리 집에 눌러앉아 있었답니다. 그렇게 해서 그 사람이 나간 다음 날 아빠가 돌아가셨어요." 잠시 후 그녀가 덧붙였다. "두 사건 사이에 무슨 연관이 있었던 건 아니고요."

"내가 아는 사람 중에도 멤피스 출신의 빌 빌럭시가 있었는데." 내가 말했다.

"블록 빌럭시의 사촌이에요. 나는 그 사람이 우리 집을 떠나기 전에 집안 내력을 다 알게 됐죠. 내가 요즘 사용하는 알루미늄 퍼터는 그 사람이 준 거예요."

결혼식이 시작된 듯 음악이 그치고, 이번에는 긴 환호성이 창문으로 흘러들었다. 뒤이어 "예, 예, 예!" 하는 외침 소리가 띄엄띄엄 들려왔고, 마침내 무도회가 시작된 듯 폭발

---

* 'block head(돌대가리)'를 줄인 말.

적인 재즈 음악이 터져 나왔다.

"우리도 이젠 나이를 먹었군요." 데이지가 말했다. "젊었다면 일어나서 춤을 출 텐데."

"빌럭시가 기절했던 거 잊지 마." 조던이 그녀에게 경고했다. "그런데 톰, 그 사람을 어디서 알게 됐죠?"

"빌럭시?" 그는 애써 정신을 모았다. "나는 그 사람을 몰라. 그 사람은 내가 아니라 데이지의 친구였어."

"아니에요." 데이지가 부정했다. "그 전에는 만난 적이 없어요. 그 사람은 당신의 자가용을 타고 왔어요."

"어쨌든 그 사람은 당신을 안다고 했어. 루이빌에서 자랐다면서. 막판에 에이사 버드가 그를 데리고 와서는 차에 태워줄 자리가 없겠느냐고 물었지."

조던이 미소를 지었다.

"남의 차를 얻어 타면서 고향으로 가는 길이었나 보군요. 나한테는 그러던데요. 예일 대학에 다닐 때 당신네 학과의 대표였다고."

톰과 나는 멍하니 서로를 마주보았다.

"빌럭시가?"

"무엇보다 우리 과에는 대표가 없었어."

개츠비가 한쪽 발로 방바닥을 짧고 불안하게 탁탁 두드렸고, 톰이 갑자기 그를 노려보았다.

"그런데 말이오, 개츠비 씨, 옥스퍼드 출신이라면서요?"

"꼭 그렇지는 않습니다."

"아니, 옥스퍼드를 다니지 않았나요?"

"예…… 다니기는 다녔죠."

잠시 침묵이 흘렀다. 이윽고 톰의 목소리가 들렸다. 불신과 경멸이 담긴 목소리였다.

"그럼 당신은 빌럭시가 예일 대학에 다닐 무렵 옥스퍼드에 다닌 모양이군요."

다시 침묵이 흘렀다. 웨이터가 노크를 하고는 잘게 부서진 박하와 얼음을 가지고 들어왔지만, 침묵은 그가 "감사합니다" 하면서 조용히 문을 닫고 나갈 때까지 깨지지 않았다. 이제 엄청난 사실이 마침내 밝혀지려 하고 있었다.

"다녔다고 말했잖소." 개츠비가 말했다.

"그 말은 들었지만, 언제 다녔는지 알고 싶군요."

"1919년이었소. 하지만 다섯 달밖에 안 다녔어요. 그래서 내가 정말로 옥스퍼드 출신이라고 말할 수는 없다고 한 거요."

톰은 우리의 얼굴에도 그가 느끼는 불신이 떠올라 있지 않은지 확인하려고 우리를 둘러보았다. 하지만 우리는 모두 개츠비를 바라보고 있었다.

"휴전이 되고 나서 일부 장교들에게 그런 기회가 주어졌지요." 그가 말을 이었다. "영국이나 프랑스에 있는 대학은 어디든 갈 수 있었소."

나는 자리에서 일어나 그의 등이라도 두드려주고 싶었다. 전에도 여러 번 경험한 적이 있었지만, 이번에도 그에 대한 완전한 믿음이 되살아났다.

데이지가 엷은 미소를 띠고 일어나서 탁자 쪽으로 걸어 갔다.

"톰, 위스키나 따요." 그녀가 명령조로 말했다. "내가 박하술을 만들어줄게요. 그걸 한 잔 마시면 당신이 보기에도 당신이 그렇게 미련해 보이진 않을 테니까…… 어머, 이 박하 좀 봐."

"좀 기다려." 톰이 딱딱거리며 말했다. "개츠비 씨한테 물어보고 싶은 게 또 있어."

"물어보시죠." 개츠비가 점잖게 말했다.

"당신은 도대체 우리 집에 무슨 분란을 일으키려는 거요?"

그들은 마침내 대놓고 맞서게 되었고, 개츠비는 차라리 잘됐다고 생각했다.

"분란을 일으키고 있는 건 저분이 아니에요." 데이지는 난처해진 표정으로 두 사람을 번갈아 바라보았다. "분란은 당신이 일으키고 있잖아요. 제발 자제심을 좀 가지세요."

"자제심을 가지라고?" 톰은 믿을 수 없다는 듯이 그 말을 되풀이했다. "어디서 굴러온 개뼈다귀인지도 모르는 작자가 제 마누라와 붙어먹어도 가만히 앉아서 구경만 하는 게 최신 유행인 모양이지? 당신 말이 그런 뜻이라면 나는 거기서 빼줘도 돼. 요즘 사람들은 가정생활이나 가족제도에 대해 코웃음을 치고 있지만, 그러다가는 귀찮은 것을 모조리 내동댕이치고 백인과 흑인의 결혼도 내버려두게 될 거야."

자신의 열변에 얼굴이 달아오른 그는 자기 혼자만이 문명의 마지막 보루를 지키고 있는 것처럼 느껴졌다.

"여기 있는 사람은 모두 백인인데요." 조던이 중얼거렸다.

"내가 별로 인기가 없다는 건 나도 알아. 거창한 파티를 열지도 않으니까. 친구를 사귀려면 자기 집을 돼지우리처럼 만들지 않으면 안 되나 보더군. 요즘 세상에는 말이야."

다른 사람들과 마찬가지로 나도 화가 치밀었지만, 톰이 입을 열 때마다 웃고 싶어졌다. 바람둥이에서 도덕군자로 완벽하게 변신해 있었기 때문이다.

"형씨, 당신한테 할 말이 있소." 개츠비가 입을 열었다. 하지만 데이지는 그가 무슨 말을 하려고 하는지 재빨리 알아차렸다.

"그만두세요!" 그녀가 난감한 표정으로 그의 말을 막았다. "우리 모두 집에 가요. 모두 집에 가는 게 어때요?"

"좋은 생각이야." 내가 일어섰다. "톰, 어서 가세. 술을 마시고 싶어 하는 사람이 아무도 없어."

"개츠비 씨가 나한테 하고 싶은 말이 뭔지 알고 싶은데."

"당신 부인은 당신을 사랑하지 않아요." 개츠비가 말했다.
"한 번도 당신을 사랑한 적이 없다고요. 나를 사랑하고 있단
말이오."

"당신 미쳤군!" 톰이 반사적으로 소리쳤다.

개츠비도 흥분을 가누지 못하고 벌떡 일어섰다.

"당신을 사랑하지 않는단 말이오. 알겠소?" 그가 소리쳤
다. "내가 가난했기 때문에 나를 기다리는 데 지쳐서 당신과
결혼한 것뿐이오. 끔찍한 실수였지만, 마음속으로는 나 말
고 어느 누구도 사랑한 적이 없소!"

이 시점에서 조던과 나는 자리를 뜨려고 했다. 하지만 톰
과 개츠비가 그냥 있어달라고, 마치 경쟁이라도 하듯 강경
하게 우리를 잡았다. 그들은 둘 다 감출 것이 전혀 없으며,
그들의 감정을 함께 나누는 것이 무슨 특권이라도 되는 것
처럼 생각하는 듯했다.

"데이지, 앉아봐." 톰은 마치 아버지가 딸에게 말하는 말
투를 내려고 했지만 잘 되지 않았다. "그동안 무슨 일이 있
었지? 숨기지 말고 다 털어놔봐."

"그동안 무슨 일이 있었는지는 아까 내가 다 말했잖소."
개츠비가 말했다. "5년 동안 벌어진 일이오. 당신은 몰랐겠

지만."

톰이 데이지를 홱 돌아보았다.

"5년 동안이나 이 자를 만났다는 거야?"

"만났다는 게 아니오." 개츠비가 말했다. "우리는 만날 수 없었소. 하지만 우리는 그동안에도 줄곧 서로 사랑하고 있었단 말이오. 당신은 모르고 있었지만. 그래서 나는 이따금 웃곤 했지." 하지만 그의 눈에는 웃음기가 전혀 없었다. "당신이 모르고 있다는 걸 생각하면 웃음이 났소."

"아아, 그랬군. 그게 다요?" 톰은 성직자처럼 양손의 굵은 손가락 끝을 서로 부딪치면서 의자 등받이에 몸을 기댔다. 그러다가 마침내 분통을 터뜨렸다. "미친 자식! 그래, 5년 전에 있었던 일에 대해서는 내가 뭐랄 수 없겠지. 그때는 데이지를 몰랐으니까. 그런데 어떻게 해서 네놈이 데이지한테 접근했는지 모르겠군. 뒷문으로 식료품 배달이라도 했나 보지. 하지만 그 나머지는 모두 새빨간 거짓말이야. 데이지는 나와 결혼했을 때도 나를 사랑했고 지금도 여전히 나를 사랑하고 있으니까."

"천만에." 개츠비가 고개를 저으며 말했다.

"데이지는 나를 사랑해. 가끔 머릿속에 어리석은 생각이 들어와서 자기가 무슨 짓을 하고 있는지 모르는 게 탈이긴 하지만." 톰은 도통한 사람처럼 고개를 끄덕였다. "게다가 나도 데이지를 사랑하고 있단 말이야. 어쩌다 진탕 마시고 바보 같은 짓을 한 적도 있지만, 언제나 제자리로 돌아온다고. 그리고 마음속으로는 항상 데이지를 사랑하고 있단 말이야."

"구역질 나는 소리 좀 그만둬요." 데이지가 쏘아붙였다. 그러고는 내 쪽으로 돌아섰다. 한 옥타브 낮춘 그녀의 목소리가 섬뜩한 경멸로 방을 채웠다. "우리가 왜 시카고를 떠났는지 아세요? 술판이 벌어지면 얼마나 가관이었는지 몰라요. 그런 이야기를 그곳 사람들이 오빠한테 해주지 않았다니, 정말 놀랍군요."

개츠비가 그녀에게 다가가서 옆에 나란히 섰다.

"데이지, 이젠 다 끝났어." 그가 진지하게 말했다. "그런 건 이제 중요하지 않아. 저 사람한테 진실을 말해줘. 사랑한 적이 없다고. 그리고 모든 걸 기억에서 영원히 지워버리는 거야."

그녀는 멍하니 개츠비를 바라보았다.

"정말…… 내가 어떻게 저 사람을 사랑할 수 있겠어요? 그게 되겠어요?"

"당신은 저 사람을 한 번도 사랑한 적이 없어."

그녀는 망설였다. 그리고 조던과 나에게 호소하는 듯한 눈길을 던졌다. 자기가 무슨 짓을 하고 있는지를 마침내 깨달은 듯한 눈빛, 그런데 자기는 처음부터 어떤 짓도 할 생각이 없었다는 듯한 눈빛이었다. 하지만 이미 엎질러진 물이었다. 때가 너무 늦은 것이다.

"저이를 한 번도 사랑한 적이 없어요." 그녀가 머뭇거리는 기색을 보이면서 말했다.

"카피올라니*에서도?" 톰이 불쑥 물었다.

"그래요."

아래층 무도장에서 둔탁하고 숨막힐 듯한 음악 소리가 뜨거운 공기의 물결을 타고 올라오고 있었다.

"당신 구두가 젖지 않도록 내가 펀치볼†에서 당신을 안고 내려온 그날도?" 쉰 듯한 그의 목소리에는 절실한 애정이 담겨 있었다. "그래, 데이지?"

"제발 이젠 그만둬요." 그녀의 목소리는 쌀쌀했지만 원한은 사라지고 없었다. 그녀는 개츠비를 쳐다보았다. "제이, 이젠 됐나요?" 그녀가 말했다. 하지만 담배에 불을 붙이려는 그녀의 손은 떨리고 있었다. 갑자기 그녀는 담배와 불붙

---

* 미국 하와이주 호놀룰루에 있는 공원.

† 하와이주 호놀룰루에 있는 분화구(해발 150미터). 1949년에 이곳에 국립묘지가 조성되어, 제1, 2차 세계대전과 한국전쟁 및 베트남전쟁에서 전사한 병사들이 안장되어 있다.

은 성냥개비를 카펫에 내던졌다.

"아아, 당신은 너무 많은 걸 바라는군요!" 그녀가 개츠비에게 외쳤다. "나는 지금 당신을 사랑해요. 그걸로 충분하지 않나요? 지나간 일은 나도 어쩔 수 없어요." 그녀는 어찌할 바를 모르고 흐느끼기 시작했다. "한때는 저 사람을 사랑했어요. 하지만 당신도 사랑했단 말예요."

개츠비가 눈을 떴다가 감았다.

"나도 사랑했다고?" 그가 되물었다.

"그것도 거짓말이야." 톰이 사납게 말했다. "데이지는 당신이 살아 있는 줄도 몰랐어. 어쨌든…… 데이지와 나 사이엔 당신이 결코 알지 못할 일들이 있지. 데이지도 나도 영원히 잊을 수 없는 사연들이."

이 말이 개츠비의 몸속으로 아프게 파고드는 것 같았다.

"데이지와 단둘이 이야기하고 싶소." 개츠비가 고집스럽게 말했다. "데이지는 지금 너무 흥분해 있어서……."

"둘이만 있어도 톰을 사랑한 적이 없다고는 말할 수 없어요." 그녀가 애처로운 목소리로 말했다. "그건 사실이 아니니까요."

"당연히 그렇지." 톰이 맞장구를 쳤다.

그녀는 남편을 돌아보았다.

"당신한테는 그게 중요한 문제라도 되는 것 같군요."

"당연히 중요하지. 앞으로는 당신을 더욱 잘 돌봐줄 거야."

"모르시는군." 개츠비가 약간 당황해하면서 말했다. "이제 당신은 데이지를 돌봐줄 필요가 없단 말이오."

"필요가 없다고?" 톰은 눈을 크게 뜨고 웃어댔다. 그는 이제야 자제력을 보일 여유가 생겨 있었다. "그건 왜지?"

"데이지는 당신을 떠날 거니까."

"말도 안 되는 소리."

"하지만 그럴 거예요." 그녀가 말했지만, 간신히 말하는 기색이 역력했다.

"데이지는 나를 떠나지 않을 거야!" 톰의 말이 느닷없이 개츠비를 내리눌렀다. "여자 손가락에 끼워줄 반지도 훔치지 않고는 못 배길 그런 천박한 사기꾼한테 가려고 나를 떠나진 않아."

"도저히 못 참겠어요!" 데이지가 소리쳤다. "아아, 제발 우리 여기서 나가요."

"도대체 당신 정체가 뭐야?" 톰이 소리를 질렀다. "마이어 울프심과 어울려 다니는 패거리의 하나라는 것까지는 나도 알아. 네놈에 대해 조금 조사해봤으니까. 내일은 더 깊이 조사할 거야."

"좋을 대로 하시지, 형씨." 개츠비는 침착하게 말했다.

"너의 그 드러그스토어라는 게 뭔지도 알아냈어." 톰은 우리 쪽으로 돌아서서 빠른 말씨로 떠들었다. "이놈은 그 울프심이라는 자와 짜고, 여기랑 시카고 뒷골목의 드러그스토어를 닥치는 대로 사들인 다음 처방전도 없이 에틸알코올을 팔아댔지. 그게 저놈의 시시한 재주 가운데 하나야. 나는 저놈을 처음 봤을 때 밀주업자가 아닐까 생각했는데, 내 짐작이 그렇게 많이 빗나가진 않았지."

"그게 어쨌다는 거요?" 개츠비가 점잖게 말했다. "당신 친구인 월터 체이스는 자존심이 없어서 그 판에 끼었나 보군?"

"그런데 당신은 그 친구가 곤경에 빠지자 모른 체했지? 뉴저지 교도소에서 한 달 동안이나 썩게 내버려두었어. 월터가 네놈에 대해서 뭐라고 하는지 알아?"

"처음 우리한테 왔을 때 그 친구는 빈털터리였소. 돈을 좀 쥐게 되니까 무척 좋아하던데, 형씨."

"나한테 형씨, 형씨 하지 마!" 톰이 소리를 질렀다. 개츠비는 아무 대꾸도 하지 않았다. "월터는 네놈을 도박법 위반으로도 고소할 수 있었어. 그런데 울프심의 협박을 받고 입을 다물었던 거야."

개츠비의 얼굴에는, 익숙지는 않지만 가끔 보았던 표정이 다시 돌아왔다.

"그 드러그스토어 사업은 푼돈 벌이에 지나지 않아." 톰이 천천히 말을 이었다. "하지만 네놈은 뭔가 일을 꾸미고 있는 게 분명해. 월터조차 겁나서 털어놓지 못하는 일을."

나는 데이지를 힐끗 바라보았다. 그녀는 겁에 질린 눈으로 개츠비와 남편을 번갈아 바라보고 있었다. 조던에게 눈길을 돌렸더니, 그녀는 눈에는 보이지 않지만 흥미를 끄는 물건을 턱끝에 올려놓고 그것이 떨어지지 않도록 균형을 잡으려 애쓰고 있었다. 나는 다시 개츠비에게 눈길을 돌렸다. 그런데 그의 표정이 나를 깜짝 놀라게 했다. 그는—이것은 그의 정원에서 사람들이 쑥덕거리던 험담 따위를 깨끗이 무시하고 하는 말이지만—정말로 '살인한' 사람의 표정을 짓고 있었다. 한순간 그의 얼굴 모습은 그런 표현으로밖에 묘사할 수 없다.

그 표정은 곧 사라지고, 이제 그는 흥분한 상태로 데이지에게 변명하기 시작했다. 그는 모든 고발을 부정하면서, 아직 나오지 않은 비난에 대해서까지 자신을 변호했다. 하지만 그가 한마디 할 때마다 그녀는 점점 안으로 움츠러들었기 때문에 그도 결국은 변명을 포기하고 말았다. 오후 시간이 지나가는 동안, 죽어버린 그의 꿈만이 고군분투하고 있었다. 그의 꿈은 이제 더 이상 만질 수 없는 것을 만지려고 애쓰면서 비참하게, 하지만 끝내 절망하지 않고, 방 저쪽의 그 사라진 목소리를 향해 다가가려고 몸부림치고 있었던 것이다.

그 목소리가 또다시 집에 가자고 간청했다.

"제발 톰! 더는 못 참겠어요!"

겁에 질린 그녀의 두 눈은 지금까지 그녀가 어떤 의도나 용기를 갖고 있었다 해도 이제는 그것들이 말끔히 사라져버렸다는 것을 분명히 말해주고 있었다.

"데이지, 개츠비 씨의 차로 둘이 먼저 집으로 출발해." 톰이 말했다.

그녀는 놀라서 톰을 바라보았지만, 그는 관대한 경멸감을 드러내며 고집스럽게 말했다.

"어서 가. 저놈도 이젠 당신을 괴롭히지 않을 거야. 주제넘은 사랑놀음도 이제 다 끝났다는 걸 깨달은 모양이니까."

두 사람은 한마디 말도 없이 훌쩍 나가버렸고, 그리하여 마치 유령처럼, 우리의 연민조차 받을 수 없는 고립된 존재가 되어 사라졌다.

잠시 후 톰이 자리에서 일어나더니, 마개도 따지 않은 위스키 병을 다시 타월로 싸기 시작했다.

"좀 마실 거야? 조던? 닉?"

나는 대답하지 않았다.

"닉?" 그가 다시 물었다.

"뭘?"

"술 좀 마실 거냐고?"

"아니…… 방금 생각났는데 오늘이 내 생일이야."

나는 이제 서른 살이었다. 내 앞에는 또 새로운 10년이라는 세월이 불길하고 위협적인 길처럼 뻗어 있었다.

우리가 함께 쿠페에 올라타고 롱아일랜드로 출발한 것은 일곱 시가 다 되어서였다. 톰은 신이 나서 끊임없이 지껄이고 웃어댔지만, 그의 목소리는 길가에서 울리는 낯선 소음이나 머리 위 고가철도에서 나는 굉음만큼이나 조던과 나에게서 멀리 떨어진 것처럼 들렸다. 사람의 동정심에는 한계가 있는 법이어서, 우리는 그들의 비극적인 말다툼이 등 뒤로 멀어져가는 도시의 불빛처럼 희미해지도록 내버려둘 수밖에 없었다. 서른 살—앞으로 10년 동안 나는 외로울 것이고, 내가 아는 사람들 가운데 독신자도 점점 줄어들 것이고, 열정의 서류 가방은 점점 얄팍해질 것이고, 머리카락도 성기어질 것이다. 하지만 내 곁에는 조던이 있었다. 조던은 데이지와는 달리, 이미 사라진 꿈 따위를 오랫동안 간직하고 있기에는 너무나 현명한 여자였다. 우리가 어두운 다리 위를 지나고 있을 때 그녀는 창백한 얼굴을 내 어깨에 나른하게 기댔고, 나에게 위안을 주려는 듯 내 손을 꼭 잡아주는 그녀의 손길이 서른 살의 만만찮은 충격을 달래주었다.

그렇게 우리는 서늘해지는 어스름을 뚫고 죽음을 향해 달려갔다.

잿더미 옆에서 간이식당을 운영하는 그리스 출신의 청년 마이클리스는 나중에 사건 심리에서 가장 중요한 증인이었다. 그는 무더운 낮에 줄곧 낮잠을 자고 다섯 시가 지나서야 일어나 정비소로 어슬렁거리며 갔다가 조지 윌슨이 사무실에서 끙끙 앓고 있는 것을 보았다. 그는 정말로 앓고 있었다. 자신의 머리카락만큼이나 얼굴이 창백해져서 온몸을 덜덜 떨고 있었던 것이다. 마이클리스는 침대에 가서 누우라고 권했지만, 윌슨은 그랬다가는 일거리를 많이 놓치게 된다면서 말을 듣지 않았다. 이웃 청년이 그를 설득하고 있을 때 머리 위에서 갑자기 요란한 소리가 났다.

"마누라를 위층에다 가둬놓았어." 윌슨이 조용히 설명했다. "모레까지 저렇게 가둬둘 생각이야. 그런 다음 이사를 갈 걸세."

마이클리스는 깜짝 놀랐다. 4년 동안 이웃으로 지내왔지만, 윌슨이 농담으로라도 그런 말을 할 수 있는 사람으로는 보이지 않았기 때문이다. 대개 그는 어디서나 볼 수 있는 늘 지쳐빠진 남자들 가운데 하나였다. 일을 하지 않을 때는 문간에 나앉아서 길을 오가는 사람이나 자동차를 바라보고 있었다. 누가 말이라도 걸면 언제나 상냥한, 하지만 생기 없는 웃음을 지어 보였다. 그는 엄처시하에 딸린 남편일 뿐, 독립된 하나의 인간은 아니었다.

그러니 마이클리스가 무슨 일이 일어났는지 알아내려고 애쓴 것도 당연했다. 하지만 윌슨은 한마디도 하려 들지 않았다. 오히려 그 청년에게 호기심과 의심이 섞인 눈길을 던지면서, 어느 날 몇 시에 뭘 하고 있었냐고 캐묻기 시작했다. 마이클리스가 불쾌감을 느끼기 시작한 바로 그때, 노동자 몇 명이 정비소 앞을 지나 그의 식당 쪽으로 가는 게 보였다. 그는 이 기회를 틈타서, 나중에 다시 와볼 작정으로 일단 자리를 떴다. 그러나 다시 오지 않았다. 아마 잊어버렸을 것이다. 그뿐이었다. 일곱 시가 조금 지나서 그가 다시 밖으로 나왔을 때, 정비소 아래층에서 윌슨 부인이 고래고래 고함지르고 앙알대는 소리가 들렸기 때문에, 그는 아까 윌슨과 주고받은 대화가 생각났다.

"날 때려라!" 그는 여자가 악쓰는 소리를 들었다. "때려 죽이라니까. 이 더럽고 비열한 놈아!"

잠시 후 그녀가 두 손을 흔들고 고함을 지르며 어스름 속으로 뛰쳐나왔다. 그리고 마이클리스가 정비소 문간을 떠나기도 전에 모든 게 끝나버렸다.

신문들이 '죽음의 자동차'라고 이름 붙인 그 차는 서지도 않았다. 그 차는 짙어지는 어둠 속에서 나타나 한순간 비극적으로 비틀거린 뒤, 다음 모퉁이를 돌아서 사라져버렸다. 마브로 마이클리스는 자동차 색깔조차 자신 있게 말할 수 없었다. 제일 먼저 나타난 경찰관에게는 연두색이라고 말했다. 사고가 일어난 직후에 뉴욕 방향으로 달리던 다른 차가 100미터쯤 지나간 뒤 멈춰 서더니, 사고 현장으로 급히 돌아왔다. 사고로 목숨을 잃은 머틀 윌슨은 길바닥에 무릎을 꿇은 자세로 너부러져 있고, 검붉고 걸쭉한 피가 흙먼지와 섞이고 있었다.

마이클리스와 운전자가 제일 먼저 그녀 곁으로 갔지만, 그들이 아직도 땀에 젖어 있는 블라우스를 찢고 보니 이미 왼쪽 젖가슴이 축 늘어진 채 너덜거리고 있어서 그 밑에 있는 심장의 고동소리는 들어볼 필요도 없었다. 입은 헤벌어졌고, 양쪽 입꼬리가 조금 찢어져 있었다. 그녀가 오랫동안 축적해두었던 엄청난 생명력을 토해내기에는 입이 좀 작아서 숨이 막혔던 모양이다.

서너 대의 자동차와 사람들이 모여 있는 것을 우리가 목격한 것은 아직도 현장에서 꽤 멀리 떨어져 있을 때였다.

"교통사고야." 톰이 말했다. "잘됐군. 윌슨한테도 일거리가 생길 테니까."

그는 속도를 줄였지만 아직 차를 멈출 생각은 없었다. 하지만 점점 더 가까이 다가가자 정비소 문간에 모여 있는 사람들이 진지한 표정으로 숨을 죽이고 있는 게 보였다. 사람들의 그런 얼굴을 보고 톰은 반사적으로 브레이크를 밟았다.

"무슨 일인지 잠깐 보고 가세." 그가 미심쩍은 듯이 말했다. "그냥 보기만 하는 거야."

그때 나는 정비소에서 힘없이 울부짖는 소리가 끊임없이 새어나오는 것을 알아차렸다. 차에서 내려 문간 쪽으로 걸어가자 그 울부짖는 소리는 괴로운 듯 헐떡이면서 "아이고, 세상에" 하고 되풀이 하소연하는 소리로 바뀌었다.

"이곳에 뭔가 곤란한 문제가 생겼나 봐." 톰이 흥분하여 말했다.

그는 발돋움을 하고 둘러선 사람들의 머리 너머로 정비소 안을 들여다보았다. 그곳을 밝혀주고 있는 것은 머리 위에서 흔들리고 있는 금속 바구니 속의 노란 전등뿐이었다. 안쪽을 들여다보던 톰이 별안간 목구멍 속에서 괴상한 소리를 내더니, 억센 두 팔로 난폭하게 사람들을 밀치면서 정비소 안으로 뚫고 들어갔다.

나무라는 중얼거림과 함께 구경꾼들의 간격은 다시 좁혀졌다. 잠시 나는 아무것도 볼 수가 없었다. 하지만 바로 그때 새로 도착한 구경꾼들이 줄을 어지럽혔고, 조던과 나는 갑자기 안으로 떠밀려 들어갔다.

담요에 싸인 머틀 윌슨의 시체는 이 무더운 밤에 오한에 시달리고 있기라도 한 것처럼 한 번 더 담요에 싸인 채 창가의 작업대 위에 누워 있었고, 톰은 우리 쪽으로 등을 돌린 채 꼼짝도 않고 시체를 굽어보고 있었다. 그 옆에는 오토바이 순찰 경관 한 사람이 서서 땀을 뻘뻘 흘리며 수첩에다 이름을 받아 적고 고쳐 쓰는 일을 되풀이하고 있었다. 처음에 나는 그 텅 빈 정비소 안에 시끄럽게 울려 퍼지고 있는 그 높은 탄식과 신음 소리가 나는 곳을 찾지 못했다. 그러다가 윌슨이 사무실의 높은 문지방 위에 서서 몸을 앞뒤로 흔들며 두 손으로 문기둥을 잡고 있는 것을 보았다. 한 남자가 낮은 소리로 뭐라고 말하면서 이따금 윌슨의 어깨에 손을 얹으려 했지만, 윌슨은 듣지도 않고 보지도 않았다. 그의 눈길은 위에서 흔들리고 있는 전등에서 시체가 누워 있는 창가 작업대로 천천히 내려갔다가 다시 전등 쪽으로 휙 돌아가곤 했다. 그리고 그는 높은 소리로 끔찍한 고함을 끊임없이 질러댔다.

"아이고, 세상에! 아이고, 세상에! 아이고, 세상에!"

이윽고 톰은 고개를 들더니 흐리멍덩한 눈으로 정비소 안을 둘러본 뒤, 경찰관에게 종잡을 수 없는 말을 중얼거렸다.

"마브……" 경찰관이 이름을 받아 적으면서 말하고 있었다. "오……."

"아니, 오가 아니라 로요." 상대가 정정했다 "마브로."

"이봐요!" 톰이 거칠게 말했다.

"리을에 오." 경찰관이 말했다. "로."

그때 경찰관이 고개를 들었다. 톰의 넓적한 손이 그의 어깨를 친 것이다.

"뭐야, 당신?"

"어떻게 된 겁니까?"

"여자가 자동차에 치여 죽었소. 즉사요."

"즉사라고요?" 톰이 경찰관을 빤히 쳐다보며 되뇌었다.

"여자가 길로 뛰쳐나간 거요. 그놈의 개자식은 차도 세우지 않고 뺑소니쳤단 말요."

"차가 두 대 있었어요." 마이클리스가 말했다. "한 대는 오는 차였고, 한 대는 가는 차였죠."

"어느 쪽으로 갔소?" 경찰관이 날카롭게 물었다.

"서로 반대 방향으로 갔어요. 근데 저 여자가……" 그의 손이 담요 쪽으로 올라가다가 도중에 멈추고 다시 옆구리로 내려갔다. "저 여자가 길로 뛰쳐나갔고, 뉴욕 쪽에서 오던 차가 정면으로 들이받았죠. 시속 5, 60킬로 정도로 달리고 있었어요."

"이 동네 이름이 뭐죠?" 경찰관이 물었다.

"이름 같은 건 없어요."

그때 옷을 잘 차려입은, 거의 백인에 가까운 흑인이 다가왔다.

"노란색 차였어요. 노란색 큰 차, 새 차였죠."

"사고를 목격했단 말요?" 경찰관이 물었다.

"아니요. 하지만 그 차가 저쪽에서 나를 지나쳐 갔는데, 속도가 6, 70킬로 정도는 됐을 거예요."

"이리 오시오. 이름이 뭐요. 좀 비키세요. 이 사람 이름을 적어야 하니까."

이런 대화 속의 몇 마디가 지금 사무실 문간에서 비틀거리고 있던 윌슨에게도 들린 모양이었다. 헐떡거리는 외침 사이로 갑자기 새로운 말이 등장했기 때문이다.

"그게 어떤 차였는지 나한테 말하지 않아도 돼요. 어떤 차였는지 알고 있으니까."

나는 톰을 지켜보고 있었는데, 그의 어깨 뒤쪽 근육 덩어리가 재킷 밑에서 팽팽해지는 것을 볼 수 있었다. 그는 잰걸음으로 윌슨에게 다가가 그 앞에 멈춰 서더니 그의 팔 위쪽을 꽉 움켜잡았다.

"당신, 정신 차리지 않으면 안 돼." 그가 무뚝뚝한 말투에 위로하는 마음을 담아서 말했다.

윌슨의 눈길이 톰과 마주쳤다. 그러자 발돋움을 하며 벌떡 일어섰지만, 톰이 잡아주지 않았다면 털썩 무릎을 꿇고 주저앉았을 것이다.

"들어봐요." 톰이 그를 가볍게 흔들면서 말했다. "나는 방금 뉴욕에서 돌아오는 길이오. 우리가 얘기했던 쿠페를 가져왔단 말이오. 내가 오늘 오후에 몰던 그 노란 차는 내 차가 아니었소. 알겠소? 나는 오후 내내 그 차를 보지 못했단 말이오."

혹인과 나만이 그의 말을 들을 수 있을 만큼 가까이 있었지만, 경찰관은 그의 말투에서 무슨 낌새를 채고는 날카로운 눈초리로 이쪽을 바라보았다.

"지금 그게 무슨 소리요?" 그가 물었다.

"나는 이 사람의 친굽니다." 톰은 고개를 돌렸지만, 두 손은 여전히 윌슨의 몸을 꽉 붙잡고 있었다. "이 사람이 사고를 낸 차를 안다는군요. 노란색 차래요."

경찰관은 뭔지 알 수 없는 충동에 사로잡혀 의심스러운 눈으로 톰을 바라보았다.

"당신 차는 무슨 색깔이오?"

"파란색 쿠페요."

"우리는 지금 뉴욕에서 오는 길입니다." 내가 말했다.

우리보다 조금 뒤에서 차를 몰고 따라온 사람이 확인해주자 경찰관은 얼굴을 딴 데로 돌렸다.

"자, 이름을 다시 한 번 정확하게 말해보세요."

톰은 윌슨을 인형처럼 번쩍 안아들고 사무실로 데려가서 의자에 앉혀놓고 나왔다.

"누구 여기 와서 이 사람하고 좀 같이 있어주시오." 그가 명령하듯 말했다. 그러고는 제일 가까이에 서 있던 두 남자가 서로를 힐끔 마주본 뒤 마지못해 사무실로 들어가는 것을 지켜보았다. 그런 다음 톰은 문을 닫아버리고, 시체가 놓여 있는 작업대를 보지 않으려고 눈길을 돌린 채 한 단짜리 층계를 내려왔다. 그러고는 내 앞을 지나가면서 속삭였다.

"나가지."

톰이 위세 좋게 두 팔로 길을 뚫었고, 우리는 사람들의 시선을 의식하며 아직도 몰려들고 있는 군중 사이를 헤치고 나오다가 가방을 들고 서둘러 걷고 있는 의사 옆을 지나쳤다. 혹시나 해서 30분 전에 부르러 보냈던 의사였다.

톰은 한동안 차를 천천히 몰더니, 모퉁이를 돌고 나서는 가속기를 힘껏 내리밟았다. 쿠페는 밤의 어둠을 뚫고 달렸다. 잠시 후 쉰 듯한 목소리로 나직하게 흐느끼는 소리가 들려왔다. 고개를 돌려 보니, 그의 얼굴에 눈물이 넘쳐흐르고 있었다.

"비겁한 자식!" 그가 울먹이며 말했다. "뺑소니를 치다니."

살랑거리는 시커먼 나무들 사이에서 뷰캐넌의 집이 갑자기 우리를 향해 떠올랐다. 톰은 현관 앞에 차를 세우고 이층을 올려다보았다. 담쟁이덩굴 사이로 두 개의 창에 불이 켜져서 환하게 빛나고 있는 것이 보였다.

"데이지는 집에 와 있군." 그가 말했다. 우리가 차에서 내리자 그는 힐끗 나를 쳐다보며 살짝 미간을 찌푸렸다.

"웨스트에그에서 내려줄 걸 그랬군. 오늘 밤에는 우리가 할 수 있는 일이 아무것도 없겠어."

그는 어느새 태도가 달라져 있었다. 말투도 근엄하고 단호했다. 우리가 달빛 어린 자갈길을 지나 현관으로 가자, 그가 기운찬 몇 마디 말로 상황을 처리했다.

"자네를 집으로 태워다줄 택시를 전화로 부를 테니, 택시를 기다리는 동안 조던과 함께 식당에 가서 저녁을 차려달라고 해. 밥 생각이 있거든……." 그가 문을 열었다. "자, 들어오게."

"아니, 괜찮아. 하지만 택시는 불러주게. 나는 밖에서 기다릴게."

조던이 내 팔을 잡았다.

"들어가지 않을 거예요?"

"아니, 괜찮아요."

나는 속이 좀 매스꺼웠고, 혼자 있고 싶었다. 하지만 조던은 잠시 더 머뭇거렸다.

"이제 겨우 아홉 시 반이에요."

그 집에는 절대로 들어가고 싶지 않았다. 온종일 그들과 함께 지내면서 그들 모두에게 진절머리가 났고, 별안간 조 던도 지겹게 느껴졌다. 이런 기분을 내 표정에서 읽었는지, 그녀는 홱 돌아서더니 현관 앞 계단을 뛰어올라 집 안으로 들어가버렸다. 나는 두 손으로 머리를 감싸 쥐고 잠시 앉아 있었다. 마침내 집 안에서 수화기를 드는 소리와 택시를 부 르는 집사의 목소리가 들려왔다. 나는 대문 옆에서 기다릴 작정으로 집 앞을 떠나 천천히 찻길을 걸어 내려갔다.

20미터도 채 안 갔을 때 내 이름을 부르는 소리가 들리더 니, 개츠비가 덤불 사이에서 찻길로 걸어 나왔다. 그때쯤 나 는 상당히 으스스한 기분을 느끼고 있었던 모양이다. 그의 핑크빛 옷이 달빛을 받아 유난히 번쩍거리던 것을 빼고는 아무것도 생각나지 않기 때문이다.

"대체 여기서 뭘 하고 있는 겁니까?" 내가 물었다.

"그냥 서 있을 뿐이오, 형씨."

왠지 그게 비열한 짓으로 보였다. 내가 보기에 그는 이제 곧 그 집을 털 것만 같았기 때문이다. 그의 뒤쪽 어두운 덤 불숲 속에 험상궂은 얼굴들, 이를테면 '울프심의 부하들' 얼 굴이 보였다 해도 나는 놀라지 않았을 것이다.

"오는 도중에 사고 난 거 봤어요?" 잠시 뒤에 그가 물었다.

"봤지요."

그는 잠깐 머뭇거리다가 물었다.

"그 여자는 죽었나요?"

"예."

"그럴 줄 알았어요. 데이지한테도 그랬을 거라고 말했지요. 충격은 한꺼번에 받는 게 나아요. 데이지는 아주 잘 견뎌내더군요."

중요한 것은 데이지의 반응뿐이라는 투였다.

"웨스트에그엔 샛길로 갔어요." 그가 말을 이었다. "차는 내 차고에 넣어두었소. 우리를 목격한 사람은 없는 것 같지만, 물론 확신할 수는 없지요."

나는 그가 너무 싫어진 나머지, 그에게 당신 생각이 옳지 않다고 말해줄 필요조차 느끼지 않았다.

"그 여잔 누굽니까?" 그가 물었다.

"윌슨이라는 여잔데, 남편이 그 정비소 주인이죠. 도대체 어쩌다 그런 사고가 난 겁니까?"

"내가 핸들을 꺾으려고 했는데……." 그가 말을 잇지 못했다. 그래서 나는 진실을 짐작했다.

"데이지가 운전하고 있었군요?"

"그렇소." 그가 잠시 뒤에 대답했다. "하지만 물론 내가 운전했다고 말할 겁니다. 알다시피 우리가 뉴욕을 떠났을 때 데이지는 무척 신경이 곤두서 있었는데, 운전을 하면 마음이 좀 가라앉을 것 같다고 하더군요. 그런데 우리가 맞은

편에서 오는 차와 막 엇갈리는 순간, 그 여자가 우리를 향해 뛰쳐나온 거예요. 모든 게 순식간에 일어난 일이었소. 그런데 내 생각에 그 여자는 우리가 아는 사람인 줄 알고 뭔가 말을 하려고 했던 것 같아요. 처음에 데이지는 그 여자를 피해 마주 오던 차 쪽으로 핸들을 꺾었지만, 곧 겁이 나서 다시 되돌렸지요. 내가 핸들을 잡는 순간 충격이 느껴지더군요. 아마 즉사했을 겁니다."

"온몸이 갈기갈기 찢겨서⋯⋯."

"그만해요, 형씨." 그가 움찔했다. "어쨌든⋯⋯ 데이지는 계속 가속기를 밟고 있는 거예요. 차를 멈추려 했지만 데이지가 차를 세우지 못하더군요. 그래서 내가 비상 브레이크를 잡아당겼지요. 그러고 나서야 데이지는 내 무릎에 쓰러졌고, 그다음부터는 내가 차를 몰았소."

그는 잠시 뒤에 말을 이었다.

"내일이면 데이지는 괜찮아질 겁니다. 나는 그냥 여기서 기다리면서, 그자가 오늘 오후에 있었던 일을 트집 잡아 데이지를 괴롭히지나 않는지 지켜볼 작정이오. 데이지는 자기 방으로 들어가서 문을 잠그고 있지만, 남편이 폭력이라도 행사하면 불을 껐다 켜기로 되어 있지요."

"톰은 데이지를 건드리지도 않을 겁니다." 내가 말했다. "지금 데이지는 염두에도 없으니까요."

"나는 그자를 믿지 않아요."

"얼마나 기다릴 겁니까?"

"필요하다면 밤새 기다릴 수도 있어요. 어쨌든 모두 잠들 때까지는 기다릴 겁니다."

문득 새로운 관점 하나가 머리에 떠올랐다. 가령 운전을 한 사람이 데이지였다는 사실을 톰이 알았다고 가정해보자. 그는 거기에 무슨 연관성이 있다고 생각할지도 모른다. 어쨌든 무언가를 생각하지 않을 수 없을 것이다. 나는 그의 집을 바라보았다. 아래층 창문 두어 곳에 불이 밝혀져 있고, 이층 데이지의 방에서는 분홍빛 불빛이 새어나오고 있었다.

"여기서 잠깐만 기다리세요." 내가 말했다. "소동이 일어날 낌새는 없는지, 내가 가서 보고 올 테니까."

나는 잔디밭 가장자리를 따라 왔던 길을 되짚어가서 자갈길을 조용히 가로지른 다음, 발끝으로 베란다 층계를 올라갔다. 거실 커튼이 열려 있어서 들여다보았더니, 안에는 아무도 없었다. 석 달 전 6월의 그날 밤 우리가 함께 저녁을 먹었던 베란다를 가로질러 불빛이 네모꼴로 조그맣게 비치는 곳까지 이르렀다. 식료품 저장실인 듯했다. 블라인드가 내려져 있었지만 창틀에 조그만 틈이 나 있는 게 보였다.

데이지와 톰이 부엌 식탁에 마주 앉아 있었다. 둘 사이에는 차게 식은 닭튀김 한 접시와 맥주 두 병이 놓여 있었다.

톰은 탁자 너머로 데이지에게 뭐라고 열심히 말하는 중이었고, 진지한 태도로 손을 내려 데이지의 손을 감쌌다. 데이지는 이따금 얼굴을 들어 그를 바라보며 알겠다는 듯이 고개를 끄덕였다.

그들은 행복해 보이지 않았고, 둘 다 닭튀김이나 맥주에는 손도 대지 않았다. 하지만 그렇다고 해서 불행해 보이는 것도 아니었다. 그 자리의 분위기에는 분명 자연스러운 친밀감이 감돌고 있어서, 그 장면을 목격한 사람이라면 누구나 그들이 함께 무슨 음모를 꾸미고 있다고 생각했을 것이다.

발끝으로 베란다를 떠날 때, 내가 타고 갈 택시가 어둠 속에서 길을 더듬으며 집 쪽으로 오고 있는 소리가 들렸다. 개츠비는 아까 우리가 헤어진 찻길 바로 그 자리에서 기다리고 있었다.

"저쪽은 조용하던가요?" 그가 걱정스레 물었다.

"예, 조용합니다." 나는 좀 망설이다가 덧붙였다. "당신도 집에 돌아가서 좀 주무시는 게 좋겠어요."

그러나 그는 고개를 저었다.

"데이지가 잠들 때까지 여기서 기다리고 싶군요. 잘 가시오, 형씨."

그는 윗옷 주머니에 두 손을 찔러 넣고 돌아서서 그 집을 살피기 시작했다. 내가 그곳에 있는 것이 그 밤샘의 신성함

에 모독이라도 되는 듯한 태도였다. 그래서 나는 달빛 아래
서서 아무것도 아닌 것을 지켜보고 있는 그를 남겨둔 채 그
곳을 떠났다.

제8장

    나는 밤새도록 잠을 이룰 수 없었다. 해협에서는 안개 경보가 신음 소리처럼 끊임없이 울리고 있었다. 나는 괴이한 현실과 사납고 무서운 꿈 사이를 오가며 병에 걸린 것처럼 몸을 뒤척였다. 동이 틀 무렵 택시 한 대가 개츠비네 저택의 찻길을 올라가는 소리가 들렸다. 나는 당장 침대에서 뛰쳐나와 주섬주섬 옷을 입기 시작했다. 그에게 뭔가 말해주고 경고해주어야 할 것 같다는 기분이 들었던 것이다. 아침이 되면 너무 늦을지도 모른다.

    나는 그의 잔디밭을 건너가면서 현관문이 열려 있는 것을 보았다. 그는 상심에 젖은 듯 또는 졸음에 겨운 듯, 현관홀의 탁자에 몸을 기대고 있었다.

"아무 일도 없었어요." 그가 힘없이 말했다. "계속 기다렸는데, 새벽 네 시쯤 데이지가 창가로 오더니 잠깐 서 있다가 불을 끄더군요."

그날 밤 우리는 담배를 찾기 위해 그 넓은 방들을 돌아다녔는데, 그때만큼 그의 집이 커 보인 적은 없었다. 우리는 천막 같은 커튼을 옆으로 젖히기도 하고, 전등 스위치를 찾느라 한없이 넓고 어두운 벽을 한참 더듬기도 했다. 한번은 유령처럼 흐릿해 보이는 피아노의 건반 위로 철퍼덕 소리를 내면서 넘어지기도 했다. 사방은 온통 먼지가 쌓여 있었고, 방들은 오랫동안 환기를 시키지 않은 듯 곰팡내가 났다. 나는 처음 보는 탁자 위에서 담배 상자를 찾아냈는데, 그 안에는 맛이 가시고 바싹 마른 담배 두 개비가 들어 있었다. 우리는 객실의 프랑스식 창문을 활짝 열고 창가에 앉아서 어둠 속으로 담배 연기를 내뿜었다.

"잠시 여길 떠나세요. 당신 차는 조만간 추적이 될 겁니다."

"지금 당장 떠나란 말이오, 형씨?"

"일주일쯤 애틀랜틱시티*에 가 있거나, 아니면 몬트리올

---

* 미국 뉴저지주 남동부, 대서양 연안의 섬에 있는 휴양 도시. 몬트리올: 캐나다 퀘벡주에 있는 상업 도시.

에 올라가 있든지."

개츠비는 그럴 생각이 아예 없었다. 데이지가 어떻게 할 작정인지 알기 전에는 그녀 곁을 떠날 수 없다는 것이었다. 그는 마지막 희망을 붙들고 있었고, 나는 차마 그를 흔들어 거기서 떨어지게 할 수가 없었다.

그가 나에게 댄 코디와 함께 보낸 젊은 시절의 특이한 이야기를 들려준 것은 바로 그날 밤이었다. 그가 그 이야기를 해준 것은 '제이 개츠비'라는 인물이 톰의 냉혹한 악의에 부딪혀 유리처럼 산산이 부서져버렸고, 그리하여 오랫동안 남몰래 연주해온 광상곡이 끝나버렸기 때문이다. 이제 그는 무엇이든 감추지 않고 시인했을 테지만, 무엇보다도 데이지에 관해 털어놓고 싶어 했다.

데이지는 그가 세상에서 처음 만난 '멋진' 여자였다. 그는 아직도 드러나지 않은 여러 가지 자격으로 그런 부류의 사람들과 접촉하게 되었지만, 그들과의 사이에는 언제나 보이지 않는 철조망이 가로놓여 있었다. 그러나 데이지는 그에게 가슴이 두근거릴 만큼 매력적이고 탐나는 여자였다. 처음에는 테일러 기지의 다른 장교들과 함께 그녀의 집에 놀러 갔지만, 나중에는 혼자서 찾아갔다. 그녀의 집을 보고는 눈이 휘둥그레질 만큼 놀랐다. 그렇게 아름다운 집에 들어가본 것은 난생처음이었다. 하지만 그 집에서 그가 숨막힐 듯 강렬한 분위기를 느낀 것은 그곳에 데이지가 살고 있었기 때문이다. 데이지에게는 그 집이, 부대 막사가 그에게 예사로운 것이었듯, 그저 그렇고 그런 것에 지나지 않았다. 그집에는 무르익은 신비로움이 있었다. 위층에는 다른 침실들보다 더 아름답고 시원한 침실들이 있을 것만 같았고, 복도에서는 즐겁고 화려한 활동이 벌어지고 있을 것만 같았으며, 라벤더꽃 속에 처박혀 곰팡내 나는 로맨스가 아니라 올해 출시된 번쩍거리는 신형 자동차처럼 싱싱하게 살아 숨쉬는 향기로운 로맨스가 있을 것만 같았고, 시들지 않은 꽃들로 가득한 무도회가 벌어지고 있을 것만 같았다. 이미 많은 사내들이 데이지를 사랑했다는 사실도 그의 마음을 설레게 했다. 그의 눈에는 그녀의 가치가 그만큼 더 커 보였던 것이다. 그 집 어디에서나 그 사내들의 존재를 느낄 수 있었다. 아직도 활력이 넘치는 강렬한 감정들의 그림자와 메아리가 공기 속에 널리 퍼져 있었다.

하지만 그는 자기가 데이지의 집에 드나들게 된 것이 엄청난 행운이라는 것을 알고 있었다. 제이 개츠비로서의 그의 장래가 얼마나 찬란하게 빛날지 모르지만, 당시 그는 아무 경력도 없는 빈털터리 젊은이에 지나지 않았다. 요술 망토처럼 그를 눈에 띄지 않게 감추어준 군복도 언제 그의 어깨에서 벗겨질지 모르는 일이었다. 그래서 그는 자신에게 주어진 시간을 최대한 이용했다. 손에 넣을 수 있는 것이면 무엇이든 탐욕스럽게 악착같이 차지했다. 마침내 10월의 어느 조용한 밤에 그는 데이지를 손에 넣었다. 사실은 그녀의 손을 만질 권리도 없었기 때문에 그녀를 차지한 것이다.

그는 분명 속임수로 그녀를 손에 넣었기 때문에 자신을 경멸했을지도 모른다. 백만장자라는 환상으로 데이지를 속였다는 뜻이 아니라, 데이지에게 의도적으로 안도감을 불어넣었다는 뜻이다. 그는 자기가 그녀와 비슷한 계층 출신이라고, 그녀를 충분히 보살펴줄 능력이 있다고 그녀가 믿게끔 했던 것이다. 사실 그에게는 그럴 만한 능력이 전혀 없었다. 그의 뒷배를 봐줄 만큼 풍족한 가족도 없었고, 인간성이라고는 없는 정부의 변덕에 따라 언제든지 세계 어디로든 날려 보내질 수 있는 처지였다.

하지만 그는 자신을 경멸하지도 않았고, 일이 그가 상상한 대로 돌아가지도 않았다. 그는 아마 자기가 가질 수 있는 것만 가지고 떠나버릴 작정이었을 것이다. 하지만 이제 그는 자기가 그동안 성배* 찾기에 전념해왔다는 것을 깨달았

---

* 그리스도가 최후의 만찬 때 사용한 술잔. 아리마태아의 요셉이 십자가에 매달린 예수의 피를 여기에 받아 영국으로 가져왔으나 그후 사라져버렸고, 그 성배를 찾는 것이 원탁의 기사들의 염원이었다.

다. 그는 데이지가 특별하다는 것을 알았지만, '멋진' 여자가 얼마나 특별할 수 있는지는 깨닫지 못했다. 그녀는 부유한 자기 집 안으로, 화려하고 풍요로운 자신의 삶 속으로 사라져버렸다. 개츠비에게는 아무것도 남겨주지 않았다. 그는 데이지와 결혼이라도 한 것 같은 기분을 느꼈지만, 그뿐이었다.

이틀 뒤에 다시 만났을 때, 숨도 쉴 수 없을 만큼 마음을 졸인 것은 개츠비였다. 그는 왠지 배신당한 느낌마저 들었다. 그녀의 집 현관 앞은 돈으로 사들인 별처럼 빛나는 사치품들로 휘황찬란했다. 그녀가 그에게 몸을 돌리고 그가 그녀의 야릇하게 귀여운 입술에 키스하자, 긴 의자의 고리버들이 우아하게 삐걱거렸다. 그녀는 감기에 걸려 있었고, 그 때문에 여느 때보다 쉰 목소리가 한층 더 매력적이었다. 개츠비는 재물에 파묻혀 보호되는 청춘과 신비를 의식했고, 새로 장만한 많은 옷들의 산뜻함, 그리고 가난한 사람들의 치열한 투쟁을 벗어난 곳에서 안전하고 자랑스럽게 은처럼 빛나는 데이지의 존재를 절실히 깨달았다.

"내가 데이지를 사랑한다는 걸 깨닫고 얼마나 놀랐는지, 말로 표현할 수가 없어요, 형씨. 한동안은 데이지가 나를 차버려주면 좋겠다고 생각했지만, 데이지는 그러지 않았어요.

데이지도 나를 사랑하고 있었으니까요. 데이지는 나를 엄청 유식한 사람인 줄 알았던 거예요. 자기가 모르는 세계를 알고 있었으니까요. 어쨌든 나는 갈수록 사랑에 더 깊이 빠져들었고, 그럴수록 야망에서도 점점 멀어지고 있었지만, 불현듯 아무래도 좋다는 생각이 들더군요. 그녀에게 내가 하고 싶은 일을 들려주면서 훨씬 즐거운 시간을 보낼 수 있는데, 이것을 포기하고 큰일을 한들 무슨 소용이 있겠는가? 이런 생각이 들었던 거예요."

그가 해외로 떠나기 전날 오후, 그는 데이지를 껴안고 오랫동안 말없이 앉아 있었다. 쌀쌀한 가을날이었다. 방에는 불이 피워져 있었고, 그녀의 볼은 발갛게 상기되어 있었다. 이따금 그녀가 몸을 움직였고, 그러면 그는 팔의 위치를 조금 바꾸었다. 한번은 그녀의 검고 윤나는 머리에 입을 맞추기도 했다. 그날 오후는 그들을 한동안 차분하게 해주었다. 마치 이튿날로 기약된 긴 이별을 위해 그들에게 깊은 추억을 만들어주려는 것 같았다. 그들이 사랑을 나눈 한 달 동안, 데이지의 말없는 입술이 그의 윗옷 어깨를 스칠 때만큼, 또는 그녀가 잠들어 있기라도 한 것처럼 그가 그녀의 손끝을 살며시 만질 때만큼 서로 가깝게 느낀 적도 없었고 서로의 마음이 더 깊이 통한 적도 없었다.

전쟁에서 그는 뛰어난 공훈을 세웠다. 전선에 나가기 전에는 대위였지만, 아르곤 전투를 치른 뒤에는 소령으로 진급하여 사단의 기관총 부대를 지휘하게 되었다. 휴전이 되자 그는 귀국하려고 안간힘을 썼지만, 무슨 사무착오나 오해 때문에 영국 옥스퍼드로 보내졌다. 이때 그는 걱정이 이만저만이 아니었다. 데이지의 편지에 초조한 절망감이 담겨 있었기 때문이다. 그가 귀국하지 못하는 이유를 그녀는 알 수 없었다. 그녀는 주변의 압력을 느끼고 있었고, 그래서 그를 만나 그가 곁에 있다는 것을 느끼고 싶었고, 그럼으로써 자기가 옳은 일을 하고 있다는 확신을 얻고 싶었다.

데이지는 젊었고, 그녀의 인공적인 세계는 난초 향기와 더불어 유쾌하고 즐거운 속물근성의 냄새로 가득 차 있었고, 인생의 비애와 암시를 새로운 가락에 담아 그해의 유행곡을 연주하는 오케스트라를 연상시켰다. 색소폰들이 밤새도록 「빌스트리트 블루스」*의 절망적인 가락을 구슬프게 연주하는 동안, 백 켤레의 금빛 은빛 무도화가 바닥을 스치며 반짝이는 먼지를 일으켰다. 땅거미가 지기 시작하는 다과

---

* '블루스의 아버지'로 불리는 W.C. 핸디(1873~1958)가 1916년에 만든 노래. 빌스트리트는 테네시주 멤피스의 다운타운으로, 블루스의 발상지이자 엘비스 프레슬리가 활동한 곳이며, 이곳에서는 매년 5월에 음악축제가 열린다.

시간에는 언제나 달콤한 미열로 끊임없이 고동치는 방들이 있었고, 플로어에서는 생기에 넘치는 얼굴들이 구슬픈 호른 소리에 흩날리는 장미 꽃잎처럼 이리저리 떠돌아다녔다.

사교 시즌이 되자 데이지는 다시 이 황혼의 세계로 드나들기 시작했다. 갑자기 그녀는 하루에 예닐곱 명의 남자와 예닐곱 번의 데이트를 하는 생활로 돌아갔고, 새벽이 되어서야 침대 옆 방바닥에서 시들어가는 난초들 사이에 구슬 장식이 달린 야회복을 아무렇게나 벗어던진 채 겉잠이 들곤 했다. 그러는 동안에도 그녀의 마음속에서는 무언가가 결정을 내리라고 외치고 있었다. 이제 그녀는 자신의 인생이 당장 어떤 형태를 갖추기를 바랐다. 그런데 그 결정은 가까이에 있는 어떤 힘—사랑이나 돈이나 명백한 현실에 의해 강제로 이루어질 수밖에 없는 것이다.

봄이 한창일 무렵 톰 뷰캐넌의 출현으로 그 힘이 형태를 갖추게 되었다. 그의 풍모와 지위에는 건전한 부피감이 있었고, 그래서 데이지는 우쭐한 기분이 들었다. 물론 거기에는 어느 정도의 갈등이 있었고 어느 정도의 안도감도 있었다. 이런 사연을 담은 편지가 개츠비에게 날아온 것은 그가 아직 옥스퍼드에 있을 때였다.

이윽고 롱아일랜드에 동이 텄다. 우리는 아래층을 돌아다니며 나머지 창들도 모두 열어젖혀, 잿빛으로 변했다가 황금빛으로 변하는 햇빛을 집 안에 가득히 채웠다. 나무 그림자 하나가 별안간 이슬을 가로질렀고, 유령 같은 새들이 푸른 나뭇잎 사이에서 지저귀기 시작했다. 대기 속에서 바람이라고도 할 수 없는 느리고 상쾌한 움직임이 일어나 이날의 날씨가 시원하고 화창하리라는 것을 약속해주었다.

"데이지가 톰을 사랑한 적이 있다고는 생각지 않아요."
개츠비는 창문에서 몸을 돌려, 도전하듯 나를 바라보았다.
"형씨도 생각나겠지만, 어제 오후에 데이지는 몹시 흥분한 상태에 있었어요. 그자가 그런 식으로 얘기하니까 데이지가 놀랐던 거지요. 내가 무슨 시시한 사기꾼이라도 되는 것처럼 몰아붙였으니까요. 그래서 데이지는 자기가 무슨 말을 하고 있는지도 모르게 된 거예요."

그는 우울한 얼굴로 자리에 앉았다.

"하기야 신혼 때는 그자를 잠깐 사랑했을지도 모르지요. 하지만 그때도 역시 나를 더 사랑했어요. 아시겠어요?"

그러고는 느닷없이 기묘한 말을 입 밖에 냈다.

"어쨌거나 그건 개인적인 문제에 지나지 않았어요."

이 말을 도대체 어떻게 해석할 수 있을까? 이 사건을 떠올리는 그의 생각 속에는 헤아릴 수 없을 만큼 강렬한 감정이 숨겨져 있다고 생각하는 것 말고, 이 말을 달리 해석할 수 있을까?

그가 프랑스에서 귀국했을 때 톰과 데이지는 아직 신혼여행 중이었다. 그래서 그는 군대에서 받은 마지막 봉급을 털어서 루이빌로 여행을 떠났다. 참담한 여행이지만, 떠나지 않고는 배길 수 없었던 것이다. 루이빌에서 일주일쯤 머물면서 그는 11월 밤에 둘이 함께 거닐었던 거리를 걸었고, 그녀의 하얀 차를 타고 갔던 한적한 곳들을 다시 찾아가보기도 했다. 데이지네 집이 그에게는 언제나 다른 집들보다 훨씬 신비롭고 즐거워 보였던 것처럼, 그녀는 이제 그곳을 떠나고 없었지만, 그 도시 자체에 대한 그의 느낌은 우울한 아름다움으로 가득 차 있었다.

좀 더 열심히 찾았다면 그녀를 찾을 수 있었을 텐데 하는 아쉬움을 느끼면서 그는 그곳을 떠났다. 어쩐지 그녀를 혼자 남겨두고 떠나는 기분이었다. 보통 객차 안은 몹시 무더웠다(그는 이제 무일푼이었다). 그는 객차 끝의 승강구로 나가서 접의자에 앉았다. 정거장이 미끄러지듯 멀어지고 낯선 건물들의 뒷모습이 지나갔다. 이윽고 봄의 들판으로 나서자 열차는 잠시 노란색 전차와 경주하듯 나란히 달렸다. 전차에 탄 사람들은 우연히 지나가던 길거리에서 데이지의 하얗고 매력적인 얼굴을 한 번쯤 보았을지도 모른다.

굽이진 선로에 들어서자 열차는 태양에서 멀어지고 있었

다. 태양은 더 낮게 가라앉으면서, 그녀가 살았던, 그리고 지금 시야에서 사라져가는 도시 위로 축복의 빛을 펼치는 것 같았다. 그는 공기 한 줌만이라도 움켜쥐려는 것처럼, 그녀가 그에게 아름다운 곳으로 만들어주었던 그 도시를 한 조각만이라도 구하려는 것처럼 안타깝게 손을 뻗었다. 하지만 이제 그의 흐려진 눈이 보기에는 모든 것이 너무 빨리 지나가고 있었고, 그는 그 도시에서 가장 싱싱하고 가장 아름다운 그 부분을 영원히 잃게 되었다는 것을 알았다.

우리가 아침식사를 마치고 현관 앞으로 나왔을 때는 아홉 시가 되어 있었다. 밤사이에 날씨가 급격히 바뀌어 대기 속에는 가을의 정취가 감돌고 있었다. 개츠비의 옛 고용인들 중에 마지막으로 남아 있던 정원사가 계단 밑으로 다가왔다.

"오늘 풀장의 물을 빼버릴까 합니다. 이제 곧 낙엽이 지기 시작할 텐데, 그러면 어김없이 배수관에 문제가 생기거든요."

"오늘은 그냥 두게." 개츠비가 대답했다. 그러고는 변명하듯 나를 돌아보았다. "올여름엔 저 풀장을 한 번도 쓰지 못했네요."

나는 시계를 들여다보고 자리에서 일어났다.

"기차 시간까지 12분밖에 안 남았군요."

나는 시내로 나가고 싶지 않았다. 일이 제대로 손에 잡힐 것 같지도 않았고, 더 중요한 것은 개츠비를 혼자 내버려두고 싶지 않았다. 결국 나는 그 기차를 놓쳤고, 다음 기차도 놓친 뒤에야 겨우 그곳을 떠날 수 있었다.

"전화할게요." 마침내 내가 말했다.

"그러시오, 형씨."

"정오 때쯤 전화할게요."

우리는 천천히 계단을 내려왔다.

"데이지도 전화할 겁니다, 아마." 내가 이 말을 확인해주기를 바라는 것처럼 그는 불안한 눈으로 나를 쳐다보았다.

"그럴 겁니다."

"그럼 안녕히 가세요."

악수를 나눈 뒤 나는 그곳을 떠났다. 그런데 울타리에 이르기 직전에 문득 생각나는 것이 있어서 돌아섰다.

"그들은 모두 썩어빠진 놈들이에요." 나는 잔디밭 너머로 소리쳤다. "당신은 그들을 몽땅 합친 것만큼이나 가치가 있다고요."

이 말을 한 것을 나는 지금까지도 기쁘게 생각하고 있다. 내가 그를 칭찬한 것은 그때 한 번뿐이었다. 나는 처음부터 끝까지 그를 좋게 여기지 않았기 때문이다. 처음에는 그가 점잖게 고개를 끄덕였지만, 이내 알겠다는 듯이 환한 미소를 지었다. 그 사실에 대해서는 우리가 그동안 줄곧 한통속이 되어 그 이야기에 열중하기라도 한 것 같았다. 그의 화려한 핑크빛 양복이 하얀 계단을 배경으로 선명한 색깔의 반점을 만들고 있었다. 나는 석 달 전 그의 고색창연한 집을 처음 방문했던 밤이 생각났다. 잔디밭과 찻길에는 그를 타락한 사람으로 여기는 얼굴들이 빽빽이 들어차 있었다. 그는 저 계단 위에 서서, 불후의 꿈을 감춘 채 그들을 향해 작별의 손을 흔들고 있었다.

나는 그의 환대에 감사했다. 우리는 항상 그의 환대에 감사하고 있었다. 나도, 그리고 다른 사람들도.

"안녕히 계세요." 내가 외쳤다. "아침 잘 먹었어요, 개츠비."

뉴욕에 와서 나는 한동안 끝도 없는 주식의 시세표를 작성하느라 애를 쓰다가 회전의자에서 깜박 잠이 들었다. 정오가 되기 직전에 전화벨 소리가 나를 깨웠다. 깜짝 놀라 벌떡 일어나자 아마에는 땀방울이 맺혀 있었다. 조던 베이커였다. 이맘때면 가끔 그녀가 전화를 걸어왔다. 호텔과 클럽과 개인 집을 전전하느라 일정이 워낙 불확실한 탓에, 그녀와 연락하려면 다른 방법이 없었기 때문이다. 평소에 그녀의 목소리는 골프채에 뜯긴 잔디 부스러기가 푸른 골프장에서 사무실 창문으로 날아 들어온 것처럼 상쾌하고 시원스럽게 전화선을 타고 들려왔는데, 오늘 아침에는 왠지 목소리가 귀에 거슬리고 메마르게 느껴졌다.

"데이지네 집에서 나왔어요." 그녀가 말했다. "지금 햄스
테드에 있는데, 오늘 오후에 사우샘프턴*으로 내려갈 작정이
에요."

데이지네 집에서 나온 것은 적절한 조치였을지 모르지만
나는 불쾌한 생각이 들었고, 그녀의 다음 말을 듣고는 마음
이 더욱 굳어져버렸다.

"어젯밤에는 나한테 별로 친절하지 않았어요."

"그런 상황에서는 어쩔 수 없는 일이잖아요."

잠시 침묵이 흐른 뒤 그녀가 말을 이었다.

"하지만…… 만나고 싶어요."

"나도 만나고 싶소."

"그럼 내가 사우샘프턴에 가지 말고 오후에 시내로 나갈
까요?"

"아뇨, 오늘 오후에는 어렵겠어요."

"그럼 좋아요."

"오늘 오후는 아무래도 곤란해요. 여러 가지로……."

---

* 햄스테드: 뉴욕주 롱아일랜드의 나소카운티에 있는 마을. 사우샘프턴: 롱아일
랜드의 서퍽카운티에 있는 마을.

한동안 우리는 그런 식으로 대화를 주고받았다. 그러다가 갑자기 대화가 끊겼다. 어느 쪽이 먼저 수화기를 내려놓았는지 모르지만, 나는 아무래도 상관없었다. 이 세상에서 다시는 그녀와 이야기를 할 수 없게 된다 해도 그날만은 그녀와 차를 마시며 희희덕거릴 수는 없었을 것이다.

몇 분 뒤에 나는 개츠비네 집으로 전화를 걸었지만 통화 중이었다. 나는 네 번씩이나 걸어보았다. 마침내 화가 난 교환수가 말하기를, 그 전화는 디트로이트에서 걸려올 장거리 전화를 받기 위해 지금 전화선을 비워둔 상태라는 것이었다. 나는 열차 시간표를 꺼내 3시 50분 기차에 작은 동그라미 표시를 했다. 그런 다음 의자에 기대어 생각을 해보려고 애썼다. 그때가 바로 정오였다.

그날 아침 열차를 타고 잿더미를 지날 때 나는 일부러 반대쪽 자리로 옮겼다. 짐작건대 그곳에는 온종일 호기심 많은 구경꾼들이 모여 있을 것이고, 애들은 흙먼지 속에서 검은 핏자국을 찾느라 야단일 것이고, 떠벌리기 좋아하는 어떤 인간은 사고 이야기를 몇 번이고 되풀이 지껄이다가 마침내는 그 일이 자신에게조차 현실감이 점점 희박해져 더이상은 그 이야기를 할 수 없게 될 것이고, 그리하여 머틀 윌슨의 비극적인 종말도 결국은 잊히고 말 것이다. 여기서 나는 시간을 조금 거슬러 올라가, 전날 밤 우리가 정비소를 떠난 뒤 그곳에서 벌어진 일을 이야기할까 한다.

사람들은 머틀의 여동생 캐서린을 찾느라 애를 먹었다. 그날 밤 그녀는 술을 마시지 않는다는 규칙을 깬 모양이었다. 현장에 도착했을 때는 고주망태가 된 상태여서 구급차가 이미 플러싱*으로 떠났다는 말을 전혀 이해하지 못했다. 사람들이 알아듣게끔 설명해주자 그녀는, 구급차가 떠난 것이 이 사건에서 가장 견디기 힘든 일이라도 되는 것처럼 그 자리에서 기절해버렸다. 누군가가 호의 때문인지 호기심 때문인지 그녀를 자기 차에 태우고 언니의 시체 뒤를 따라갔다.

자정이 훨씬 지날 때까지 새로운 구경꾼이 계속해서 정비소 앞으로 밀어닥쳤고, 조지 월슨은 정비소 안의 소파에 앉아서 몸을 앞뒤로 흔들어대고 있었다. 사무실 문은 한동안 열려 있어서, 정비소 안에 들어간 사람은 누구나 그 열린 문을 통해 사무실 안을 기웃거리지 않을 수 없었다. 마침내 누군가가 그건 부끄러운 짓이라면서 문을 닫아버렸다. 마이클리스와

---

* 뉴욕시 퀸스구 북동쪽에 있는 상업 지역. 이 작품의 무대인 웨스트에그와 인접해 있다.

몇 사람이 윌슨과 함께 있었다. 처음에는 네댓 명이었지만 나중에는 두세 명으로 줄어들었다. 좀 더 시간이 지난 뒤에는 마이클리스가 마지막까지 남은 낯선 남자에게 15분만 더 기다려달라고 부탁하고, 자기 가게로 가서 커피를 한 주전자 끓여 왔고, 그런 뒤에는 새벽녘까지 윌슨과 단둘이 남아 있었다.

세 시쯤 되자, 종잡을 수 없었던 윌슨의 중얼거림에 변화가 일어났다. 한결 차분해진 태도로 노란색 차에 대해 말하기 시작한 것이다. 그는 그 노란색 차가 누구의 것인지 알아낼 방법이 있다고 큰소리친 다음, 두어 달 전에 아내가 뉴욕에 갔다가 얼굴에 멍이 들고 코가 부어서 돌아온 적이 있다는 이야기를 불쑥 내뱉었다.

하지만 스스로 내뱉은 말에 움찔하더니, 또다시 신음하는 목소리로 "아이고, 세상에!" 하고 울부짖기 시작했다. 마이클리스는 서투르게나마 그의 주의를 다른 데로 돌려보려고 애썼다.

"아저씨, 결혼한 지 얼마나 됐어요? 제발 그러지 말고 잠시라도 좀 가만히 앉아서 내가 묻는 말에 대답해봐요. 결혼한 지 얼마나 됐죠?"

"12년."

"아이는 없나요? 아저씨, 제발 좀 가만히 계세요. 내가 묻고 있잖아요. 아이는 없어요?"

딱딱한 갈색 딱정벌레들이 흐릿한 전등에 끊임없이 몸을 부딪치고 있었다. 바깥 길에서 자동차가 맹렬히 질주하는 소리가 들릴 때마다 마이클리스에게는 그것이 몇 시간 전에 뺑소니를 치고 달아난 자동차의 소리처럼 들렸다. 그는 정비소 안으로 들어가고 싶지 않았다. 시체가 누워 있던 작업대가 피로 얼룩져 있었기 때문이다. 그래서 그는 사무실 안을 거북한 듯 서성거렸다. 덕분에 그는 아침이 오기도 전에 사무실에 있는 물건을 모두 알게 되었다. 그리고 이따금 윌슨 곁에 앉아서 그를 좀 더 진정시켜보려고 애썼다.

"아저씨, 가끔이라도 나가는 교회가 있나요? 오랫동안 나가지 않은 교회라도 말예요. 내가 그 교회에 전화해서 목사님을 오게 하면 아저씨랑 이야기를 나눌 수도 있을 텐데."

"나는 아무 교회에도 안 나가."

"이런 경우를 대비해서라도 교회에 다니지 않으면 안 돼요. 아저씨도 전에는 분명 교회에 다녔을 거예요. 결혼식을 교회에서 올리지 않았나요? 아저씨, 내 말 좀 들으세요. 결혼식을 교회에서 올리지 않으셨어요?"

"그건 먼 옛날 얘기야."

대답하려고 애쓰느라 몸을 흔들던 리듬이 깨져버렸다. 그는 잠시 입을 다물고 있었다. 그러다가 아까와 마찬가지로 반은 이해하고 반은 어리둥절한 표정이 그의 흐리멍덩한 눈에 다시 돌아왔다.

"거기 서랍을 열어봐." 그가 책상을 가리키며 말했다.

"어느 서랍요?"

"그쪽 서랍…… 그래, 그거."

마이클리스는 자기 손에서 가장 가까운 서랍을 열었다. 서랍 안에는 가죽과 꼰 은실로 된 작고 값비싼 개줄 말고는 아무것도 들어 있지 않았다. 개줄은 새것처럼 보였다.

"이거 말예요?" 그가 목줄을 들어 올리며 물었다.

윌슨은 그것을 보고 고개를 끄덕였다.

"어제 오후에 발견했어. 마누라는 뭐라고 변명하려 들었지만, 나는 그게 수상하다는 걸 알았지."

"아주머니가 이걸 샀다는 말예요?"

"포장지로 싸서 옷장 위에 놔뒀더군."

마이클리스는 그게 뭐가 이상한지 알 수가 없었다. 그래서 윌슨에게 그의 아내가 개줄을 살 만한 이유를 여남은 가지나 말해주었다. 하지만 또다시 "아이고, 세상에!" 하고 웅얼거리기 시작하는 것으로 보아, 윌슨은 아내한테서도 이미 그런 설명을 몇 가지 들었던 모양이다. 그래서 마이클리스는, 위로가 될 만한 설명이 몇 가지 더 있었지만 그만 입을 다물고 말았다.

"그렇다면 그놈이 마누라를 죽인 거야." 윌슨이 말했다. 갑자기 그의 입이 딱 벌어졌다.

"누가 죽였다고요?"

"알아낼 방법이 있지."

"아저씨는 지금 제정신이 아니에요. 이번 일로 충격을 받아서 지금 무슨 말을 하는지도 모르고 있다고요. 그러니 아침까지 잠자코 앉아 있는 게 좋겠어요."

"그놈이 마누라를 죽였어."

"아저씨, 그건 사고였어요."

윌슨은 고개를 저었다. 눈을 가늘게 뜨고 입을 약간 벌리면서 자기가 더 잘 안다는 듯 "흐음!" 하는 소리를 냈다.

"난 다 알고 있어." 그가 분명히 말했다. "나는 남을 의심할 줄도 모르고, 또 누구를 해칠 생각도 없어. 하지만 내가 뭔가를 알게 된다면 그건 진짜로 아는 거야. 그 차에 타고 있던 놈의 짓이야. 마누라는 그놈에게 할 말이 있어서 뛰쳐나갔는데, 놈은 차를 세우지 않았던 거야."

그 장면은 마이클리스도 목격했지만, 거기에 뭔가 특별한 의미가 있다는 생각은 떠오르지 않았다. 그는 윌슨 부인이 딱히 어떤 차를 세우려고 했다기보다 남편한테서 달아나려 했던 거라고 믿었다.

"아주머니가 그래야 할 이유가 없잖아요?"

"앙큼한 년이니까." 윌슨은 이 말이 질문에 대한 대답이라도 되는 것처럼 말했다. "아, 아……."

그는 다시 몸을 흔들어대기 시작했고, 마이클리스는 손에 쥔 개줄을 비비꼬면서 서 있었다.

"아저씨, 전화로 연락할 만한 친구는 없나요? 한두 사람은 있겠죠?"

그것은 부질없는 희망이었다. 윌슨에게는 친구가 한 명도 없는 게 확실했다. 아내에게도 그는 달가운 존재가 아니었다. 얼마 후 마이클리스는 실내의 변화를 알아차리고 내심 기뻤다. 창문에 푸른빛이 되살아나고 있었던 것이다. 그는 새벽이 멀지 않다는 것을 알았다. 다섯 시쯤 되자 전등을 꺼도 될 만큼 날이 밝아졌다.

윌슨은 흐리멍덩한 눈을 창밖의 잿더미 쪽으로 돌렸다. 잿빛의 작은 먼지구름들이 환상적인 형태를 띠고 희미한 새벽 바람결에 이리저리 흩날리고 있었다.

"내가 마누라한테 말해줬지." 긴 침묵이 흐른 뒤에 그가 중얼거렸다. "나를 속일 수 있을지는 몰라도 하느님을 속일 수는 없다고. 나는 마누라를 창가로 끌고 갔어." 그는 간신히 일어나 뒤쪽 창문으로 걸어가더니 몸을 기울여 유리창에 얼굴을 눌러댔다. "그리고 말했지. '하느님은 당신이 무슨 짓을 하고 있는지 알아. 당신이 하고 있는 짓을 다 안다고.

당신은 나를 속일 수 있을지 몰라도 하느님은 못 속여!' 하고 말이야."

그의 등 뒤로 다가선 마이클리스는 윌슨이 T. J. 에클버그 박사의 눈을 바라보고 있다는 것을 알고 깜짝 놀랐다. 박사의 눈은 때마침 걷히고 있는 어둠 속에서 그 창백하고 거대한 모습을 막 드러낸 참이었다.

"하느님은 모든 것을 보고 계셔." 윌슨이 중얼거렸다.

"저건 광고판이에요." 마이클리스가 그에게 사실을 말해 주었다. 그리고 무엇 때문인지 그는 창문에서 눈길을 돌려 방 안을 둘러보았다. 그러나 윌슨은 유리창에 얼굴을 바싹 들이댄 채 어스름을 향해 고개를 끄덕이며 그곳에 한참동안 서 있었다.

여섯 시쯤 됐을 때 마이클리스는 완전히 지쳐버렸다. 그래서 밖에 자동차가 멈추는 소리가 들리자 더욱 반가웠다. 간밤에 함께 자리를 지킨 사람들 가운데 하나였는데, 또 오겠다고 한 약속을 지킨 것이었다. 그래서 마이클리스는 세 사람분의 아침식사를 만들었지만, 그 남자와 둘이서만 먹었다. 윌슨은 이제 한결 조용해졌고, 마이클리스는 자기 집으로 가서 잠을 잤다. 네 시간 뒤에 깨어나 허둥지둥 정비소로 돌아와 보니 윌슨은 어디론가 사라지고 없었다.

윌슨의 행적을—그는 줄곧 걸어 다녔다—나중에 추적해
보니, 그는 우선 루스벨트 항으로 갔다가 개즈힐*로 갔는데,
거기서 샌드위치를 샀지만 먹지 않고, 대신 커피 한 잔을 사
마셨다. 정오가 지난 뒤에야 개즈힐에 도착한 것으로 미루
어보아, 그는 지쳐서 천천히 걸었음이 분명하다. 여기까지
는 그가 어떻게 시간을 보냈는지 설명하기가 전혀 어렵지
않다. '미친 사람처럼 행동하는' 남자를 보았다는 아이들이
있었고, 그가 길가에서 이상야릇한 눈으로 빤히 쳐다보더라
는 운전자들도 있었다. 그런데 그 후 세 시간 동안은 어디로
사라졌는지, 아무도 본 사람이 없었다. 그가 마이클리스에
게 '알아낼 방법이 있다'고 말한 것을 근거로 경찰은 윌슨이
그 일대의 정비소를 일일이 찾아다니며 노란색 차에 대해
수소문하면서 시간을 보냈을 거라고 추측했다. 하지만 그를
보았다는 정비소 사람은 한 명도 나타나지 않았다. 아마 윌
슨에게는 알고 싶은 것을 더 쉽고 확실하게 알아내는 방법
이 있었던 모양이다. 어쨌든 늦어도 두 시 반에 그는 웨스트
에그에 나타났고, 누군가에게 개츠비의 집으로 가는 길을

---

* 둘 다 작가가 지은 가상의 지명인데, '개즈힐'은 셰익스피어의 『헨리 4세, 제1
부』에서 폴스태프가 헨리 왕세자와 작당해서 강도짓을 벌이는 곳이기도 하다.

물었다. 그러니까 그때쯤에는 이미 개츠비의 이름을 알고 있었던 것이다.

두 시에 개츠비는 수영복으로 갈아입고, 풀장에 있을 테니 누구한테서든 전화가 오면 알려달라고 집사에게 일러두었다. 그는 여름 동안 손님들이 즐겼던 에어매트리스를 가지러 차고에 들렀고, 운전기사가 그를 도와 매트리스에 바람을 넣었다. 그런 다음 그는 무슨 일이 있어도 오픈카를 밖에 꺼내놓지 말라고 운전기사에게 지시했는데, 앞쪽의 우측 펜더는 수리할 필요가 있었기 때문에 운전기사는 의아하게 생각했다.

개츠비는 매트리스를 어깨에 메고 풀장 쪽으로 걸어갔다. 도중에 한 번 걸음을 멈추고 매트리스의 위치를 약간 바꾸었다. 운전기사가 도와드릴까요 하고 물었지만 그는 고개를 저었다. 그러고는 이내 노랗게 물들어가는 나무들 사이로 모습을 감추었다.

전화는 한 번도 걸려오지 않았다. 하지만 집사는 낮잠까지 거르면서 네 시까지 전화를 기다렸다—설사 전화가 왔다 해도 전해줄 사람이 없어진 지 한참 뒤에까지 기다린 셈이었다. 개츠비 자신도 전화가 걸려올 것을 기대하지 않았을 거라는 생각이 든다. 어쩌면 전화에 대한 관심을 접었는지도 모른다. 만약 그게 사실이라면 그는 이미 옛날의 따뜻한 세계를 잃어버렸다고, 단 하나의 꿈을 품고 너무 오랫동안 사느라 값비싼 대가를 치렀다고 느꼈음에 틀림없다. 장미꽃이 얼마나 기괴한 것인지, 또한 갓 돋아난 풀잎에 햇살이 얼마나 따끔거리는지를 깨달았을 때, 그는 무시무시한 나뭇잎 사이로 낯선 하늘을 쳐다보며 틀림없이 몸서리쳤을 것이다. 그의 주위에는 새로운 세계, 실재하지 않으면서도 구체적인 세계, 가엾은 유령들이 꿈을 공기처럼 들이마시는 세계가 난데없이 떠돌고 있었으리라…… 형체도 없는 나무들 사이로 그를 향해 미끄러지듯 다가오는 저 창백한 환영처럼.

운전기사(그는 울프심의 일당 중 하나였다)가 총소리를 들었다. 나중에 그는 그 총소리를 별로 대수롭게 생각지 않았다고 말하는 게 고작이었다. 나는 기차역에서 곧장 개츠비의 집으로 차를 몰았다. 그리고 내가 불안에 사로잡혀 허둥지둥 현관 계단을 뛰어 올라가자 비로소 사람들이 놀라기 시작했다. 하지만 그때 그들은 이미 알고 있었다고 나는 지금도 굳게 믿고 있다. 운전기사와 집사와 정원사와 나, 이렇게 네 사람은 한마디 말도 없이 풀장을 향해 급히 달려갔다.

풀장 한쪽 끝에서 맑은 물이 흘러나와 반대쪽 배수구로 흘러가기 때문에 물은 거의 알아볼 수 없을 만큼 희미하게 움직이고 있었다. 짐을 실은 매트리스가 물결의 그림자라고도 할 수 없는 잔물결을 타고 풀장 아래쪽으로 불규칙하게 움직이고 있었다. 수면에 잔주름조차 일으키지 못할 만큼 약한 바람도 뜻밖의 짐을 싣고 뜻밖의 방향으로 움직이고 있는 매트리스의 흐름을 방해하는 데에는 충분했다. 수면 위에 떠 있던 낙엽 뭉치에 닿기만 해도 매트리스는 천천히 돌면서 마치 컴퍼스의 다리처럼 물 위에 가늘고 붉은 동그라미를 남겼다.

우리가 개츠비의 시신을 집으로 옮기기 시작한 뒤에야 정원사가 조금 떨어진 풀밭 속에서 윌슨의 시체를 발견했다. 참극은 이렇게 끝이 났다.

제9장

    그로부터 2년이 지난 지금에 와서 돌이켜보니, 그날의 나머지 시간과 그날 밤 그리고 그 이튿날에 걸쳐 경찰과 카메라맨과 신문기자들이 개츠비네 집 현관을 끊임없이 드나들며 법석을 떨었던 것만이 기억에 남아 있다. 대문에 줄을 쳐놓고 그 곁에 경찰 한 명이 서서 호기심 많은 구경꾼들의 접근을 막았지만, 아이들은 곧 우리 집 마당을 통해 그 집으로 들어갈 수 있다는 것을 알아냈고, 그래서 풀장 주변에는 언제나 두세 명의 아이가 입을 헤벌린 채 모여 있었다. 활동적이고 우쭐한 태도로 보아 형사라고 생각되는 남자가 그날 오후 윌슨의 시체를 굽어보며 단호한 태도로 '미치광이'라는 말을 사용했는데, 그 말투가 우연찮게도 권위 있게 들리면서 이튿날 아침 신문기사의 논조를 결정하고 말았다.

대부분의 신문기사들은 하나의 악몽이나 마찬가지였다. 해괴하고 지엽적이고 너무 열성적인 데다 사실과는 거리가 멀었다. 사인을 규명하기 위한 심리 과정에서 마이클리스의 증언을 통해 윌슨이 아내를 의심하고 있었다는 사실이 밝혀졌을 때, 나는 이번 사건이 머지않아 외설적인 풍자로 각색되어 우리 눈앞에 펼쳐질 거라고 생각했다. 하지만 캐서린은 무슨 말이든 할 수 있었을 텐데도 한마디도 하지 않았다. 또한 그녀는 사건에 대해 놀랄 만한 특성도 보여주었다. 새로 그린 눈썹 밑에서 단호한 눈길로 검시관을 똑바로 바라보면서, 언니는 한 번도 개츠비와 만난 적이 없다고, 형부와는 더할 나위 없이 행복했다고, 언니는 어떤 불장난도 저지른 적이 없다고 맹세한 것이다. 그녀는 스스로 그렇게 확신하고 있었기 때문에, 언니가 불륜을 저질렀다는 소문조차 견딜 수 없다는 듯 손수건에 얼굴을 묻고 울었다. 그리하여 윌슨은 '슬픔 때문에 돌아버린 미치광이'로 평가절하되었고, 사건은 가장 단순한 형태의 사건으로 처리되었으며, 그 후에도 여전히 그런 상태로 남아 있었다.

그러나 사건에서 이 대목은 모두 사실과 거리가 멀고 본질과도 관계가 없는 듯했다. 나야 물론 개츠비를 편든 입장이었지만, 알고 보니 개츠비를 편든 사람은 나 혼자뿐이었다. 내가 이 비극적인 사건의 소식을 웨스트에그 마을에 전화로 알려준 순간부터 개츠비에 관한 온갖 억측과 온갖 질문들이 몽땅 나에게 쏟아졌다. 처음에는 놀라고 당황했으나, 개츠비가 집에 누운 채 아무리 시간이 흘러가도 움직이지도 않고 숨 쉬지도 않고 말하지도 않고 있으니까 내가 책임을 져야 한다는 생각이 들었다. 나 말고는 아무도 관심을 보이지 않았기 때문이다. '관심'이라고 말했는데, 사람은 누구나 마지막 순간에 가서는 절실하고 개인적인 관심을 받을 권리가 있다. 막연한 권리이기는 하지만.

우리가 개츠비를 발견한 지 30분 뒤에 나는 데이지에게 전화를 걸었다. 본능적으로 아무런 망설임도 없이 건 전화였다. 하지만 데이지와 톰은 그날 오후 일찍 외출했는데, 짐까지 가지고 떠났다는 것이다.

"행선지는 말하지 않았나요?"

"예."

"언제 돌아온다는 말도 하지 않던가요?"

"예."

"어디로 갔는지 모르세요? 어떻게 하면 연락할 수 있죠?"

"모릅니다. 말씀드릴 수 없어요."

나는 개츠비를 위해 누군가를 데려오고 싶었다. 그가 누워 있는 방에 들어가서 이렇게 안심시키고 싶었다. "개츠비,

당신을 위해 누군가를 데려오겠소. 걱정 마세요. 그냥 나만 믿으세요. 내가 당신을 위해 누군가를 데려올 테니…….”

마이어 울프심의 이름은 전화번호부에 실려 있지 않았다. 집사가 브로드웨이에 있는 그의 사무실 주소를 가르쳐주었다. 나는 전화국 안내계에 전화해서 그의 사무실 전화번호를 알아냈다. 하지만 그때는 다섯 시가 훨씬 지난 뒤여서 아무도 전화를 받지 않았다.

“한 번만 더 신호를 보내주실래요?”

“벌써 세 번이나 보냈는걸요.”

“매우 중대한 일이라서 그래요.”

“죄송하지만, 아무도 없는 것 같습니다.”

나는 객실로 돌아갔다. 그리고 그 방에 갑작스레 모여든 공무원들은 모두 우연한 방문객일 뿐이라는 생각을 잠깐 했다. 그들은 시트를 젖히고 놀란 눈으로 개츠비를 보았지만, 내 머릿속에서는 아직도 개츠비의 항의가 계속되고 있었다.

“이봐요, 형씨. 나를 위해 누군가를 데려와줘야겠소. 좀 애써봐요. 나 혼자서는 견뎌낼 수가 없어요.”

누군가가 내게 질문을 던지기 시작했지만, 나는 그를 뿌리치고 이층으로 올라가서 그의 책상 서랍 가운데 잠겨 있지 않은 곳을 서둘러 뒤져보았다. 그는 나에게 부모가 죽었다고 분명하게 말한 적이 없었다. 하지만 아무것도 없었다.

댄 코디의 사진만이 벽에서 내려다보고 있었는데, 그건 망각 속에 묻힌, 거칠게 살았던 시절의 증표라고 할 수 있었다.

이튿날 아침에 나는 울프심에게 전할 편지를 집사에게 주어 뉴욕으로 보냈다. 편지에서 나는 개츠비에 대한 정보를 몇 가지 요구하고, 그에게 다음 기차로 급히 와달라고 부탁했다. 편지를 쓰는 동안, 이런 부탁은 쓸데없는 짓이라고 생각했다. 정오가 되기 전에 데이지한테서 전화가 올 거라고 확신했던 것처럼, 울프심도 신문을 보면 당장 달려올 거라고 믿어 의심치 않았기 때문이다. 하지만 전화도 오지 않았고 울프심도 오지 않았다. 더 많은 경찰과 카메라맨과 신문 기자들이 도착했을 뿐이다. 집사가 울프심의 답장을 가지고 돌아왔을 때 나는 일종의 적개심을 느꼈다. 개츠비와 연대하여 그들 모두를 경멸하고픈 기분이 들었던 것이다.

친애하는 캐러웨이 씨. 이번 일은 내 평생 가장 끔찍한 충격이었소. 사실이라고 믿을 수 없을 정도요. 그자가 저지른 미친 짓은 우리 모두에게 많은 생각을 하게 하는군요. 나는 지금 매우 중요한 사업에 매여 있어서 그쪽으로 갈 수가 없고, 현재로서는 이 일에 휘말릴 수도 없는 처지요. 나중에라도 내가 할 수 있는 일이 있으면 에드거를 통해 편지로 알려주시오. 이 소식을 듣고 나는 나 자신이

지금 어디 있는지도 모를 지경이고, 넋을 잃고 망연자실
한 상태요.

마이어 울프심

그 밑에는 급히 갈겨쓴 추신이 있었다.

장례식 등에 대해 알려주시오. 그의 가족에 대해서는
아는 게 전혀 없소.

그날 오후 전화벨이 울리고 장거리 전화 교환수가 시카고
에서 온 전화라고 말했을 때, 나는 마침내 데이지가 전화를
걸었구나 하고 생각했다. 그러나 연결된 것은 남자 목소리
였고, 감이 멀어서 몹시 가늘고 희미하게 들렸다.
"슬레이글입니다……."
"네?" 처음 듣는 이름이었다.
"이상하네. 전화가 왜 이러지? 내가 보낸 전보 받았나요?"
"전보요? 아무것도 못 받았는데요."
"파크 녀석한테 문제가 생겼어요." 그가 빠른 말씨로 말
했다. "증권을 뒷거래로 넘기다가 잡혔어요. 바로 5분 전에
증권번호가 표시된 회람장이 뉴욕에서 도착했는데, 거기에
대해 뭐 좀 아는 거 없어요? 이런 촌구석에서는 도대체 알

수가 없⋯⋯."

"여보세요!" 나는 숨찬 소리로 그의 말을 끊었다. "이봐요, 나는 개츠비가 아니오. 개츠비 씨는 죽었어요."

전화선 저쪽이 조용해지더니 긴 침묵이 흘렀다. 이어서 짧은 비명 소리⋯⋯ 그런 다음 짧게 투덜거리는 소리와 함께 전화가 끊겼다.

'헨리 G. 개츠'라고 서명된 전보가 미네소타주의 어느 마을에서 날아온 것은 사흘째 되는 날이었던 것 같다. 전보에는 발신자가 곧 출발할 테니 도착할 때까지 장례식을 연기해달라고만 적혀 있었다.

그는 개츠비의 아버지로, 아주 근엄한 노인이었다. 너무 놀란 나머지 어쩔 줄 모른 채 당황하고 있었으며, 9월의 따뜻한 날인데도 어울리지 않게 기다란 싸구려 얼스터코트*로 몸을 감싸고 있었다. 두 눈에서는 감정을 주체하지 못해 끊임없이 눈물이 흘러내렸고, 그의 손에서 가방과 우산을 받아들자 하얗고 성긴 턱수염을 마냥 잡아당기는 바람에 그의

---

* 아일랜드의 얼스터 지방에서 유래된 두껍고 거친 털외투. 보통 허리띠가 있고 깃이 넓으며, 앞에 두 줄로 단추를 단다. 방한용·여행용이다.

코트를 벗기느라 애를 먹었다. 그는 금방이라도 쓰러질 것 같았다. 그래서 나는 그를 음악실로 데려가서 의자에 앉히고, 사람을 보내 먹을 것을 가져오게 했다. 하지만 그는 음식을 먹으려 하지 않았고, 손이 덜덜 떨려서 우유가 엎질러졌다.

"시카고의 신문에서 보았소." 그가 말했다. "시카고의 모든 신문에 났더군요. 신문을 보자마자 출발한 거요."

"어떻게 연락을 취해야 할지 몰랐습니다."

그의 눈은 아무것도 보지 않으면서 끊임없이 방 안을 두리번거렸다.

"신문엔 미친놈이라고 나와 있던데…… 미친 게 틀림없어."

"커피 좀 드시겠습니까?"

"아무것도 생각 없소. 이젠 괜찮아요. 그런데 이름이?"

"캐러웨이라고 합니다."

"나는 이제 괜찮아요. 지미는 어디 있소?"

나는 그를 아들이 누워 있는 객실로 데려가서 그곳에 남겨두고 나왔다. 아이들 몇이 계단을 올라와 현관홀을 기웃거리고 있었다. 지금 도착한 사람이 누구인지 말해주자, 아이들은 마지못해 그 자리를 떠났다.

잠시 뒤에 개츠 씨가 문을 열고 나왔다. 입은 좀 벌어지고 얼굴은 다소 상기되어 있었으며, 눈에서는 찔끔찔끔 눈물이 방울져 떨어지고 있었다. 그는 죽음의 공포에 놀라거나 무서워하지 않을 나이에 도달해 있었다. 그는 이제야 주위를 둘러보기 시작했다. 현관홀 천장의 높이와 화려한 장식, 여러 방으로 연결된 커다란 방들을 보고 나자, 노인의 슬픔에는 자랑스러운 기분이 섞이기 시작했다. 나는 그를 부축해서 이층 침실로 안내했다. 그가 코트와 조끼를 벗는 동안 나는 그에게 모든 절차를 그가 올 때까지 연기해놓았다고 말했다.

"뭘 원하실지 몰라서요, 개츠비 씨."

"내 이름은 개츠요."

"아, 개츠 씨. 유해를 중서부로 가져가고 싶어 하실지도 모른다고 생각했습니다."

그는 고개를 저었다.

"지미는 언제나 동부를 더 좋아했지. 자리를 잡은 것도 동부고. 우리 애 친구였소?"

"가까운 친구였습니다."

"알다시피 앞날이 창창한 아이였소. 아직 젊었지만 여기 많은 능력을 갖고 있었지."

그는 인상적인 동작으로 자신의 머리에 손을 가져갔고, 나는 고개를 끄덕였다.

"살아 있었으면 큰 인물이 됐을 거요. 제임스 J. 힐[*] 같은 사람 말이오. 국가를 건설하는 데에도 한몫했을 텐데."

"맞습니다." 나는 좀 언짢은 기분을 삼키며 말했다.

그는 수놓은 침대커버를 만지작거리며 침대에서 벗겨내려고 애쓰다가 뻣뻣하게 침대에 드러누웠다. 그러고는 금세 잠들어버렸다.

그날 밤 전화가 걸려왔는데, 상대는 무엇엔가 겁을 먹고 있는 모양인지, 자신의 이름도 대기 전에 나더러 누구냐고 묻는 것이었다.

"캐러웨이라고 합니다."

"아아!" 그는 마음이 놓이는 모양이었다. "클립스프링어입니다."

나도 마음이 놓였다. 개츠비의 장례식에 와줄 친구가 하나 더 생긴 것 같았기 때문이다. 신문에 부고를 내면 구경꾼만 잔뜩 끌어들이게 될까봐, 몇몇 사람에게만 직접 전화로 알리고 있는 중이었다. 그런데 장례식에 올 만한 사람을 찾

---

[*] 미국 철도업계의 거물(1838~1916). 캐나다에서 태어났으나 18세 때 미국으로 이주하여 미네소타주 세인트폴(피츠제럴드의 고향)에 정착했다. 세인트폴에서 시애틀까지 미국의 북부를 횡단하는 '그레이트 노던 철도'를 개설하여 '제국의 건설자'라는 별명을 얻었다.

아내기가 쉽지 않았다.

"장례식은 내일입니다. 오후 세 시에 여기 집에서 거행합니다. 관심을 가질 만한 분들에게도 좀 전해주세요."

"아, 그럴게요." 그가 서둘러 말했다. "그런 사람을 만날 것 같지는 않지만, 혹시라도 만나게 되면 그렇게 전하지요."

말하는 투가 문득 의심스러웠다.

"당신은 물론 오시겠죠?"

"글쎄요, 애는 써보겠습니다. 내가 전화를 한 건……."

"잠깐만요." 나는 그의 말을 가로막았다. "오겠다고 분명하게 말하는 게 어떻습니까?"

"글쎄, 실은…… 솔직히 말씀드리면 나는 지금 다른 사람들과 그리니치*에 머물고 있습니다. 이 사람들은 내가 내일도 함께 있어주기를 바라고 있거든요. 실은 야유회 비슷한 게 있어서요. 물론 빠져나오려고 애써보긴 하겠습니다."

나는 참지 못하고 그만 "흥!" 하는 콧소리를 내뱉었고, 상대도 그 소리를 들었는지 신경질적으로 말을 이었다.

"내가 전화를 드린 건 다름이 아니라 그 집에 놓고 온 신발 때문이에요. 번거로우시겠지만 집사를 시켜서 그걸 보내

---

* 미국 코네티컷주 남서부에 있는 도시로, 롱아일랜드 해협에 면해 있다.

주셨으면 해서요. 테니스화인데, 그게 없으면 정말 곤란하거든요. 내 주소는……."

나는 주소를 다 듣지 못했다. 거기서 수화기를 놓아버렸기 때문이다.

그후 나는 개츠비에게 좀 부끄러운 생각이 들었다. 내 전화를 받은 한 신사는 개츠비가 그렇게 죽은 게 자업자득이라는 투로 말했다. 하지만 그것은 내 잘못이었다. 그는 개츠비가 내는 술을 마시고 그 술기운을 빌려 개츠비를 가장 심하게 헐뜯던 사람들 중의 하나였기 때문이다. 그런 사람에게 전화를 건 것이 어리석은 짓이었다.

장례식 날 아침, 나는 마이어 울프심을 만나러 뉴욕으로 갔다. 직접 찾아가는 것 말고는 그를 만날 방법이 따로 없을 것 같았기 때문이다. 엘리베이터 보이가 일러준 대로 '스와스티카* 지주회사'라는 간판이 붙어 있는 문을 그냥 밀고 들어갔는데, 처음엔 안에 아무도 없는 것처럼 보였다. 하지만 내가 "여보세요!" 하고 건성으로 몇 번 소리를 지르자 칸막

---

* '갈고리 십자'는 나치의 상징이 되는 셈이지만, 이 책이 쓰인 1920년대 중반에는 일반적인 도안에 불과했다.

이 뒤에서 말다툼하는 소리가 났다. 잠시 뒤에는 예쁘장하게 생긴 유대인 여자가 안쪽 문에서 나타나더니 적의를 품은 까만 눈으로 나를 훑어보았다.

"아무도 없어요. 사장님은 시카고에 가셨어요."

아무도 없다는 말은 사실이 아니었다. 안에서 누군가가 휘파람으로 「로저리」*를 음정도 맞지 않게 부르기 시작했기 때문이다.

"케러웨이란 사람이 뵙고 싶어 한다고 전해주세요."

"시카고에 가 있는 사람을 데려올 순 없잖아요. 안 그래요?"

바로 그때 문 저쪽에서 "스텔라!" 하고 부르는 소리가 들렸다. 틀림없는 울프심의 목소리였다.

"책상 위에 명함을 놓고 가세요." 그녀가 얼른 말했다. "사장님이 돌아오시면 전해드릴게요."

"하지만 지금 저 안에 계시잖아요."

그녀는 내 앞으로 한 발짝 다가서더니, 괘씸하다는 듯이 두 손을 엉덩이에 갖다 대고는 위아래로 문지르기 시작했다.

"요즘 젊은것들은 떼를 쓰면 언제든지 여길 들어올 수 있

---

* 1898년에 로버트 캐머런 로저스가 작사하고 에설버트 네빈이 작곡한 노래. '로저리'는 '묵주'라는 뜻.

다고 생각하는 모양인데, 이젠 우리도 진절머리가 나요. 내가 시카고에 있다고 말하면 시카고에 있는 거예요."

나는 개츠비의 이름을 댔다.

"아니!" 그녀는 나를 다시 훑어보았다. "잠깐만요…… 성함이 뭐라고 하셨죠?"

그녀는 안으로 사라졌다. 다음 순간 마이어 울프심이 근엄한 모습으로 문간에 나타나 두 손을 내밀었다. 그는 나를 사무실 안으로 끌고 들어가더니, 지금은 우리 모두에게 슬픈 때라고 경건한 목소리로 말하면서 시가를 권했다.

"그를 처음 만났을 때가 생각나는군. 군에서 막 제대한 젊은 소령이었는데, 전쟁 때 받은 훈장을 주렁주렁 달고 있었지. 군복을 그대로 입고 있었소. 하도 곤궁해서 사복을 사 입을 수 있는 형편이 아니었거든. 내가 그를 처음 만난 것은 그가 43번가에 있는 와인브레너 당구장에 들어와서 일자리를 달라고 부탁했을 때였소. 꼬박 이틀 동안 아무것도 먹지 못했다는 거야. 그래서 내가 말했지. '자, 나랑 같이 가서 점심이나 하세.' 그 친구, 반시간 만에 4달러어치 이상이나 먹어치우더라니까."

"사장님이 그를 사업에 끌어들이셨군요?" 내가 물었다.

"사업에 끌어들여? 그를 사업가로 키웠지."

"아, 예."

"나는 그를 무에서, 아니 시궁창에서 건져낸 거요. 미남에다 점잖은 친구라는 걸 한눈에 알아봤지. 더구나 오그스퍼드에 다녔다는 말을 듣고는 쓸모가 있겠다는 걸 알았지. 그래서 그를 재향군인회에 가입시켰는데, 그 친구는 한때 높은 자리에 있었소. 얼마 후에는 올버니*로 가서 내 고객을 위해 일을 해주기도 했지. 우리는 매사에 그렇게 좋은 관계였소." 그는 알뿌리처럼 동그스름한 손가락 두 개를 들어올렸다. "늘 함께였지."

나는 그런 협력 관계 중에 1919년의 월드시리즈 승부 조작 사건도 포함되는지 궁금했다.

"그는 이제 죽었습니다." 잠시 뒤에 내가 말했다. "사장님은 그와 가장 가까운 친구였으니까, 오늘 오후 장례식에 참석하시는 걸로 알겠습니다."

"나도 가고 싶소."

"그럼 오세요."

그의 코털이 파르르 떨렸다. 고개를 가로젓는 그의 눈에 눈물이 글썽이고 있었다.

"그럴 수가 없소. 그 일에 말려들 수가 없어."

---

* 뉴욕주의 주도. 뉴욕시에서 북쪽으로 200km 떨어진 허드슨 강변에 있다.

"말려들고 말고 할 일이 없습니다. 이제 다 끝났으니까요."

"사람이 살해된 경우, 나는 어떤 식으로든 거기에 연루되고 싶지 않소. 멀찌감치 떨어져 있을 거요. 젊었을 때는 나도 이러지 않았소. 친구가 죽으면, 어떻게 죽었든 끝까지 옆에 있어주었지. 감상적이라고 생각할지 모르지만 정말이오. 정말로 끝까지 함께 있었소."

그가 나름대로 이유가 있어서 장례식에 참석하지 않기로 결심한 것을 알았기 때문에, 나는 자리에서 일어났다.

"대학 나왔소?" 그가 느닷없이 물었다.

순간 나는 그가 '거래처'를 제의하려는 게 아닐까 생각했지만, 그는 다만 고개를 끄덕이며 내 손을 잡고 흔들었을 뿐이다.

"누구에게든, 죽은 뒤가 아니라 살아 있을 때 우정을 보여주는 법을 배우도록 합시다." 그가 말했다. "죽은 뒤에는 모든 걸 가만히 내버려두자는 게 나의 원칙이오."

그의 사무실에서 나왔을 때 하늘은 흐려져 있었고, 나는 가랑비를 맞으며 웨스트에그로 돌아왔다. 옷을 갈아입고 옆집에 가보니 개츠 씨가 들뜬 상태로 홀을 오락가락하고 있었다. 아들과 아들의 재산에 대한 자부심은 점점 높아졌고, 이제 그는 나에게 뭔가를 보여줄 참이었다.

"지미가 이 사진을 보냈더군." 그가 떨리는 손으로 지갑을 꺼냈다. "자, 이걸 봐요."

저택을 찍은 사진이었는데, 모서리가 해어져 있었고 많은 사람의 손때가 묻어 더러워져 있었다. 그는 사진에 찍힌 것들을 하나씩 가리켰다. "저기 좀 봐요" 하고는 내 눈에서 감탄의 빛을 찾으려고 했다. 사진을 너무 자주 사람들에게 보여주었기 때문에, 이제 와서는 집 자체보다 사진 쪽이 그에게 더 실감을 주는 것 같았다.

"지미가 이걸 보냈더라니까. 정말 멋진 사진이야. 정말 잘 찍었어."

"잘 나왔네요. 그런데 최근에 아드님을 만나신 적이 있습니까?"

"이태 전에 나를 만나러 와서는 내가 지금 살고 있는 집을 사주었지. 물론 그 애가 가출했을 때는 우리 사이도 틀어져 있었지만, 이제 와서 생각해보니 집을 뛰쳐나간 데는 다 이유가 있었던 거요. 지미는 제 앞날이 창창하다는 걸 알고 있었던 거지. 출세한 뒤에는 나한테 아주 잘해줬소."

그는 사진을 도로 집어넣기 싫은 듯, 잠시 미적거리며 내 눈앞에 들고 있었다. 그러다가 지갑을 주머니에 도로 넣더니 이번에는 낡아서 너덜너덜한 책 한 권을 주머니에서 꺼냈다. 『호펄롱 캐시디』*라는 제목의 책이었다.

"이걸 보시오. 이건 지미가 어렸을 때 갖고 있던 책인데,

이걸 보면 내가 왜 보여주는지 알 거요."

그는 뒤표지를 펼친 다음, 내가 볼 수 있도록 책의 방향을
돌려주었다. 마지막 면지에 '일과표'라는 낱말과 함께 '1906년
9월 12일'이라는 날짜가 적혀 있고, 그 밑에는 이런 내용이
쓰여 있었다.

기상 · 오전 6:00

아령 체조와 담벼락 타기 · · · · · 오전 6:15~6:30

전기학 공부, 기타 · · · · · · · · · · 오전 7:15~8:15

일 · 오전 8:30~오후 4:30

야구와 스포츠 · · · · · · · · · · · · · 오후 4:30~5:00

웅변술 연습, 실전 훈련 · · · · · · 오후 5:00~6:00

생활에 필요한 발명품 연구 · · · 오후 7:00~9:00

결심

• 섀프터스 또는 〔알아볼 수 없는 이름〕에서 시간 낭비
  하지 말 것.

---

* 미국 작가 클레런스 E. 멀포드(1883~1956)가 '호펄롱 캐시디'라는 카우보이
를 주인공으로 쓴 연작 소설. 모두 28편이며, 첫 책(『Bar-20』)이 출간된 게
1906년이므로, 작품에 나온 것도 이 책이다.

- 금연(씹는담배도).

- 이틀에 한 번은 목욕할 것.

- 유익한 책이나 잡지를 매주 한 권씩 읽을 것.

- 매주 5달러 3달러씩 저축할 것.

- 부모님께 더 잘해드릴 것.

"나는 이 책을 우연히 발견했는데, 보기만 해도 알 수 있잖소?"

"정말 그렇군요."

"지미는 반드시 출세할 작정이었소. 늘 이런 결심을 하고 있었거든. 그 애가 자신을 계발하기 위해 얼마나 애썼는지 아시오? 그 점에서는 항상 대단했지. 한번은 녀석이 나더러 돼지처럼 먹는다고 해서 흠씬 패준 적도 있다오."

그는 책을 덮기가 싫은 듯 항목을 하나하나 소리 내어 읽은 다음 나를 지그시 바라보았다. 노인은 내가 그 항목들을 베껴두었다가 잘 활용하기를 바라는 듯한 눈치였다.

세 시가 되기 조금 전에 플러싱에서 루터교회 목사가 도착했다. 나는 다른 차들도 오지 않을까 하고 나도 모르게 창밖을 내다보기 시작했다. 개츠비의 아버지도 그랬다. 시간이 흐르고 고용인들이 홀에 들어와 대기하자 노인은 불안한 듯 눈을 깜박거리기 시작했다. 그는 비가 내리는 데 대해서도 걱정스러운 투로 이야기했다. 목사가 몇 번이나 시계를 흘깃거렸기 때문에 나는 그를 옆으로 데려가서 30분만 더 기다려달라고 부탁했다. 그러나 소용이 없었다. 아무도 오지 않았으니까.

다섯 시쯤 석 대의 자동차 행렬이 묘지에 도착하여, 굵은 가랑비를 맞으며 입구 옆에 멈춰 섰다. 섬뜩할 만큼 새까만 영구차를 선두로, 개츠 씨와 목사와 내가 탄 리무진이 뒤따랐고, 조금 떨어져서 네댓 명의 고용인과 웨스트에그에서 온 우편배달부가 탄 개츠비의 스테이션왜건이 뒤따랐는데, 모두 비에 흠뻑 젖어 있었다. 우리가 정문을 지나 묘지 안으로 들어가고 있을 때, 차 한 대가 멈추는 소리가 나더니 누군가가 진창길을 철벅거리며 따라오는 소리가 들렸다. 뒤돌아보았더니, 석 달 전 어느 날 밤에 개츠비의 서재에서 개츠비의 장서를 보고 경탄하던 그 올빼미 안경을 쓴 사내였다.

그후로는 그를 만난 적이 없었다. 그가 장례식을 어떻게 알았는지, 그의 이름이 뭔지도 나는 모른다. 그의 두꺼운 안경에도 비가 쏟아지고 있었다. 개츠비의 무덤을 덮었던 천막이 걷히자, 그는 그것을 보려고 안경을 벗어서 닦았다.

나는 그때 잠깐 개츠비에 대해 생각하려고 애썼다. 하지만 그는 이미 너무 먼 곳에 가 있었다. 데이지가 조전도 조화도 보내지 않았다는 게 생각날 뿐이었지만, 별로 괘씸한 느낌도 없었다. 누군가가 "죽은 자에게 비가 내리니 복이 있도다!" 하고 중얼거리는 소리가 어렴풋이 들려왔고, 이어서 올빼미 눈의 사내가 큰 목소리로 "그렇게 되리라, 아멘!" 하고 말했다.

우리는 뿔뿔이 흩어져서 빗속을 뚫고 자동차가 있는 곳으로 달려갔다. 정문 옆에 이르렀을 때 올빼미 눈이 나에게 말을 걸어왔다.

"집에는 갈 수가 없었소." 그가 말했다.

"다른 사람들도 오지 않았습니다." 내가 대답했다.

"저런!" 그가 깜짝 놀라서 말했다. "세상에, 어떻게 그럴 수가! 수백 명이 그 집에 드나들었는데."

그는 안경을 벗어서 다시 안팎을 닦았다.

"불쌍한 녀석." 그가 말했다.

크리스마스 때가 되면 귀향 열차를 타고 중서부로 가던 일이 지금도 기억에 생생하다. 기숙 고등학교 때도 그랬고 대학에 진학해서도 그랬다. 시카고보다 더 멀리 가는 친구들은 12월의 어느 날 저녁 여섯 시쯤 낡고 칙칙한 유니언 역에 모이곤 했다. 시카고에 사는 친구 몇 명도 작별인사를 하려고 역에 나오곤 했는데, 그들은 벌써부터 휴가의 즐거움에 들떠 있었다. 이런저런 여학교에서 집으로 돌아가는 여학생들의 모피코트, 얼어붙은 입김을 내뿜으며 주고받던 잡담들, 정다운 친구의 모습을 보고 머리 위로 반갑게 흔들던 손과 손들이 기억나고, "너 오드웨이네 집에 갈 거니? 허시네 집에는? 슐츠네 집에는?" 하며 초대받은 일정을 서로 맞추어보던 일이며 장갑 낀 손에 움켜쥐고 있던 길쭉한 초록색 기차표들이 기억난다. 그리고 끝으로, 개찰구 옆 철길에 서 있던 시카고-밀워키-세인트폴 노선의 칙칙한 노란색 객차들이 크리스마스 자체처럼 즐거워 보인 일도 기억난다.

열차가 겨울밤의 어둠 속으로 미끄러져 나간 뒤 진짜 눈이 우리 옆에 펼쳐지고 차창을 배경으로 반짝이기 시작하면, 그리고 위스콘신의 간이역들의 희미한 불빛이 열차를 스치고 지나갈 무렵이면, 갑자기 공기가 팽팽하게 긴장했다. 우리는 식당차에서 저녁을 먹고 싸늘한 통로를 지나 자리로 돌아오면서 그 공기를 깊이 들이마셨고, 그후 한 시간 동안은 우리가 이 지방과 일체가 되는 것을, 말로는 표현할 수 없지만 분명히 의식했고, 그렇게 이상한 체험을 한 뒤에는 그 공기 속에 다시금 하나로 녹아들었다.

그것이 나의 중서부다. 밀밭이나 대초원이나 사라져버린

스웨덴 사람들*의 마을이 아니라, 가슴 설레던 내 젊음의 귀향 열차, 서리 내린 춥고 어두운 밤의 가로등과 썰매의 방울 소리, 불 켜진 창들이 눈 위에 던지는 크리스마스 화환의 그림자―이런 것들이 나의 중서부를 이룬다. 나는 그것의 일부다. 나는 그 긴 겨울의 분위기 때문에 다소 진지한 편이고, 아직도 집집마다 수십 년째 가문 이름으로 불리는 도시에서 캐러웨이 집안사람으로 태어나 자란 것 때문에 조금은 으쓱해지기도 한다. 이제 나는 이것이 결국 중서부의 이야기였다는 것을 알고 있다. 톰과 개츠비, 데이지와 조던과 나는 모두 중서부 사람이었고, 그래서 아마 어떤 공통의 결함을 가지고 있어서 동부 생활에 제대로 적응하지 못했는지도 모른다.

　동부가 나를 가장 흥분시켰을 때에도, 오하이오강 서쪽의 따분하고 꼴사납게 부풀어 오른 도시들, 어린이와 늙은이들만 빼고는 누구에게나 끊임없이 캐묻기 좋아하는 도시들보다는 동부가 훨씬 낫다는 것을 분명히 알게 되었을 때조차도, 나에게 동부는 언제나 뒤틀리고 일그러져 있었다. 특히

---

* 19세기 후반에 남북전쟁이 끝난 뒤 미네소타주를 비롯한 중서부에 산업적 발전이 일어나면서 스웨덴인을 비롯한 북유럽인들이 대거 이주해 정착했다.

웨스트에그는 요즘도 내가 평소보다 좀 더 환상적인 꿈을 꿀 때면 여전히 꿈에 등장한다. 꿈속에서 그곳은 마치 엘 그레코*의 밤 풍경처럼 보인다. 그 풍경 속에서는 전통적이면서도 그로테스크한 형태의 수많은 집들이 잔뜩 흐려서 음울한 하늘과 빛 없는 달 아래 웅크리고 있다. 그 전경에는 야회복 차림의 근엄한 남자 넷이 하얀 이브닝드레스 차림의 술 취한 여자를 들것에 싣고 보도를 걸어가고 있다. 들것 밖으로 축 늘어진 여자의 손에서는 보석들이 차갑게 반짝이고 있다. 남자들은 엄숙하게 어떤 집에 들어가지만, 집을 잘못 찾았다. 하지만 아무도 여자의 이름을 모르고, 또 알려고도 하지 않는다.

개츠비가 죽은 뒤 동부는 나에게 끊임없이 그런 모습으로 떠올랐고, 내 시력으로는 도저히 바로잡을 수 없을 만큼 일그러져 있었다. 그래서 나는 낙엽을 태우는 푸른 연기가 하늘로 올라가고 찬바람이 빨랫줄에 널린 젖은 빨래를 뻣뻣하게 얼릴 무렵, 마침내 고향으로 돌아가기로 결심했다.

떠나기 전에 해야 할 일이 하나 있었다. 그냥 내버려두는

---

* 그리스 태생의 에스파냐 화가(1541~1614). 대담한 구도와 광택 있는 색조를 써서 독자적인 종교화를 그렸다.

편이 더 좋을지도 모르는 거북하고 불쾌한 일이었다. 하지만 나는 일을 제대로 정리하고 싶었고, 저 친절하면서도 무심한 바다가 내 쓰레기를 쓸어가도록 그냥 맡겨두고 싶지 않았다. 나는 조던 베이커를 만나서 우리에게 무슨 일이 있었는지, 그리고 그후 나에게 무슨 일이 일어났는지에 대해 자세하게 또는 에둘러서 이야기했다. 그녀는 커다란 의자에 비스듬히 앉은 채 꼼짝도 않고 듣기만 했다.

그녀는 골프 복장을 하고 있었다. 가볍게 살짝 들어 올린 턱, 낙엽 빛깔의 머리카락, 무릎 위에 놓인 벙어리장갑과 같은 갈색을 띤 얼굴─이런 그녀의 모습을 보면서 잘 그려진 삽화 같다고 생각했던 게 기억난다. 내가 이야기를 끝내자 그녀는 아무런 설명도 없이 대뜸 다른 남자와 약혼했다고 말했다. 물론 그녀가 고개만 한 번 까딱하면 결혼할 수 있는 남자가 한둘이 아니었지만, 나는 그 말이 믿어지지 않았다. 그래도 나는 놀라는 척했다. 아주 잠깐, 혹시 내가 실수를 하고 있는 게 아닐까 하고 생각했지만, 이 문제를 재빨리 되새겨본 다음 작별인사를 하기 위해 일어났다.

"그래도 역시 당신이 나를 차버린 거예요." 조던이 불쑥 말했다. "전화로 나를 버렸어요. 지금은 당신한테 조금도 미련이 없지만, 내게는 그게 새로운 경험이라서 한동안 좀 어지러웠어요."

우리는 악수를 했다.

"아, 참, 혹시 기억나세요?" 그녀가 덧붙여 말했다. "언젠가 자동차 운전에 대해서 대화를 나눈 거."

"글쎄, 확실하게는 기억나지 않는군요."

"당신이 그랬죠? 나쁜 운전자는 또 다른 나쁜 운전자를 만날 때까지만 안전하다고. 나는 바로 그런 나쁜 운전자를 만났던 거죠. 나는 당신이 정직하고 올곧은 사람인 줄 알았어요. 그게 당신의 남모르는 자랑거리인 줄 알았어요. 그런 터무니없는 억측을 한 건 내가 경솔했다는 뜻이에요."

"나는 서른 살이오. 자신에게 거짓말하고 그걸 명예라고 하기에는 이미 다섯 살을 더 먹었소."

그녀는 대답하지 않았다. 나는 화가 나기도 하고 그녀가 반쯤은 사랑스럽기도 했지만, 어쨌든 몹시 서글픈 기분으로 돌아섰다.

10월 말의 어느 날 오후, 나는 톰 뷰캐넌을 보았다. 그는 5번가를 따라 내 앞쪽을 걸어가고 있었다. 여전히 활기차고 거침없는 걸음걸이였다. 그는 누구라도 진로를 방해하면 밀치고 나가려는 것처럼 두 손을 몸에서 약간 떼고, 쉴 새 없이 두리번거리는 눈과 보조를 맞추어 고개를 이리저리 돌리고 있었다. 그를 따라잡지 않으려고 일부러 걸음을 늦추었

을 때, 그가 걸음을 멈추더니 이마를 찌푸리며 보석상의 진
열창을 들여다보기 시작했다. 그러다가 갑자기 나를 발견하
고는 나에게 다가와서 손을 내밀었다.

"왜 그래? 나랑 악수하기 싫은 거야?"

"그래. 내가 자네를 어떻게 생각하는지는 자네도 알고 있
을 텐데?"

"미쳤군. 단단히 미쳤어." 톰이 빠른 말씨로 말했다. "자
네가 왜 이러는지 모르겠군."

"톰." 내가 힐난조로 물었다. "그날 오후에 윌슨한테 뭐라
고 했지?"

그는 말없이 나를 노려보았다. 나는 윌슨의 행방이 묘연했
던 그 몇 시간에 대한 내 짐작이 옳았다는 것을 알았다. 내가
돌아서서 걷기 시작하자 그가 쫓아와서 내 팔을 잡았다.

"나는 사실을 말해주었을 뿐이야. 우리가 여행을 떠나려
고 준비를 하고 있을 때 그자가 우리 집에 찾아왔어. 사람을
시켜서 우리가 집에 없다는 말을 전했는데도 그는 막무가내
로 위층으로 올라오려고 했어. 눈이 뒤집혀 있어서, 내가 자
동차 주인을 가르쳐주지 않았다면 나를 죽였을 거야. 우리
집에 들어와 있는 동안 줄곧 주머니 속 권총에 손을 대고 있
었으니까……." 그는 꿀릴 게 없다는 투로 말을 끊었다.
"내가 말해준 게 어쨌다는 거지? 그놈은 당해도 싸. 그놈은

자네 눈을 속였어. 데이지를 속였던 것처럼. 하지만 정말 지독한 놈이야. 머틀을 개처럼 깔아뭉개놓고도 그대로 뺑소니를 쳤으니 말이야."

내가 할 수 있는 말은 아무것도 없었다. 그건 진실이 아니라는, 차마 입 밖에 낼 수 없는 한 가지 사실만 빼고는.

"나도 괴롭지 않았던 게 아니야. 나도 나름대로 괴로웠어. 그 아파트를 내놓으려고 갔다가 그놈의 개 비스킷 상자가 찬장에 놓여 있는 걸 보고는, 그 자리에 주저앉아서 어린애처럼 엉엉 울었단 말이야. 정말 끔찍했어."

나는 그를 용서할 수도, 좋아할 수도 없었지만, 그의 입장에서는 그가 한 일이 전적으로 정당했다는 것을 알았다. 그것은 정말 태평스럽고 혼란스러웠다. 톰과 데이지, 그들은 무심하고 태평한 자들이었다. 그들은 생명이 있는 것이든 없는 것이든 박살내놓고는, 돈이나 무신경, 또는 그들을 서로 묶어준 어떤 것 속으로 숨어버린 다음, 그들이 만들어낸 쓰레기는 다른 사람들에게 치우게 했다.

나는 그와 악수를 했다. 하지 않는 것이 오히려 우습게 보였기 때문인데, 문득 내가 어린애하고 얘기를 하고 있는 듯한 느낌이 들었던 것이다. 그는 진주 목걸이를 사려고—아니면 그냥 커프스버튼을 사려고 했는지도 모르지만—보석상으로 들어갔고, 그리하여 나의 편협하고 옹졸한 결벽증으로부터 영원히 달아났다.

　내가 떠날 때에도 개츠비의 집은 여전히 빈집 상태로 있었다. 잔디도 내 집의 잔디만큼 길게 자라 있었다. 마을의 택시 운전사 하나는 그 집 대문 앞을 지날 때마다 잠깐 차를 세우고 대문 안쪽을 향해 손가락질한 다음에야 요금을 받았다. 사건이 일어난 날 밤에 데이지와 개츠비를 이스트에그까지 태워다준 택시 운전사가 그 사람이었는지도 모른다. 그래서 그는 그 사건에 관한 이야기를 제멋대로 꾸며냈을 것이다. 나는 그 이야기를 듣고 싶지 않았고, 그래서 기차에서 내리면 일부러 그를 피했다

　토요일 밤은 뉴욕에서 보냈다. 개츠비가 토요일마다 열었던 그 눈부시고 현란한 파티들이 내 기억에 너무나 생생해서, 그의 정원에서 끊임없이 흘러나오던 음악 소리와 웃음 소리, 그리고 그의 집 찻길을 오르내리던 자동차 소리들이 여전히 내 귀에 들려오는 듯했기 때문이다. 어느 날 밤에는 그곳에서 상상이 아닌 현실의 자동차 소리가 들렸고, 자동차의 전조등 불빛이 현관 계단 앞에 머물러 있는 것이 보였다. 그러나 나는 나가서 살펴보지 않았다. 어쩌면 그것은 그동안 지구 끝에 가 있어서 파티가 끝난 줄도 모르고 찾아온 마지막 손님이었는지 모른다.

마지막 날 밤, 나는 트렁크를 꾸리고 자동차를 식료품 가게에 팔아버린 뒤, 옆집으로 건너가서 하나의 집이 겪은 그 거대하고 부조리한 좌절의 모습을 다시 한 번 바라보았다. 하얀 대리석 계단 위에는, 어떤 개구쟁이가 벽돌 조각으로 낙서한 상스러운 욕설이 달빛에 뚜렷이 드러나 보였다. 나는 돌바닥을 구둣발로 북북 문질러 그 낙서를 지워버렸다. 그런 다음 어슬렁거리며 해변으로 내려가 모래밭에 벌렁 드러누웠다.

　해변에 있는 큰 집들은 이제 대부분 닫혀 있었고, 해협을 건너는 나룻배의 희미한 불빛이 움직이고 있을 뿐 다른 불빛은 거의 보이지 않았다. 이윽고 달이 더 높이 떠오르자, 이 풍경에 없어도 될 만큼 중요하지 않은 집들이 서서히 사라지기 시작했고, 마침내 나는 한때 네덜란드* 선원들의 눈에 꽃처럼 피어났던 이 오래된 섬의 실체를 깨닫게 되었다—이 섬은 신세계의 싱그러운 초록빛 젖가슴이었던 것이다. 이 섬에서 사라져버린 나무들, 개츠비의 저택을 짓기 위

---

* 1624년 네덜란드는 맨해튼섬을 중심으로 식민지를 세웠고, 그후 허드슨강 하구 일대를 식민지로 확대하여 '뉴네덜란드'라고 명명했다. 그러나 1664년 전쟁에서 영국에 패하여 빼앗겼으며 '뉴암스테르담'도 '뉴욕'으로 이름이 바뀌었다. 롱아일랜드('긴 섬')도 17세기 초에 네덜란드인들이 정착하면서 붙인 이름(랑헤 에일란트)을 영어로 바꾼 것이다.

해 잘려나간 나무들은 한때 인류의 모든 꿈 중에서 가장 위대한 마지막 꿈을 속삭임으로 달래주곤 했었다. 거기에 매혹된 덧없는 한순간, 인간은 이 대륙의 존재 앞에서 넋을 잃고 숨을 죽였으리라. 역사상 마지막으로, 경탄할 수 있는 인간의 능력에 필적하는 경이로운 그 무엇에 직면하여, 자신은 이해하지도 못하고 바라지도 않았던 심미적 명상 속에 저도 모르게 빠져들었으리라.

나는 그곳 해변에 앉아서 그 오래된 미지의 세계를 곰곰 생각하다가, 개츠비가 데이지네 선착장 끝에서 빛나는 초록 불빛을 처음 발견했을 때 느꼈을 경이로움을 생각해보았다. 그는 먼 길을 돌고 돌아 이 푸른 잔디밭에 이르렀다. 그의 꿈은 이제 너무나 가까이 있어서, 손만 뻗으면 얼마든지 붙잡을 수 있을 것처럼 보였다. 그러나 그는 미처 알지 못했다. 그 꿈은 이미 그의 등 뒤로 지나갔다는 것을. 그 꿈은 이제 공화국의 어두운 벌판이 밤하늘 아래서 굽이치는, 저 도시 너머의 광막한 어둠 속 어딘가에 있다는 것을.

개츠비는 그 초록 불빛을 믿었다. 해가 갈수록 우리 앞에서 멀어지고 있는, 환희에 찬 미래의 존재를 믿었던 것이다. 그때는 그것이 우리한테서 달아났다. 하지만 무슨 상관인가. 내일은 우리가 좀 더 빨리 달리고, 좀 더 멀리 팔을 내뻗으면 된다…… 그러다 보면 맑게 갠 아침이…….

그래서 우리는 계속 앞으로 나아가는 것이다. 흐름을 거슬러가는 조각배처럼, 끊임없이 과거로 떠밀려가면서도.

못다 이룬 꿈, 못다 꾼 현실

프랜시스 스콧 피츠제럴드가 『위대한 개츠비』의 구상을 얻은 것은 1922년 6월, 집과 가까운 미네소타주 화이트베어 레이크에서 단편집 『재즈 시대의 이야기』의 교정을 보고 있던 무렵이다. 실제로 집필에 들어간 것은 이듬해인 1923년 여름. 이때는 뉴욕에서 동쪽으로 30킬로미터쯤 떨어진 롱아일랜드의 그레이트넥이라는 마을에 집을 빌려 살고 있었다. 첫 번째 원고는 쓰다 만 상태로 파기되었지만, 그중 아까워 버리지 못하고 남겨둔 부분은 나중에 「사면*Absolution*」이라는 단편소설로 되살아나기도 했다.

하지만 이 구상은 잠시 중단되었다. 1923년 가을에 희곡 「식물」이 공연되었지만 실패로 끝나는 바람에, 이듬해 봄까지는 돈을 벌기 위해 부지런히 단편을 써야 했기 때문이다. 그 대부분은 해피엔딩으로 끝나는 오락 소설이지만, 개중에는 숨 막힐 정도로 아름답게 묘사된 뛰어난 작품도 몇 편 섞여 있다. 스무 살이 넘었는데도 세상 물정 모르고 많은 부분에서 안정성과 자제심이 부족한 청년에게 어떻게 그런 성취가 가능했는지, 그것은 지금도 수수께끼다. 물론 모차르트나 슈베르트의 경우와 마찬가지로 '천재'라는 한마디가 모든 것을 설명하게 되겠지만.

번잡하고 종잡을 수 없는 생활을 보내면서도 피츠제럴드의 가슴에는 항상 "언젠가는 획기적인 걸작 장편을 쓰고 싶다"는 커다란 야심이 있었다. 단편을 써갈기고 있으면 생활하기는 전혀 어렵지 않다. 당시 대중 잡지의 원고료는 아주 많아서, 장편을 써서 인세를 기대하기보다는 주문에 따라 팔 수 있는 단편을 쓰는 편이 경제적으로 훨씬 도움이 되었기 때문이다. 하지만 확고한 무게를 가진 장편소설을 남기지 않고는 일류 작가로 인정받을 수 없다. 그것이 당시의ㅡ특별한 경우를 제외하면 오늘날에도 상황은 거의 마찬가지지만ㅡ문학계다. 나는 절대 경량급 작가가 아니다. 환경만 갖추어지면 나도 얼마든지 고전이 될 수 있는 장편을 쓸 수 있을 거라고 피츠제럴드는 생각하고 있었다. 앞서 발표한 『낙원의 이쪽』과 『아름답고 저주받은 사람들』은 나쁘지 않은 장편이었고 평판도 그런대로 괜찮았다. 판매 부수도 꽤 많았다. 하지만 그의 마음속에는 "좀 더 깊이 있는 문학작품을 쓸 수 있을 것"이라는 자부심이 있었다.

『위대한 개츠비』의 구상이 되살아난 것은 1924년 4월 초, 아내 젤다와 딸 스코티(두 살 반)와 함께 배를 타고 유럽으로 떠나기 직전이다. 이때부터 1926년 말까지 스콧 가족은 파리와 리비에라, 로마와 카프리섬에 머물렀다.* 유럽으로 건너간 여름부터 가을까지, 리비에라에서 '빌라 마리'라는 저택에 세들어 살고 있을 때 집필이 진행되었다. 원래 그레이트넥에서 흥청망청 보낸 생활을 반성하고, 좀 더 차분한 환경에서 새 작품을 제대로 써볼 작정으로 대서양을 건넌 터였다. 10월에는 일단 작품을 마무리하여 뉴욕의 스크리브너스 출판사에 원고를 보냈다. 이 시점에서는 제목이 확정되지 않았다. 몇 가지 후보를 놓고 작가는 막판까지 고심하고 있었다. 교정쇄가 나온 단계에서 원고를 대폭 수정하기도 했다. 결국 『위대한 개츠비』라는 제목으로 출간된 것은

---

* 끊임없는 이주는 피츠제럴드에게는 숙명 같은 것이었다. 한곳에 진득하게 눌러앉지 못한다. 그래서 피츠제럴드는 평생 한 번도 집을 소유한 적이 없었다. 항상 셋집에서 살았다. 축재 같은 것도 별로 하지 않았다. 깨끗하다면 깨끗하지만, 주거 환경이나 경제 사정에서 안정을 얻지 못하는 '떠돌이' 인생이었다.

유럽으로 건너간 지 꼬박 1년 뒤인 1925년 4월이었다.

집필 자체는 프랑스에서 이루어졌지만, 작품 소재는 그레이트넥*에서 얻은 경우가 많다. 피츠제럴드가 이곳으로 이사온 것은 26세 때인 1922년. 문단 데뷔와 신혼의 어수선한 분위기가 일단락되자, 번잡한 뉴욕을 떠나 이곳에서 차분하게 창작에 힘쓸 작정이었다. 그러나 활동적이고 화려한 것을 좋아하는 젤다가 그런 평온한 교외 생활을 견뎌낼 리가 없어서, 여기서도 화려한 파티를 즐기는 나날이 반복되었다. 하지만 그것이 완전히 무익한 소모였던 것은 아니다. 이곳 그레이트넥에서의 생활은 훗날 『위대한 개츠비』의 배경으로 결실을 맺게 되기 때문이다.

피츠제럴드라는 작가는 자신이 체험하거나 목격한 것을 토대로 작품을 쓰는 타입이라서(그래서 그는 젤다라는 태풍의 눈 같은 여성을 가까이에 둘 필요가 있었던 것이다), 그레이트넥에서의 떠들썩한 나날을 경험하지 않았다면 『위대한 개츠비』라는 걸작은 아마 탄생하지 않았을 것이다. 아니면 전혀 다른 형태의 작품이 되었을 것으로 짐작된다. 적어

---

* 작품 속에서는 웨스트에그라고 불리는 마을이며, 작은 만을 사이에 두고 바다 건너편에 이스트에그가 있다. 현실에서는 맨해셋넥, 그중에서도 포트워싱턴이라는 곳이다.

도 그 선명한 파티 장면의 묘사는 태어나지 않았을 게 분명하다.

그레이트넥에는 연예계와 언론계의 관계자가 많이 살고 있어서 파티가 자주 열렸다. 여기서 작가인 링 라드너를 만나 친해졌는데, 라드너는 작품에 등장하는 '올빼미 눈'의 힌트가 되었다. 또한 이 마을 주민인 로버트 커에게 들은 소싯적 경험담은 개츠비가 댄 코디의 호화 요트에 타게 된 사연이 되었다. 역시 그레이트넥의 주민이고 밀주업자였던 맥스 게를라흐라는 남자의 말버릇에서 개츠비의 '형씨'*라는 호칭을 차용하기도 했다.

물론 모든 것이 그레이트넥에 있었던 것은 아니다. 작가는 아는 사람들을 다양한 형태로 작품 속에 집어넣었다. 폴로의 명수(공군의 영웅이기도 했다)인 토미 히치콕은 톰 뷰캐넌의 배역에 이용되었다. 암흑가의 거물로 1919년 월드시리즈에서 승부를 조작했다는 아널드 로스틴은 마이어 울프심, 첫사랑인 지니브러 킹의 동급생이자 아마추어 여자 골프

---

* 원문은 'old sport'인데, 영어사전에는 '여보게, 자네' 정도의 친근한 호칭이라고 나온다. 그런데 조사해보니 이 말은 피츠제럴드가 롱아일랜드에 살던 시절 이웃 주민이었던 밀주업자 맥스 게를라흐라는 남자가 아무한테나 내뱉는 말버릇에서 차용한 것이었다. 그리고 보면 개츠비도 맥스와 비슷한 인물이 아닌가. 그래서 암흑가 냄새가 나는 껄렁한 말투로 '형씨'라고 번역했다.

챔피언이었던 이디스 커밍스는 조던 베이커로 모습을 바꾸었다. 밀주업계의 거물이고 신시내티의 호화 저택에서 파티를 연 것으로 유명한 조지 리머스는 개츠비를 묘사할 때 참고가 되었을 것이다. 리머스는 양조장과 드러그스토어 사업을 지배하고 있었던 모양이다. 알코올을 '의약용'으로 빼돌리기 위해서였다. 작품 속에서 개츠비도 드러그스토어 사업을 하는 것으로 나온다(개츠비 본인은 과거형으로, 데이지는 현재형으로 말한다). 요즘에는 드러그스토어에서 뭐든지 살 수 있다고 톰이 빈정거린 것은, 개츠비의 드러그스토어 사업을 그도 알고 있다는 것을 말해준다. 데이지의 모델이 된 것은 물론 작가의 아내인 젤다일 것이다. 앨라배마주 몽고메리의 명문 집안에서 태어난 젤다는 비공식적이지만 일단 피츠제럴드와 약혼했다가 그의 장래가 불안하다는 이유로 파혼했다. 그리고 1920년에 피츠제럴드가 『낙원의 이쪽』을 발표하면서 작가로 화려하게 데뷔한 뒤 결혼했다.

당시 미국은 제1차 세계대전 이후 유례없는 호경기를 맞아 새로운 문화가 꽃피고, 시대는 새로운 영웅을 찾고 있었다. 젊고 잘생기고 무서움을 모르고 젊은이의 기분을 유려하고 활달하게 대변하는 인기 작가 피츠제럴드는 그야말로 당대 사회가 필요로 하고 있던 문학의 '아이콘'이었다. 그리고 아름다운 신부 젤다는 유행의 최첨단을 걸으며 종래의 도덕에서 해방되어 제멋대로의 소비생활을 만끽하는 '플래퍼'(1920년대의 신여성)들에게 공주 같은 존재였다.

이렇게 그들은 시대를 대표하는 젊은 부부로서 선망의 대상이 되었지만, 1924년에 유럽으로 건너간 뒤 젤다가 프랑스의 항공 장교(에두아르 조장)와 사랑에 빠지면서 위기를 맞게 된다.

설명을 보태면 이렇다. 풍광이 아름다운 남프랑스에서 피츠제럴드는 단단히 각오하고 정신을 집중하여 집필에 착수한다. 그런데 젤다는 그것이 재미없다. 오랫동안 혼자 내팽개쳐지자 점점 따분해진다. 그녀의 주장인즉, 노는 틈틈이 단편을 쓰면 되는데 왜 장편 같은 귀찮은 것을 써야 하느냐는 것이다. 피츠제럴드가 장편소설에 대해 품고 있는 뜨거운 열정을 그녀는 이해하지 못한다. 소설에만 매달려 있으면 놀 수가 없지 않으냐. 모처럼 이렇게 아름다운 곳에 와 있는데……. 따분함을 주체하지 못한 그녀는 남편에게 앙갚음하려는 심사도 작용하여, 스콧이 『위대한 개츠비』 집필에 심혈을 기울이고 있을 때, 젊고 잘생긴 프랑스 비행사와 불륜 비슷한 것에 빠져든 것이다. 그해 여름의 일이다.

그것은 그녀가 처녀 시절 고향에서 군부대의 젊은 장교들(스콧도 포함되어 있었다)을 상대로 몇 번이나 경험한 경박한 연애질의 재현이었다. 젤다는 남자들이 추어올리며 비위를 맞춰주지 않으면 견디지 못하는 타입의 여자였다. 스콧은 다른 남자들이 젤다에게 집적거리는 데 익숙해져 있었고, 아내와 자신의 유대가 강하다는 데 자신감을 갖고 있었기 때문에, 처음 얼마 동안은 "일에 방해가 되지 않으니까 차라리 잘됐다"는 정도로 마음 편하게 생각하고 있었다. 그런데 젤다가 상대에게 꽤 진지하게 빠져들고 있음을 알아차리고 아연해졌다. 두 사람이 얼마나 깊은 사이가 되었는지는 판단하기 어렵지만(성관계도 있었다고 하지만, 이제 와서는 진위를 알 수 없다), 어쨌든 피츠제럴드에게는 상당한 충격이었다. 그는 집필까지 중단한 채 두 사람에게 최후통첩을 한다(소설 속에서 톰이 데이지와 개츠비에게 한 것과 마찬가지로). 그후 젤다가 수면제를 복용하는 등의 소동이 벌어진 끝에 젤다와 비행사의 짧은 연애는 종말을 맞게 되었다. 젤다로서도 머리를 식히고 차분히 생각해보면(데이지의 경우와 마찬가지로) 스콧과의 생활을 선택하지 않을 수 없었다. 하지만 이 사건이 남긴 상처는 두 사람 사이에 오랫동안 남아 있었다.

일에 열중하는 남편과 다른 곳에서 즐거움을 찾으려는 아내—흔히 있는 일이라고 말해버리면 그뿐이지만, 스콧은 참을 수 없다. 마음 놓고 집중하여 소설을 쓸 수도 없고, 그가 아내에게 품고 있던 무조건적인 믿음은 크게 손상되고 말았다. 이런 경험이 데이지라는 인물을 조형할 때 영향을 미쳤을 가능성은 충분하다.

데이지라는 여성상은 남자가 소박할 만큼 낭만적인 꿈을 의탁할 대상으로는 별로 미덥지 않다. 시골 출신의 가난한 청년이 사회적 신분 상승을 바란 것까지는 좋지만, 그 과정에서 이렇게 불안정한(좀 더 분명히 말하면 무책임한) 존재를 꿈의 기반으로 삼은 것은 실리적으로는 커다란 전략적 실수였다. 하지만 그 실수를 아는지 모르는지, 어쨌든 끝까지 꿈을 믿고 그 꿈에 목숨을 바친 것이 개츠비가 '위대한' 이유일 것이다. 그러나 가만히 들여다보면 개츠비는 뜻밖에 부산스럽고, 그렇게 '멋진'* 주인공은 아니다. 부자연스럽게 잘난척하는 태도는 여기저기서 도금이 벗겨져 본색을 드러내기도 한다. 아무리 대궐 같은 저택과 호화스런 파티로 '개츠비'를 꾸며도, 그 바탕에 있는 '개츠'를 감추지는 못한다. 소싯적부터 절제와 근면으로 입신출세를 지향하는 고전적인 인물상을 목표로 삼고 있었지만, 그 노선에서는 결국 성공하지 못했다. 이른바 '아메리칸 드림'은 이미 과거의 신화

---

* 개츠비의 이미지를 영화에서 '개츠비' 역을 맡았던 '멋진' 배우 로버트 레드포드와 동일시하기 쉽다.

가 되었기 때문이다. 그래서 개츠비는 출세한 속물로 전락하고 말았다. 게다가 평생 사랑한 여자에게 결국 배신을 당하고(데이지는 개츠비가 자기 때문에 죽었는데도 그의 장례식장에도 나타나지 않는다) 어이없는 죽음으로 생을 마감한다. 이것이야말로 이 작품의 비극성이며, 거기에 오히려 이 소설이 성취한 지평이 놓인다.

제목으로는 1924년 4월에 이미 '잿더미와 백만장자들 사이에서'가 후보에 올라 있었다(작가 자신의 착상이었지만, 편집자인 맥스웰 퍼킨스는 내켜하지 않았다). '트리말키오'[*](또는 '웨스트에그의 트리말키오')도 작가가 상당히 유망하다고 본 제목 후보였다. 트리말키오는 고대 로마의 작가 페트로니우스가 쓴 소설에 나오는 인물인데, 해방노예에

---

[*] 이 속물에 대한 작가의 냉소가 느껴진다면, 'great'를 '대단한'으로 읽어도 무방할 것이다. '그놈 참 대단한 녀석이야' 할 때의 뉘앙스를 담아서. 아니, 나는 제목에서 아예 그렇게 번역하고 싶었다.

[†] 피츠제럴드는 소설 원고를 '트리말키오'라는 제목으로 출판사에 보냈고, 담당 편집자인 맥스웰 퍼킨스는 이 원고를 조판하여 교정지를 프랑스에 있는 작가에게 보냈는데, 피츠제럴드는 교정쇄 상태의 소설을 거의 다시 썼고, 그리하여 우리가 아는 『위대한 개츠비』라는 책이 탄생했는데, 이 책은 『트리말키오』와 뚜렷이 다르다. 출판된 소설의 두 장(章)은 완전히 고쳐 쓴 것이고, 나머지 부분도 많이 수정되었다. 이런 비교 연구를 위해, 교정쇄 단계에서 고쳐 쓰기 전의 원고를 토대로 연구자가 교정 편집한 책이 '트리말키오'라는 제목으로 출간되어 있다(James L.W. West III 편집, 케임브리지 대학교 출판부 발행, 2000년).

서 벼락부자가 되어 호화판 연회를 베풀지만 몰취향의 옷차림과 교양인인 체하는 언동으로 뭇사람의 웃음거리가 되었다고 한다. 이 제목이 채택되었다면 독자들이 개츠비에 대해 품는 이미지는 상당히 달라졌을지도 모른다. 확실히 '위대한 개츠비' 쪽이 더 수수께끼 같고, 그만큼 독자들에게 자유로운 해석을 허락할 것이다. 하지만 작가는 개츠비를 자신의 분신으로 삼는 한편, 개츠비를 밖에서 냉정하게 바라보고 있는 비(非)개츠비적인 것들(예를 들면 조상의 부를 세습한 부유층, 또는 재의 골짜기와 자동차 정비소)과 대비시키고 있다. 작가는 마지막까지 제목을 정하지 못하고 망설이다가 출판사가 시간을 제한하는 바람에 결국 '위대한 개츠비'가 되었지만, 개츠비를 떼어버리지 않고, 그렇다고 개츠비에게만 달라붙지도 않는 제목을 찾기는 상당히 어려울 것이다.

위에서 조상의 부를 세습한 부유층이라고 말한 것은 물론 톰 뷰캐넌을 의식한 것이지만, 사실은 신흥 벼락부자인 개츠비가 시대의 흐름에 역행하는 존재라는 것이 해석상의 열쇠다. 그는 옛날과 다름없는 상승 지향이 20세기에도 여전히 유효하다고 생각하고 싶어 한다. 흔히 '아메리칸 드림'이라고 불리는 것은 댄 코디와 함께 한 세대 전에 이미 끝났을 텐데 말이다.

개츠비는 지나간 시간을 '없었던' 것으로 하려고 한다. 아직 꿈을 좇을 수 있다고 생각하는 것이다. 그런 시대착오적인 남자라는 사실이 데이지와의 관계에서 드러나버린다. 개츠비의 소원은 단 하나. 데이지가 톰을 사랑한 시간 따위는 '없었던' 것으로 하고 싶은 것이다. 즉 시간을 거슬러 올라가, 지나간 과거의 시간을 지워버리는 것이다. 하지만 아무리 돈을 쓰고 폼을 잡아도 그것은 불가능한 일이다. 데이지도 "지나간 일은 어쩔 수 없다"고 말한다. 다만, 어느 단계까지 역행하여 같은 출발선에 다시 서지 않겠느냐는 이의 제기는 이미 완성된(또는 고착된) 계급 사회에 대한 반항이라고 의미를 부여할 수도 있을 것이다. 말하자면 꿈의 원리주의자로서 기회 균등의 원점으로 돌아가자는 주장이지만, 그 결과 개츠비는 시대의 분위기를 읽지 못하고 위대한 착각을 하는 남자가 되어버렸다. 『위대한 개츠비』는 1920년대의 풍속에 바싹 다가붙어 있으면서도 그 시대를 거역한 작품이기도 하다. 게다가 이 소설은 장편치고는 짧은 분량임에도 모든 것이 보일락 말락 하는 미묘한 구조로 되어 있어서 읽기가 그렇게 쉽지 않다.

그 때문이라고는 말할 수 없지만, 이 소설은 '하나의 예술적 성취'*가 될 것이라는 호언에도 불구하고, 작가나 출판사가 기대한 만큼은 팔리지 않았다. 1925년 4월 초판이 약 2

만 부, 8월에 3천 부를 증쇄했지만, 작가가 죽었을 때(1940
년) 아직 재고가 남아 있었다고 한다. 왜 그렇게 팔리지 않
았을까? 아마 이 소설은, 그때까지 피츠제럴드의 인기를 받
쳐온 젊은 독자층에게는 내용이 너무 깊고 어려웠을 것이
다. 그들이 피츠제럴드에게 요구한 것은 밝고 세련된, 그리
고 조금은 슬픈 도회 소설이었다. 어떤 의미에서는 피츠제
럴드가 독자들보다 너무 앞서간 것이다.

　평단의 일각에서는 아무렇게나 적당히 쓴 작품이라고 평
하기도 하는데, 그렇게 말할 수 없는 것도 아니다. 빗물이
줄줄 새는 듯한 느낌으로 허술한 구석이 꽤 많다.† 사건의 시
간 관계가 이상하다는 점은 일찍부터 지적되었다. 예를 들
면 데이지의 딸의 나이가 그렇다. 작가는 '세 살'이라고 했는
데, 그렇다면 톰과 결혼했을 때 데이지는 이미 만삭이었다
는 계산이 나온다(그래서 '공인된' 텍스트에는 '두 살'로 정

---

* 피츠제럴드가 편집자인 맥스웰 퍼킨스에게 원고와 함께 보낸 편지에서 한 말
　이다. 그의 생전에는 높은 평가도 받지 못했고 많이 팔리지도 않았지만, 이 말
　은 결국 자기 작품에 대한 예언이 된 셈이다.
† 이런 오류를 바로잡은 것이 '공인된' 『위대한 개츠비』(매슈 J. 브루콜리 편집,
　케임브리지 대학교 출판부 발행, 1991년)인데, 그 오류가 집필상의 것이든 편
　집상의 것이든 교정상의 것이든, 연구자의 지적에 따르면 잘못 쓰인 어구가 70
　여 개에 달하고, 어색하거나 부적절하게 사용된 구두점도 1,000여 개나 된다
　고 한다.

정되어 있다). 금발이었던 데이지의 머리카락이 도중에 거무스름하게 변하기도 한다. 또한 윌슨은 에어매트리스에 타고 있는 개츠비를 쏘아 죽이고 매트리스에는 상처를 내지 않을 만큼(성인 남자의 체중을 지탱한 채 가라앉지 않았으니까) 사격의 명수였을까. 따지고 보면 개츠비 자신과 마찬가지로 털면 먼지가 풀풀 나는 작품이지만, 한편으로는 여기저기 나오는 이미지나 대사에 교묘한 대비와 대응이 장치되어 있는 것을 보고 놀라기도 한다. 이런 것들은 이 작품을 읽을(또는 다시 읽을) 독자들의 즐거움으로 남겨두겠다.

어쨌든 『위대한 개츠비』가 (미국에서) '문학사에 남을 걸작'으로 높은 평가를 받고, 고등학생의 필독서가 되고, 해마다 수십만 부씩 팔리게 된 것은 그가 죽은 뒤였다. "불후의 장편을 쓰고 싶다"는 피츠제럴드의 소망은 결과적으로 이루어진 셈이지만, 유감스럽게도 그의 생전에는 그 아름다운 광경을 보지 못했다. 사람들은 오랫동안 피츠제럴드를 '한때 반짝했던 작가'로 간주하여 역사의 어둠 속에 내팽개쳐둔 채 거의 돌아보지도 않았다. 알코올 의존증, 젤다의 발광과 투병, 그리고 외동딸의 양육이라는 무거운 짐을 혼자 끌어안고 만성적인 경제적 어려움에 시달리면서, 그럼에도 문학적 야심과 문학적 양심을 잃지 않은 채 스콧은 몸을 깎듯이 계속 소설을 썼고, 그러다가 1940년에 44세의 젊은 나이로 세상을 떠났다. 1934년에 그는 자신의 생애를 돌이켜보며 이렇게 말했다. "『위대한 개츠비』를 쓰고 있던 몇 달만큼 내가 예술적 양심을 순수하게 간직하고 있던 시기는 없었다."

내가 이 책을 처음 번역한 것은 2013년 봄이었다. 그후 10년 세월이 지난 뒤 개정판을 내게 되었다. 그런데 번역이란 언제든 완벽할 수 없고, 작업이 끝난 뒤에도 왠지 꺼림칙한 기분이 마음 한구석에 남아 있게 마련이다. 이번 기회에 원서와 대조하면서 다시 읽어보니 잘못 해석했거나 어설프게 번역한 곳이 적지 않았다. 그런 대목을 뒤늦게나마 고치고 다듬을 수 있어서 다행이고, 찜찜했던 내 마음도 한결 가볍다.

2023년 여름, 제주 애월에서
김석희

프랜시스 스콧 피츠제럴드 연보

1896년

9월 24일, 미국 미네소타주 세인트폴시 로렐가 481번지에서 아일랜드계 가톨릭 집안에서 태어남. 아버지는 에드워드(1853년생), 어머니는 메리(1859년생, 애칭 '몰리').

1898년(2세)

아버지의 가구 사업이 실패한 뒤 뉴욕주 버펄로로 이사.

1900년(4세)

훗날 스콧 피츠제럴드의 아내가 될 젤다 세이어가 앨라배마주 몽고메리에서 태어남(7월 24일).

1901년(5세)

가족이 뉴욕 주 시러큐스로 이사함. 누이동생 애너벨이 태어남(7월).

1903년(7세)

가족이 다시 버펄로로 돌아옴(9월).

1908년(12세)

아버지가 직장에서 해고당함(3월). 가족이 세인트폴로 돌아와 외가에 들어감(5월). 스콧은 세인트폴 아카데미에 입학(9월).

1909년(13세)

교지인 《지금과 그때》에 첫 단편인 추리소설 「레이먼드 집안 저당증서의 수수께끼*The Mystery of the Raymond Mortgage*」를 발표.

1911년(15세)

뉴저지주 해컨색에 있는 가톨릭계 기숙학교 뉴먼 스쿨에 입학(9월). 이듬해부터 졸업할 때까지 교지에 세 편의 희곡을 발표.

1913년(17세)

프린스턴 대학교에 입학(9월). 이곳에서 에드먼드 윌슨(평론가), 존 필 비숍(시인) 등을 사귐. 학교 공부보다 문학과 연극 활동에 더 적극적으로 참여함.

1914년(18세)

몇 편의 희곡과 뮤지컬을 써서 대학 연극 동아리에서 공연.

1915년(19세)

단막극과 단편을 《나소 문학 매거진》에 발표. 학점 미달로 낙제하자 병을 핑계로 휴학(11월). 일리노이주 레이크포리스트의 부유한 사교계 처녀 지니브러 킹을 파티에서 만나 사랑에 빠짐(12월. 몇몇 작품에 지니브라의 이미지가 나타나 있음).

1916년(20세)

복학했으나 다시 학점 미달로 휴학(9월, 결국은 중퇴로 끝남).

1917년(21세)

지니브러 킹이 다른 남자와 약혼하면서 두 사람의 관계도 끝남(1월).

미국이 제1차 세계대전에 참전(4월). 임관 시험을 보고(7월) 육군 보병 소위로 임관(10월). 주말마다 소설 쓰기에 전념.

1918년(22세)

소설 『로맨틱 에고이스트*Romantic Egoist*』 초고 탈고(2월). 뉴욕의 스크리브너스 출판사에 원고를 보내 출판을 타진함. 켄터키주와 조지아주의 주둔지를 거쳐, 앨라배마주 몽고메리 근교에 배치됨(6월). 몽고메리의 댄스파티에서 앨라배마주 대법원 판사 앤서니 세이어의 막내딸인 젤다 세이어(18세)를 만나 사귐(7월). 『로맨틱 에고이스트』 원고가 출판사로부터 반송됨(8월). 고쳐서 보낸 원고도 퇴짜를 맞음(10월). 뉴욕주 캠프에서 유럽 전선으로 떠나기 직전에 제1차 대전이 끝남(11월).

1919년(23세)

육군 제대(2월). 뉴욕의 광고회사에 취직(3월). 젤다와는 이미 몰래 약혼한 사이였지만, 스콧의 장래에 불안을 느낀 젤다가 파혼을 선언(6월). 광고회사를 그만두고 세인트폴로 돌아가 부모의 집에 머물며 『로맨틱 에고이스트』를 다시 고쳐 쓰기 시작(7~8월). 스콧에게 주목하고 있던 스크리브너스 출판사의 편집자 맥스웰 퍼킨스가 『낙원의 이쪽*This Side of Paradise*』으로 제목을 바꾸어 출판하기로 동의(9월). 해럴드 오버를 에이전트로 선정. 이 무렵부터 잡지(《스마트 세트》, 《새터데이 이브닝 포스트》)에 단편을 발표. 몽고메리로 젤다를 찾아가 다시 약혼(11월).

1920년(24세)

『낙원의 이쪽』 출간(3월). 뉴욕의 성패트릭 성당에서 젤다와 결혼(4월 3일). 소설의 성공으로 시대의 총아가 됨. 코네티컷주 웨스트포트에 집을 얻어 두 번째 장편 『아름답고 저주받은 사람들*The Beautiful and Damned*』 집필 시작(5월). 첫 번째 단편집 『플래퍼(1920년대의 신여성)와

철학자들 *Flappers and Philosophers*』 출간(9월). 뉴욕시내에 아파트를 얻어 이사함(10월).

1921년(25세)

젤다가 임신함. 영국·프랑스·이탈리아를 여행(5~7월). 세인트폴 근교의 화이트베어 호반에 코티지를 빌림(8월).《메트로폴리탄 매거진》에 『아름답고 저주받은 사람들』연재 시작(9월부터 이듬해 3월까지). 딸 프랜시스 스콧(애칭 '스코티') 태어남(10월 26일). 세인트폴 시내로 이사(11월).

1922년(26세)

『아름답고 저주받은 사람들』출간(3월). 젤다가 첫 집필 활동으로《뉴욕 트리뷴》지에 서평을 기고(4월). 화이트베어 요트클럽을 거쳐(6월) 세인트폴 호텔로 이사(8월). 두 번째 단편집 『재즈 시대의 이야기들 *Tales of the Jazz Age*』 출간(9월). 롱아일랜드의 부촌인 그레이트넥으로 이사(10월). 뉴욕의 중심부에서 20여 킬로미터 떨어져 있고 연예인과 문화인이 많이 사는 이곳에서 『위대한 개츠비』의 소재를 얻음. 이곳에서 작가이자 저널리스트인 링 라드너를 알게 되어 술친구 겸 문학 동지로 교유.

1923년(27세)

희곡 『식물 *The Vegetable*』 출간(4월). 나중에 『위대한 개츠비』가 되는 소설의 초고를 쓰기 시작(6월). 『식물』이 공연되지만 흥행에 실패(11월).

1924년(28세)

프랑스 여행(4월). 파리를 거쳐 리비에라에 집을 빌려 거주(5월). 젤다가 프랑스 항공 장교인 에두아르 조장과 연애. 여름에 제럴드 머피와 사라 머피 부부(『밤은 부드러워』의 모델)를 알게 됨. 세 번째 장편을 탈고(10월, 이때만 해도 피츠제럴드가 염두에 두고 있던 제목은 '웨스트에그의 트리말키오' 또는 '황금 모자를 쓴 개츠비'였으나, 편집자의 반대와 젤다의 설득으로 제목을 '위대한 개츠비'로 바꿈). 로마로 이동(12월).

1925년(29세)

이탈리아와 스페인에서 겨울을 나는 동안 『위대한 개츠비』의 퇴고를 거듭함(1~2월). 카프리섬의 호텔로 이동. 『위대한 개츠비』 출간(4월). 파리로 옮겨 아파트를 빌림. 헤밍웨이를 만나 친구가 됨(5월). 여름 동안 『밤은 부드러워*Tender Is the Night*』를 구상. 앙티브곶에 체재(8월). 파리로 돌아감(9월).

1926년(30세)

젤다의 건강이 악화되어 피레네 산지 살리드베른의 온천으로 감(1월). 『위대한 개츠비』가 오언 데이비스의 각색으로 브로드웨이에서 공연, 성공을 거둠(2월). 세 번째 단편집 『젊은이들은 모두 슬프다*All the Sad Young Men*』 출간(2월). 리비에라에서 집을 빌려(3월) 지내다 이 집을 헤밍웨이 부부에게 넘기고 미국으로 돌아감(12월).

1927년(31세)

할리우드에 감(1월). 유나이티드 아티스츠 영화사의 의뢰에 따라 할리우드에서의 첫 번째 작업으로 영화 대본을 썼지만 영화로 제작되지는 않았고, 17세의 여배우 로이스 모런과 교제 시작. 이 때문에 여러 차례 부부싸움이 일어남. 델라웨어주 윌밍턴 근교에 호화저택을 빌림(3월). 젤다는 발레리나가 되기 위해 레슨을 받기 시작함(10월).

1928년(32세)

세 번째 유럽 여행. 파리에 아파트를 빌림(4월). 제임스 조이스를 만남

(6월). 델라웨어주로 돌아옴(10월).

1929년(33세)
네 번째 유럽 여행(3월). 젤다가 5편의 단편을 잡지 《칼리지 유머》에
스콧과 공저로 발표(7월). 제노바와 리비에라를 거쳐 파리로 간 뒤 여
름을 칸에서 지내고, 프로방스를 거쳐 파리로 돌아감(10월).

1930년(34세)
북아프리카 여행(2월). 젤다가 정신 이상으로 파리 근교의 말메종 클
리닉에 입원(4월). 스위스 글리옹의 병원으로 옮겼다가(5월) 다시 니옹
의 병원으로 옮겨 이듬해 9월까지 스위스에서 요양 생활. 스콧은 파리
와 스위스를 오감.

1931년(35세)
아버지 에드워드 사망, 장례를 치르기 위해 스콧 혼자 일시 귀국(1월).
유럽으로 돌아가(2월) 다시 파리와 스위스를 오감. 젤다의 병세가 호
전되어, 부부가 프랑스의 안시 호반에서 2주 동안 체류(7월). 젤다 퇴
원, 귀국하여 몽고메리에 집을 빌림(9월). 장인 사망(11월). 일 때문에
혼자 할리우드로 떠남(11~12월).

1932년(36세)
딸 스코티와 함께 플로리다주 세인트피터즈버그로 여행(1월). 젤다가
병이 재발하여 존스홉킨스 대학병원(메릴랜드주 볼티모어)에 입원(2~6
월). 스콧은 볼티모어에서 호텔 생활을 하거나 집을 빌려 거주. 스콧도
장티푸스에 걸려 존스홉킨스 병원에 입원(8월). 젤다가 입원 중에 완성
한 자전적 장편소설 『나와 함께 왈츠를*Save Me the Waltz*』 출간(10월).

1933년(37세)

메릴랜드주 볼티모어 파크가로 이사함(12월).

1934년(38세)

『밤은 부드러워』를 《스크리브너스 매거진》에 연재(1~4월). 젤다가 존 스홉킨스 병원에 다시 입원(2월). 크레이그 하우스(뉴욕주 비컨에 있는 정신병원)로 옮김(3월). 『밤은 부드러워』 출간(4월). 젤다가 뉴욕에서 개인전(4월). 셰퍼드플랫 병원(볼티모어 근교)으로 옮김(5월).

1935년(39세)

오크홀 호텔(노스캐롤라이나주 트라이언)에 체재(2월). 네 번째 단편집 『기상나팔 시간의 취침나팔 소리*Taps at Reveille*』 출간(3월). 여름에 그로 브파크인(노스캐롤라이나주 애슈빌)에 머물며 정양하다가 이 호텔에 와 있던 유복한 유부녀와 관계를 맺음. 볼티모어에 아파트를 빌림(9월). 스카일랜드 호텔(노스캐롤라이나주 헨더슨빌)에 머물면서 나중에 『붕괴 *The Crack-Up*』에 수록될 에세이를 쓰기 시작함(11월).

1936년(40세)

젤다가 애슈빌의 하일랜드 병원에 입원(4월). 스콧도 애슈빌의 그로브 파크인에 체류(7~12월). 어머니 몰리 사망(9월). 딸 스코티가 코네티 컷주의 에델 워커 스쿨에 입학.

1937년(41세)

오크홀 호텔에 체류(1~6월). MGM 영화사와 반년 계약을 맺고 할리우드로 이주. '가든 오브 알라'(선셋 대로에 있는 호텔)에서 방갈로의 절반을 빌림(7월~이듬해 4월). 호텔 파티에서 셰일러 그레이엄(1904~1988)을 만나 사귐(7월). 과거가 많은 여성으로, 이때는 영화 칼럼을 쓰고 있었음. 할리우드 시절의 스콧과 동거하지는 않았지만 함께 행동할 때가 많았음. 독일 작가 에리히 레마르크의 소설을 영화화하는 기획으로 『세 명의 전우』 대본을 집필(1938년 2월까지). 젤다를 문병하고 나흘 동안 부부가 함께 보냄(9월 초). MGM과 계약 연장(12월).

1938년(42세)

버지니아주에서 아내와 딸과 함께 부활절을 보냄(3월). 말리부비치(로스앤젤레스 근교)에 방갈로를 빌림(4월). 딸 스코티가 바사 대학에 입학(9월). 스콧은 엔시노(로스앤젤레스 근교)에 코티지를 빌림(1938년 11월부터 1940년 5월까지). MGM과의 계약 갱신에 실패(12월).

1939년(43세)

MGM과의 계약이 끝나기 직전에 『바람과 함께 사라지다』의 시나리오 작업에 참여(1월). 유나이티드 아티스츠의 기획으로 작가인 버드 슐버그와 함께 다트머스 대학(뉴햄프셔주)으로 취재여행을 가지만 음주 때문에 해고당함(2월). 몇몇 영화사에서 프리랜서로 작업(1939년 3월부터 1940년 10월까지). 쿠바 여행(4월). 이름뿐인 부부가 된 지 오래되었지만 젤다와 함께 감. 아바나에 머무는 동안 과음과 방탕으로 피폐해진 뒤 집으로 돌아가는 길에 뉴욕에서 입원. 그후로는 죽을 때까지 젤다를 만나지 않음. 여름에 마지막 장편소설이 될 『마지막 거물 The Last Tycoon』을 쓰기 시작함.

1940년(44세)

젤다가 하일랜드 병원에서 퇴원하여 몽고메리의 어머니 집으로 들어감(4월). 스콧은 엔시노에서 할리우드로 이주(5월). 셰일러 그레이엄의 아파트에서 심장발작으로 사망(12월 21일). 메릴랜드주 록빌의 공동묘지에 묻힘(12월 27일).

1941년

친구인 에드먼드 윌슨이 스콧의 미완성 장편인 『마지막 거물』을 편집하여 출간함(10월). 1993년의 재간본은 『마지막 거물의 사랑』으로 제목이 바뀜.

1945년

윌슨이 스콧의 편지와 에세이들을 모아 유작 에세이집 『붕괴』를 출간함(8월).

1947년

젤다가 하일랜드 병원에 다시 입원.

1948년

젤다가 병원에 발생한 화재로 불타 죽음(3월 10일). 스콧이 잠들어 있는 록빌의 공동묘지에 묻힘(3월 17일).

1975년

딸 프랜시스 스코티 피츠제럴드(작가이자 저널리스트로 활동)가 부모를 록빌의 공동묘지에서 록빌의 세인트메리 교회에 있는 가족묘지로 이장(11월 7일).

1976년

셰일러 그레이엄이 『실록 스콧 피츠제럴드』 출간.

1986년

딸 스코티가 사망(6월 18일), 부모와 함께 묻힘.

위대한 개츠비

초 판 1쇄 발행 2013년 4월 25일
개정판 1쇄 인쇄 2023년 7월 18일
개정판 1쇄 발행 2023년 7월 25일

지은이 F. 스콧 피츠제럴드
옮긴이 김석희
펴낸이 정중모
펴낸곳 도서출판 열림원

출판등록 1980년 5월 19일(제406-2000-000204호)
주소 경기도 파주시 회동길 152
전화 031-955-0700
팩스 031-955-0661   페이스북 /yolimwon
홈페이지 www.yolimwon.com   트위터 @yolimwon
이메일 editor@yolimwon.com   인스타그램 @yolimwon

주간 김현정   책임편집 이서영   마케팅 홍보 김선규 최가인 최은서
편집 조혜영 황우정 김민지   온라인사업 서명희
디자인 강희철   표지 디자인 석윤이   제작 관리 윤준수 이원희 고은정 구지영

ISBN 979-11-7040-196-4 04800
      979-11-7040-193-3 (세트)